虛 數 (허수)

虛 허
數 수

|

　오후 두 시쯤 양 선배로부터 전화가 왔다. '나야, 양!' 이렇게 인사 말을 끝낸 그는 십 여 년의 시간을 훌쩍 뛰어넘어 어제 만난 사람처럼 '오늘 나올 수 있어?' 했다. 지난 세월을 기억 속에서 메워가고 있는 내게 그는 잠깐의 틈도 주지 않고 '우리 집은 말이야……' 장황하게 설명하기 시작했다.

　그가 일러준 대로 '희망약국' 버스 정류장에서 내렸다. 햇볕이 길게 그림자를 만들어내는 도로 한편에서 더운 지열과 만나는 선선한 바람을 마주하며 마을버스 정류장을 찾았다. 십 여 미터 내려간 지점에 마침 대기하고 있는 마을버스가 눈에 들어왔다.

　마을버스는 희망약국 옆, 중앙선도 없는 좁은 도로를 타고 달렸다.

시장 통을 지나자 오르막길이었고, 역시나 양 선배의 말처럼 제법 평평한 공터가 나타났다. 마을버스 종점이었다. 공터에서 이어지는 좁은 오르막길은 제법 가팔랐다. 시멘트로 포장된 길은 간간이 계단을 만들어놓아야 할 만큼 경사가 심했다. 양옆으로 끝없이 붙어선 담벼락, 사이사이 고개를 빠끔 내민 네모난 변소 창, 그리고 낡은 양철 대문들……, 다리를 손으로 짚어가며 비지땀을 떨어뜨려도 끝이 보이지 않았다. 양 선배 말로는 이삼백 미터라 했건만, 족히 오 리는 되는 듯했다.

마침내 정상에 다다른 나는 담벼락 옆에 붙어서 전봇대를 잡고 깊은 숨을 몰아쉬었다. 약간 아래로 기울어진, 버스 한 대가 간신히 돌아설 만큼의 공터가 눈앞에 있었다. 내가 선 자리 왼편, 먼발치로 산 아래 축대가 보이고, 그 아래 아담한 건물 하나가 금방 눈에 띄었다.

'축대 아래 판잣집 같은 집들이 다다닥 붙어 있는 참에, 이상타 싶은 기분이 들 것이야. 하나하나 놓고 보면 판잣집이 추하건만, 어째 이놈의 삼층짜리 건물이 더 흉측하게 보인단 말야. 여관 건물 같지만 간판이 없을 거구먼.'

양 선배는 그렇게 말했다. 비록 낡았다 하나 추하진 않았지만, 그러나 분명 눈에 튀었다. 공터 건너편에 한길 넘는 시멘트 담벼락을 마주하고 있는 덕분인지도 몰랐다. 붉은 벽돌 삼층 건물과 공터를 사이에 두고 마주한 허연 시멘트 담은 그 자체만으로도 결코 어울릴 수 없는 부조화를 연출하고 있었다. 시멘트로 미장한 건물이라면 그리 특이하게 눈에 뜨이지는 않을 것이었다. 양 선배의 말마따나, 판잣집 같은, 변소 구멍을 빠끔 내놓은 집들의 벽이 그 자리에 서 있다면 잘 어울린다 싶을 것 같기도 했다.

그러나 정작 여관 건물이 흉측하게 보이는 진정한 이유는 뒤에 있는 축대 때문이었다. 삼층 건물의 다섯 배는 족히 될 성싶은 높이로 하늘을 찌르는 그 축대는, 공터의 건너편에서 올려보아도 하늘을 우러르는 자세를 취해야만 꼭대기를 볼 수 있을 정도로 높았다. 그 높이만으로도 기죽이기 충분한 축대이건만 그 폭이 높이만이나 했다. 반대편으로 꺾여 들어간 부분이 보이지 않아 그 끝을 가늠할 수 없었지만, 정사각형에 가까운 그 모양은 보기만 해도 섬뜩했다. 삼층짜리 건물은 그에 대비돼 손바닥만 해 보였다. 마치 거대한 석판이 자그마한 붉은 벌레 위에서 양팔을 벌리고 덮치려는 형국 같았다. 허연 큼직한 돌무더기가 촘촘히 짜진 축대 앞에서 붉은 벽돌들이 짜인 작은 무늬는 보이지도 않았다.

그 붉은 벽돌 삼층짜리 건물 앞쪽에 파라솔을 가운데 세운 야외용 간이 탁자가 두 개 놓여 있었다. 탁자에 앉은 노인이 나를 보고 손을 흔들었다.

"오랜만에 운동 좀 했겠구먼."

정중히 고개 숙여 인사하려는 나를 손으로 잡아끌며 양 선배는 활짝 웃었다. 깊이 팬 주름살과 깡마른 볼이 예전보다 훨씬 큰 웃음을 만들어주고 있었다. 정돈되지 않은 부스스한 머리는 십 년 전과 같았으나 어느덧 하얗게 변색되고 말았다.

"낮술은 여전히 안 하겠지? 허나 벌써 해거름이 졌는걸?"

양 선배는 앞에 놓인 소주잔을 내밀었다. 그가 들어올리는 소주병
에는 마지막 한 잔의 술밖에 남아 있지 않았다.

"그간 안녕하셨습니까?"

내 인사에 그가 피식 웃었다.

"고작 인사가 그 모양인가? 멋대가리 없기는 예나 지금이나 변함
이 없구먼."

껄껄 웃어 제친 그가 뒤편을 가리켰다.

"이게 내 밥벌이야."

담배 판매한다는 표시가 달린, 동네에서 흔히 보는 가게였다. 어디
가나 '슈퍼마켓' 이니 '마트' 니 간판들을 달고 있는 세상에, 이 양 선
배의 가게는 '구멍가게' 라는 간판을 버젓이 걸고 있었다. '구멍가
게' 옆의, 삼층 건물 출입구에 붙어 유리벽이 크게 가로놓인 점포에
는 '윤 헤어 살롱' 이라는 간판이 걸려 있었다. 안에서 잡지를 보던
삼십 대 후반 여자가 나를 보고 손을 흔들어 인사를 건넸다.

"모두들 내 사는 모습 궁금해한다고 들었지. 하긴 연락 끊고 산 지
가 벌써 십 년이야."

양 선배는 말을 하면서 내 얼굴을 요모조모 살폈다.

"자네도 제법 나이가 들어 보이는구먼. 하긴, 벌써 서른 중반이
지?"

엉거주춤 자리 하나를 차고앉는 나를 바라보며 양 선배가 빙그레
웃었다.

"만나면 어제 만난 사람 같을 거라고만 생각했는데 그리 간단치

않네 그랴. 약간은 어색하잖아? 너나 나나, 단절된 만남 속에서도 늘 마음속으로는 생각하고 있었던 게 분명해. 그렇지 않고서야 어찌 이런 어색한 기분이 들까……. 차라리 몸과 마음이 멀어져 있던 사이라면 십 년의 세월은 고작 시냇물 하나 사이였을 것이야.”

내가 빈 잔을 건네자, 환갑을 바라보는 나이치고는 훨씬 늙어 보이는 그가 빈 소주병을 밀어내며 자리에서 일어났다.

“축대 더미에 깔린 마누라를 저세상에 보내고 또 축대 밑에 빌붙어 살고 있으니, 내 전생이 만리장성 쌓다 밑에 깔려 죽은 것 아닌지 모르겠다.”

그는 십 년 전의 ‘그 일’을 얘기하며 가게 안으로 들어갔다. 그의 말 때문이었을까, 건물에 비껴 보이는 뒤편 축대의 위용이 더욱 섬뜩하게 느껴졌다. 보통 축대라면 일정한 기울기를 주어 무너져 내리지 못하도록 쌓건만, 이 축대는 거의 일직선으로 하늘을 향했다. 축대 앞의 삼층 건물 밑에서 바로 올려보니 끝은 더 아득하기만 했다. 가파른 고개 정상에 넓다 싶은 공터가 자리하고 있는 것만도 이상한 터에, 그 공터 하나를 지켜내고자 어찌 그리 높은 축대를 쌓아야 했던가 의구심을 떨칠 수 없었다. 마침 소주병을 들고 나오던 양 선배가 내 시선을 쫓으며 답을 주었다.

“여긴 한국전쟁 때 미군 포탄이 떨어진 자리라는구먼. 저 축대 위가 야산의 정상인데, 예전에 미군이 헬기 이착륙장으로 썼다나? 지금은 등산객을 위한 부대시설이 차지하고 있지만 말이야. 사람들의 발길이 잦으면서 여기 공터하고 위의 공터를 살려보자 해서 간신히

저 모양으로 축대를 쌓아놓은 모양이야. 내가 여기 들어온 게 칠팔 년 되었나, 그 전부터 저랬다는데 아직 멀쩡히 버티고 있구먼.”

“연락이라도 주시지……, 사모님 가시는 길 못 봬서 모두 안타까워했습니다.”

양 선배가 술잔을 홀짝이며 피식 웃었다.

“뭐 좋은 일이라구……. 내 남은 삶에 멍에만 남기고 간 사람인걸. 홀로 훌쩍 떠나는 일을 누가 못할까. 간혹 말이야, 청개구리 얘기가 생각난단 말이야. 비만 오면 엄마를 외치는 청개구리.”

양 선배가 어색하게 웃었다.

“그날도 비가 많이 왔거든. 내 마누라 말이야, 평생 못난 남편 달동네로 따라다니다가 결국 그 지경을 당했지. 잘난 남편은 그날, 포장마차에서 신선놀음을 하고 있었어. 빗소리가 낭만적이라면서……. 그러니 비오는 날 이 자리에 앉아 술잔을 홀짝이다보면 어찌 청개구리 생각이 안 날까.”

“멍에는 많이 벗으신 모양입니다.”

양 선배가 고개를 끄덕였다. 술잔 위로 떨어뜨린 그의 시선 위로 굵은 주름살이 잡혔다. ‘허구헌 날 소주병만 잡고 계시니 살이 찔 리 있어요?’ 문득, 언젠가 양 선배의 집을 찾아갔을 때 그의 딸이 쏘아붙이던 말이 떠올랐다. 아버지를 감시할 임무라도 있는 양, 그녀는 갓난아이를 들쳐 업고 양 선배 주위를 떠돌았다. ‘한 잔 하고파서 저런 거’ 하면서도 양 선배는 남은 소주잔을 다 못 기울이고 입맛을 다신 적이 있었다. ‘장가간다는 말이 시집간다는 말만큼이나 죽지 않고 살아 있는 걸로 봐서, 아마도 근대 이전에는 처가살이가 일반적이었던 모양이야. 그 장가의 장자가 장인, 장모의 장자 아닌가. 시대가 많이 변하긴 했어. 보리가 서 말이면 처가살이도 안 한다는 속담까지 생겼으니…….' 양 선배는 처가살이 아닌 처가살이하는 딸이라며 그렇게 말했다. '부모 잘못 만나 저 고생하는 것도 제 복이지.' 자기 앞가림하지 못하는 자신의 처지를 비하해서 하는 말인지, 부모 건사하려 고생하는 딸의 처지를 동정해서 하는 말인지는 알 수 없었다.

젊은 아낙이었던 양 선배의 딸과 그녀의 등에 업혀 있던 아이가 궁금해 물었더니 양 선배는 피식 웃었다.

"죽었어."

그는 여전히 웃는 얼굴로 나를 빤히 바라봤다.

"쟤 어멈 장례 끝내고 거의 일 년 만에 죽었지. 이번엔 다행히 축대가 아니라 암이었어. 하긴 축대나 암이나……"

나는 묵묵히 술잔을 들었다.

"딸애가 죽고 나니 손녀도 없더구먼. 사위란 위인은 역시 한 다리 건너야. 딴 계집이랑 미국으로 가버렸어. 손주 놈 편지 한 장 구경한 게 언제인지 모르겠어. 글자 몇 자 배운 실력으로 편지를 보냈었는데……"

양 선배가 껄껄 웃어버렸다. '구멍가게' 옆에 걸린 백열전구 빛이 붉게 취기 오른 그의 얼굴 단면을 후려치고 있었다.

"참, 수아는 잘 있는감?"

묵묵히 고개를 끄덕였다.

"자네나 나나 전생에 못할 짓 많이 한 모양이야. 자네 형 부고 받고 다녀와서……"

양 선배가 손사래를 쳤다.

"아직도 형수인가?"

나는 잠시 그의 질문을 이해하지 못했다. 빤히 쳐다보는 나를 보고 양 선배는 또 손사래를 쳤다.

"딸이 죽으니 손녀가 아니더라 했지 아마? 그래 물었어."

"잘 있습니다. 애가 벌써 초등학교 삼 학년이에요."

양 선배가 얼굴에 웃음을 지우고 고개를 끄덕였다. 모기 소리만한 한숨 소리가 그의 입에서 흘렀다.

"수아가 결혼한다고 해서 갔다가 우중충한 신부만 보고 자네는 못 봤지. 휴가 낼 생각도 않고 군대 핑계만 댔겠다? 형이 죽었다고 수아 멀찍이서 눈물을 삼키고 있던 자네를 본 것이 언제였더라……, 두어 달 뒤였던가? 서로 짠 듯이 돌아가면서 우리 앞에 나타나는 각본 없는 연기도 잘들 하더니."

양 선배는 가게 뒤 축대로 시선을 돌렸다.

"수아랑 둘이 문학을 합네 시를 압네 떠들던 게 엊그제 같은데. 내 문학의 밤에 찾아와서는 처음 만난 청춘 둘이 어찌나 떠들어대던 지……, 그 때 논쟁한 게 무엇이었더라……"

"어째 지난 일을 기억하려 하십니까? 까마득한 옛날 얘기를……"

"그 후로도 둘이 어지간히 붙어서 논쟁하더니 그게 언제까지 갈까 몹시 궁금했거든. 후배들이랑 내기까지 했으니까. 결국 장례식 때 논쟁이 끝나 있었어. 나나 자네 지인들이나 내기 얘기를 잊을 만큼 기운이 빠져버렸지."

술잔을 돌려 마신 탓에 소주가 일찍 바닥을 드러냈다. 저녁 식전의 안주 없이 마신 술이라 급히 취기가 올랐다.

"소설을 쓰려면……, 솔직해야 하는 법인데, 아직 소설을 쓰고 있다니 놀랍구먼. 구라만 푸는 게지. 내가 보기엔 그래."

양 선배는 더 이상 소주를 내오지 않았다.

"선배님은 시를 가슴에만 품고 계신 게로군요. 솔직하게."

"부처님은 집착을 버리라 하셨건만, 이 불쌍한 중생은 삶과 시 가운데서 방황하고 집착하고 있지. 난 절대로 집착하지 않는다 믿었는데, 어느 날 술집 나가는 우리 단골 아가씨가 묻더군. '시인이세요?' 땅바닥이 후딱 일어나더군. 현기증이 그런 거였어. 결국 난 '시를 잊자'는 것이 집착이요, 이는 곧 '시를 향한 집착'임을 깨달았지. 아직도 헤어나지 못하는 집착 속에 있다네. 인정하기 싫지만."

양 선배가 자리에서 일어나며 툭 내뱉었다.

"집착이 집착임을 알아야 하네. 그래야 집착에서 헤어날 줄도 알아."

그의 걸음걸이가 바르지 못했다. 가게 문턱을 넘을 때 발이 걸렸지만, 손으로 짚어야 할 곳이 어딘지 정확하게 아는 사람처럼 그는 벽에 의지해서 간단히 가게 안으로 들어갔다. 시간은 그리 오래 걸리지 않았다. 나와의 만남을 위해 미리 예비해둔 듯, 그는 누런 서류 봉투 하나를 들고 다시 내 앞에 나타났다. 들어갈 때보다는 훨씬 걸음이 안정되어 보였다.

"내 부탁 하나 들어줘."

그는 서류 봉투를 내 앞으로 내밀었다.

"이 건물 이층에 살던 사람이 쓴 글이야."

봉투 안에는 두꺼운 대학 노트가 들어 있었다. 퍼런 무늬가 희미하게 새겨진 평범한 공책이었다. 아래쪽이 삼 할 가량이나 찢겨져 나간 표지는 손때와 갖은 잡때가 찌들어 손에 들기조차 거북할 지경이었다.

"이 위인이 어쩌나 악필인지, 돋보기 써야 하는 난 이놈 잡고 씨름하기가 벅차다네. ㅎ인지 ㅇ인지, ㅂ이 ㅇ같기도 하고 ㅁ같기도 하고, 심지어 받침 ㄱ과 ㄴ이 구별이 안 된다니까. 보다 보면 기가 찰 것이야."

양 선배의 말은 엄살이 아니었다. 첫 장은 큼직하게 휘갈긴 글씨로 '내가 왜 이 공책을 꺼내 들었는가, 어디에 처박힌지도 모르는 볼펜을 왜 또 찾아 헤맸던가? 그걸 생각하다보면 또 오늘 하루가 다 갈 것이다' 이렇게 쓰여 있었는데, 그걸 읽는 데만 족히 담배 한 대 필 시간이 걸렸다. '내가' 만 해도 설보면 영락없는 '나마' 였다.

"이 공책 내용이 몹시 궁금해서 그래. 물론 자네 소설에도 보탬이 될까 싶은 생각이 아주 없는 것은 아니고. 그러니 잔말 말고 해독해 내라구."

나는 선뜻 고개를 끄덕였다. 서류 봉투에 다시 집어넣는 나를 보고 양 선배가 말했다.

“네가 직접 할 건 아닐 성싶다. 그리 쉽게 끄덕이는 걸 보니 말이야.”

못들은 척 서류 봉투를 갈무리하는 나를 보고 고개를 갸웃한 양 선배가 느직한 말투로 말했다.

“수아가 작업한다 그 말이군.”

시선을 비끼며 자리에서 일어나는 나를 양 선배는 잡지 않았다. 이미 전화로 저녁에 약속이 있다고 말해 놓았기 때문일 터였다.

“이리 헤어지자니 야속하구먼. 밤새 이야기해도 못 다할 얘기가 산처럼 쌓여 있는데 말이야.”

‘수아랑 같이 한번 들러’ 하는 양 선배의 말을 뒤로 하고 마을버스 정류장으로 향했다. 마을버스에 올라타 차창으로 내다본 ‘구멍가게’ 앞에는 아직도 내게서 시선을 떼지 못하는 양 선배가 전등 빛을 타고 늘어지는 그림자와 함께 자리를 지키고 있었다.

2

생각보다 훨씬 늦게 그녀의 집에 도착했다. 저녁 먹을 시간에 대려던 내 계획은 예기치 않은 약속 때문에 틀어져버리고 말았다. 도착할 시간을 미리 정해놓지 않았기에 늦었다 할 수는 없겠지만, 그러나 암묵적인 묵인이라는 점에서는 틀림없이 늦은 시각이었다. 내가 방문할 것이라는 사실을 그녀는 분명 확신할 것이었고, 또 그 시각 또한 그녀 나름대로 정해놓고 있을 터였다. 매년 그랬다. 나는 사전 약속 없이 그 날에 정확히 일곱 시 삼십 분 즈음에 방문했고, 그녀는 저녁 상을 준비해놓고 기다렸다.

양 선배와 여덟 시나 되어서 헤어진 뒤라 어차피 늦을 수밖에 없었다. 공연히 선배의 말대로 그의 집을 찾았던 걸 후회해본들 이미 지난 일이었다. 다른 날이었다면 못 간다 미리 전화를 했겠지만, 그녀의 생일인 마당에 그럴 수도 없었다. 양 선배의 전화를 받을 때만 해도 만남을 짧게 가져가면 된다고 생각했다. 오고 가는 시간을 계산했다고 했는데, 설마 양 선배 가게까지 그 비탈길이 그리도 길 줄은 꿈에도 생각지 못했다. 게다가 마을버스에서 내려 버스 정류장 주위의 은행을 찾는 데만 또 꼬박 십 여 분이 걸렸다. 허둥지둥 24시간 영업 점포망을 찾아 현금자동 인출기에 카드를 넣고 수표를 빼내기까지 또 시간이 걸렸다. 그녀와 내 작업실 주위의 은행이라면 찾고 일보기가 쉬었겠지만, 언젠가 그녀가 '여기 은행에서 뽑았잖아. 출판사에서 주는 거라며' 물었을 때 변명하느라 혼이 났던 후로는 집 부근의 은행은 피했다. '깜빡, 원고만 들고 나왔지 뭐야. 전화했더니 통장으로 붙여준다 해서…….' 이런 시답잖은 대답에 역시 그녀의 표정은 시큰둥했다. 이후로 그녀는 내색하지 않으려 애쓰면서도 내가 건네주는 돈 봉투의 겉면과 수표의 발행점 따위를 흘끔 살피곤 했었다. 출판사 로고가 찍히지 않은 맨봉투를 받을 때는 내내 내 시선을 피했다. 그런 까닭에 어쩔 수 없이 낯선 동네에서 은행을 찾아 헤매야만 했다. 집에서 들고 나간 출판사 로고가 찍힌 봉투에 두 달 전에 받았던 선인세(先印稅)를 수표로 집어넣는 일단의 작업이 끝난 뒤에도, 퇴근길 택시를 잡는 데까지는 또 시간이 걸렸다.

동네 앞에서 케이크를 사들고 초인종을 누를 때는 벌써 아홉 시 반이 넘어버렸다.

"삼춘! 삼춘이다."

조카 웅이가 현관문으로 뛰어나오는 발걸음 소리가 들렸다. 지은 지 십 년이 넘은 저층 아파트의 현관문은 어느덧 방음의 기능을 잃어 버렸다.

"삼춘!"

웅이는 현관문을 열자마자 내 목에 매달렸다. '초등학교 3학년이 라면 의젓할 나이도 되었다' 하는 엄마의 말은 늘 뒷전이었다.

"와, 술 냄새. 삼춘 술 마셨구나."

손에 든 케이크를 수아에게 건네기까지 웅이는 여전히 내 목에 매 달렸다.

"삼촌 무겁다. 어서 내려온."

하긴 웅이를 한손으로 받쳐 안기에는 힘이 부쳤다. 몇 달 전에 수 아에게 이런 말을 했었다. '웅이가 부쩍 커버렸어. 이걸 봐.' 나는 웅 이가 건네주었던 프린팅 된 종이 넉 장을 내밀었다. 웅이가 자랑스러 운 표정으로 '내가 쓴 소설이야' 라며 보라 했던 종이였다. 종이를 받 아드는 수아는 '어쩜, 엄마보다 먼저 삼촌한테 자랑했을까 몰라' 하 면서도 기분 나빠하지는 않았다. 수아는 '또 다른 아빠라……' 하며 제목을 중얼거리고 나서 눈으로 읽어 내려갔다. 이미 제목을 읽을 때 부터 그녀는 웃음을 잃어버렸다. 내용은 간단했다. 놀이터에서 그네 를 타고 있는 어린아이가 이야기의 시작이었다. 별이 총총 빛나는 밤 에 홀로 놀이터에서 그네를 타고 있는 아이에게 젊은 아저씨가 다가 가 그네를 밀어준다, 아저씨는 밀고 아이는 그네에서 흔들리고……, 이윽고 아저씨는 아이의 이름을 묻고 나이를 묻더니, 하늘나라 간 자기 아이랑 나이가 같다고 한다, 아이는 아저씨의 나이를 묻고 하늘나라 간 아버지와 나이가 같다고 한다, 다음날도 또 다음날도 둘은 그네에서 미끄럼으로 오가며 장난을 하다가 찾아 나선 엄마와 만나고. '이젠……, 갑자기……, 웅이가 무겁게 느껴질 것 같아.' 글을 읽고서도 한동안 종이에서 눈을 떼지 못하던 수아가 방긋 웃었다. '시간이 많이 흘렀어. 어느 날 문득, 저 애가 내가 낳았던 팔뚝만 했던 아이인가 싶어진다니까. 정말 긴 시간이었어.' 그 이후로도 달라진 것은 없었다. 웅이는 언제나처럼 내 목에 매달렸고 난 두 팔로 감아 안았다. 갑갑해진 웅이가 팔에서 미끄러져 내릴 때까지 같이 노래도 부르고 얘기도 나눴다. 달라진 점이라고는 수아가 웅이를 바라보는 눈길이었다. 내 목에 매달린 웅이를 기특하다는 듯 바라보던 그녀의 눈가에 걱정과 연민의 빛이 어렸다. 내색하지 않으려 애쓰지만 웅이에게조차 들킬 만큼 그녀의 연기는 형편없었다.

"밥은 먹었어?"

그녀가 물었다.

"아니."

"삼춘! 밥 안 먹고 술만 마셨구나. 그럼 안 돼. 자, 밥 먹어."

웅이는 쪼르르 식탁으로 달려갔다. 열여섯 평형 아파트에 달려갈 거실이 어디 있을까 싶게 웅이는 금방 식탁에 다다라 식탁보를 걷어냈다.

"엄마도 아직 밥 안 먹었어. 나만 먹었당!"

늘 그렇듯이 내 자리를 비워두고 수아와 웅이가 의자에 앉았다. 나는 그녀가 한쪽 옆에 감추듯이 내려놓은 케이크를 들고 내 자리에 앉았다.

"자, 웅아. 먼저 엄마 생신 축하해 해 드리자."

웅이가 초를 다 꼽을 때까지 수아는 웅이의 손끝만 내려보았다. 내가 불을 붙이고 웅이가 전등을 끄러 나간 사이, 그 잠깐 사이에 비로소 수아가 내게 눈길을 주었다.

웅이를 재우고 수아와 식탁에 마주앉았다. 그녀나 나나 밥은 멀찍이 밀어놓았다. 식탁 위에 매달린 전등이 뿌려내는 불빛 아래 수아는 시선을 내리고 붉은 포도주가 담긴 잔만 만지작거렸다.

"오늘, 양 선배님 만났어."

수아가 고개를 번쩍 들었다.

"갑자기 전화하셔서 오늘 보자 하시더군."

"안녕하셔?"

나는 고개를 끄덕였다. 식탁의 유리에 반사되는 노란 불빛 한가운데로 흔들리는 포도주의 붉은 기운이 찰랑거렸다. 전등의 미약한 흔들림에도 술잔은 거칠게 요동치는 듯했다.

"그래서 늦었어. 미안."

식탁 위에 그녀의 머리 그림자가 흔들렸다.

"많이 늙으셨겠다. 십 년인데……"

나는 고개를 끄덕였.

"생각보단……, 예전의 괄괄함을 찾으신 것 같더군. 긴 시간이었으니까."

수아의 머리 그림자가 식탁 위에서 다시 움직였다.

"처음 문학의 밤 하는 날, 자기가 나가려는데 선배님이 손목을 잡아끌었지. 그러더니 대뜸 '담배 피려구?' 하셨잖아. 멍청하게 자기가 고개를 끄덕이는데 갑자기 선배님이 호통을 치셨지. '내가 니 애비냐?' 그러시고는 이렇게 말씀하셨어. '번거로운 예절과 형식이 관계를 왜곡시키는 걸 알아야 해. 당장 봐. 담배 피려 나가면 난 대화할 상대를 잃어버리잖아. 이런 관계의 단절을 피하려면 내용의 예절을 찾아야 한다 이 말이야. 무슨 말이냐 하면, 우리가 뜻이 맞는 친구라면, 정말 뜻이 맞는 친구라면, 그에 합당하게 내 앞에서 담배를 꼬나물고 계속 얘기를 해야 한다 이 말씀이거든. 그게 예의야.'"

"그리고 이렇게 말씀하셨지. '단 하나, 네가 나와 얘기하고 나와 함께 하지 않는 자리에서, 내가 다른 사람과 어울리고 있는데 그 옆에서 담배를 꼬나물고 있다면 그건 싸대기를 맞을 짓이지, 암. 내가 네 아버지랑 동기동창일 수도 있는 거고, 군번이 내가 먼저일 수도 있잖아.'"

"그러시고는 주민등록증을 꺼내보이셨지."

"진짜 우리 아버지보다 한 살이 많으시더라구."

수아의 피식 웃는 소리가 들렸다.

"옆에서 담배 피는 어정쩡한 모습이란!"

수아가 잠시 침묵했다. 그 시간은 그리 길지 않았다.

"그래도 양 선배님 만났다니 좋다."

술잔을 들어 입으로 가져가며 고개를 들었다. 그녀는 내 뒤쪽 벽면에 걸린 작은 액자를 묵묵히 바라봤다. 혼잣말 같은 그녀의 목소리가 내게로 건너왔다.

"할 얘기도 생기고."

그녀의 시선이 막 내게로 돌아오려 했다.

"참! 오늘 출판사 들렀어."

그녀는 반가와 하지 않았다. 나는 그녀 앞에 양 선배로부터 받은 서류 봉투를 내밀었다.

"출판사에서 이 원고 검토해 달래."

그녀가 서류 봉투를 열었다. 대학 공책을 따라 나오는 돈 봉투를 옆으로 밀어놓으며 공책의 중간을 펼쳤다. 잠시 훑어보던 그녀가 공책을 내려보는 자세에서 웅얼거리듯 말했다.

"미안. 번번이⋯⋯"

"뭐가?"

그녀가 공책을 넘겼다.

"아니 그냥."

공책 몇 장 넘어가는 소리가 났다.

"애 좀 먹을 거래. 나도 차에서 잠깐 봤는데 여간 악필이 아냐."

수아가 고개를 끄덕였다.

"역시⋯⋯, 출판되든 안 되든, 검토만 하면 된다고 했겠지?"

나도 고개를 끄덕거렸다.

3.

　자정이 넘어 작업실에 도착했다. 내 작업실은 수아의 집에서 걸어 오 분 거리였다. '가까이에서 웅이를 돌봐주는 게 좋겠지.' 어머니는 내 의사와는 상관없이 팔을 걷어붙이고 집을 보러 다닌 끝에 서른 평이나 되는 집을 계약해버렸다. 책상 하나 침대 하나에 책장 몇 개가 고작인 내 짐에 비해 지나치게 넓은 공간이었다. 집을 바꾸자는 내 말에 수아가 펄쩍 뛰는 바람에 어쩔 수 없이 둥지를 틀었던 것이 육 개월 전이었다.
　전화벨이 울렸다.
　"그 애 집에 있다 오는 게냐?"

어머니였다.

"미역국이나 먹었는지 모르겠다."

어머니는 내가 전화를 받을 때까지 내내 전화기 버튼을 눌렀을 것이었다. 내가 어디서 무얼 하고 있는지 알고 있기 때문에 더욱 그랬을 거였다.

"홀로된 형수 집에 늦은 시간까지 머무르는 건 남 보기에 좋지 않다."

어머니는 잠시 시간을 두고 이렇게 말했다.

"오늘 아침에 전화했다. 생일이라고 같이 식사나 하자 할 것 없다고 말이다."

매년 어머니는 그랬다. 그녀의 생일을 잊은 적은 한 번도 없었다. 그러나 자상하게, '애랑 단둘이 생일을 보내기 적적하면 같이 식사나 하자' 하는 말 한번 없었다. 어머니의 말은 '정을 붙여봤자 그 아이에게 좋을 것 없다. 언제까지 혼자 몸으로 살 수는 없는 법이지. 빨리 잊고 새 생활 시작해야 한다' 였다. 어머니가 수아를 집에서 내치듯이 몰아낼 때도 이렇게 말했다. '남편 없는 시집에 뭐 볼 게 있다고 붙어 있누. 어서 제 생활을 찾아야지.' 만삭에 가까운 몸으로 울며 매달리던 수아가 현관문 밖으로 나갈 때, 어머니는 따라 나가려는 나를 붙잡았다. '장례식 끝나자마자 이리 보내 안되었다마는, 저쪽 친정에서도 그런 편이 나을 거라 하니 늦출 필요가 뭐 있겠누. 실없이 위한답시고 가까이 하지 마라.' 그러나 위한다고 하는 어머니의 말이 정작 당사자에게는 달리 들렸던 모양이었다. '어머니는 아들

잡아먹은 며느리라고 미워하시는 거야. 그렇지 않담 뱃속의 아이조차 안아보실 생각 전혀 없이 이리 내치실 수는 없어. 저렇듯 마음에 못을 박으시는데, 어떻게 다른 생활을 생각할 수가 있겠어?' 휴가 나올 때마다 수아는 흐느끼며 그렇게 말했다. 내가 군대를 제대하고 돌아온 어느 날, 어머니는 나를 불렀다. '이젠 아이 혼자 나들이 할 나이도 되었지? 웅이라, 한번 보고 싶구나.' 웅이를 내 품에 안겨 보내면서도 수아는 감히 따라나설 엄두를 내지 못했다. '영락없는 제 에미구먼.' 몇 번 안고 어르던 어머니와 아버지는 이내 아이를 내 품에 돌려놓았다. 말은 '아이가 영 붙임성이 없다' 였지만 할아버지, 할머니 앞에서 낯가리는 아이를 제대로 얼러주지도 않았다. 내가 부단히도 웅이를 집에 데리고 놀러 다녔건만, 친손자와 조부모의 데면데면한 관계는 한발자국도 진전되지 못했다. 웅이가 네 돌 갓 지났을 무렵, 비로소 어머니는 웅이의 생일에 맞춰 음식도 장만하고 장난감도 선물하는 파격을 행했다. 그 날 밤, 어머니와 아버지는 형의 옛 앨범을 꺼내놓고 눈물을 흘렸다. '어쩜 저리 애비 모색이 완연할까.' 그 이후부터 며느리 없는 가족 모임이 빈번해졌다. 그리고 어머니가 '웅이를 옆에서 보살펴주라' 며 그들 옆에 작업실을 구해주기까지 또 몇 년이 흘러야 했다.

 채 여섯 달이 되기도 전에 어머니는 '홀로된 형수 집에 늦은 시간까지 머무르는 건 남 보기에 좋지 않다' 는 말로 말문을 여는 적이 많았다. 조카와 며느리, 아들 사이에서 어머니에게 남모르는 고민이 쌓이고 있다는 증거였다.

“웅이, 피아노 한 대 들여놔주어야겠다.”

어머니는 내 의견을 기다리지 않고 이어 말했다.

“애비 없다고 학교에서 무시당하는 건 아닌지 몰라. 애가 애비 닮아서 의젓하고 호기 있어 다행이다만, 자칫 잘못하면 기가 죽어버릴 수도 있으니 걱정이다.”

나는 대수롭지 않게 어머니의 말을 받았다.

“웅이네 피아노 놓을 자리 없어요.”

기다렸다는 듯한 어머니의 밝은 목소리가 들렸다.

“그래서 말인데, 집을 보러 다니고 있다. 움츠리고 뛸 공간도 없는 데서 아이가 제대로 크기나 하겠니?”

어느 동네가 괜찮으니 저 동네는 이런 게 좋다느니 하는 말이 들렸다. 조만간 평수며 층수까지 결정될 것이었다. 당사자도 모르는 사이 서른 평이나 되는 내 작업실이 구해졌을 때처럼, 모든 일은 일사천리로 진행될 터였다.

“피곤해요. 전화 끊어요.”

어머니의 다음 말은 듣지 않아도 알았다. 핑계를 대보지만 어머니 앞에서는 늘 쓸모가 없었다.

“내가 용한 매파를 주선해 놨다.”

억지로 찾지 않아도 제 짝은 나타나게 마련이라고 위안을 삼던 어머니가 서너 달 전부터 부쩍 졸랐다.

“네 꼴도 더 이상 봐줄 수도 없고……”

어머니는 내 반응을 기다리고 있는 듯했다. 어머니는 내 반응에 바로 대응할 수 있는 준비가 늘 철저했다. 그러므로 민감한 사안에는 침묵이 최선이었다.

"내 아들 둘씩이나 베릴 수는 없다."

어머니가 예비하는 대응 중에 가장 자주 쓰이면서도 가장 효과가 있는 재료가 '형'이었다. 사랑은 내리 사랑이고 모성이야말로 가장 큰 본능이라는데, 우리 어머니는 예외라는 생각이 가끔 들었다. 단정할 순 없지만, 형의 사진을 앞에 두고 눈물을 흘리는 것도 내 앞에서뿐이었다. '너만 보면……'으로 시작하는 어머니의 사설이 그랬고, '애만 오면 청승이야' 하는 아버지의 말도 그랬다. 그것도 '민감한' 얘기가 진행 중일 때에만 그랬다. 코트를 샀다느니 계 모임에서 어땠다느니, 신나는 얘기를 할 때에는 어머니 얼굴에 우울이란 찾아볼 수가 없었다. 어머니는 내 얼굴에 노기가 보이는 기미만 있으면 그렇게 눈물을 지어냈다.

"조건 좋은 처녀가 있다 해서 선볼 날짜 잡으라 했다. 네 책상 위에 사진 올려놨다. 나이가 서른 꽉 찬 게 흠이지만, 인물 좋고 학벌 괜찮고 집안도 그만하고……. 딴 생각 말고 시키는 대로 해라. 알았지?"

어머니는 신붓감 주위에 아들 내세우는 일을 취미로 삼는 듯했다. 늘 그랬지만, 번번이 깨지는 미팅을 어머니는 쉼 없이 만들어냈다. 내가 약속 장소에 나가지 않아도 어머니는 크게 화를 내지 않았다. '그만한 신붓감도 없는데……, 아까워서 잠이 안 온다' 하고 그만이었다. 못마땅해서 내치다시피 했던 아들이 언제부터 자랑거리가 되었는지 알 수가 없었다. 형의 죽음 이후인 것만은 틀림없었다.

어머니는 잠시 여유를 두었다 말했다.

"그 아이 말인데, 네가 얘기할 것이니 굳이 내가 나서지 않겠다."

전화를 끊어야 좋을 시점에서 어머니는 여느 날과 다르게 하지 않던 이야기를 꺼내고 있었다. 돌려놓는 말을 던지는 것으로 보아 기분 좋은 얘기는 아닐 것이었다. 어머니는 내 반응을 기다리는지도 몰랐다.

"아까 했던 매파 얘기다. 장가가 늦은 총각이 하나 있단다. 집안도 괜찮고 인물도 빠지지는 않는데다가, 결혼이 늦은 이유도 유학 때문이라 하니 그만한 조건이 어디 있겠니? 만약 남자가 아이 데려가는 것 싫다면, 뭐 정 싫다고 하면, 웅이는 우리가 맡을 수도 있는 거고."

어머니는 잠자코 기다렸다.

"모두 다 좋다고 하는 일에 싫다면 안 되지. 저나 웅이나, 다 좋고 좋은 일이야."

전화 수화기를 내려놓았다. 갑자기 저녁 때 만난 양 선배가 그리웠다. 택시를 잡아타고 산동네로 달려가고픈 생각이 물밀 듯이 쏟아졌다. 양 선배를 만나면 지난 십 년을 말끔히 잊어버릴 수 있을 것만 같았다.

4

　작업실에서 아침을 맞은 날이면 어김없이 아버지의 운전기사인 황씨가 전화를 했다. '집에 들어갈 거요?' 작업을 하느라 새벽에야 잠들었을 때도 꼭 깨워놓았다. 그것이 어찌 황 기사의 잘못이겠냐마는, 정작 일을 시킨 사람보다 좋은 소리 한번 듣지 못한 일을 융통성 없이 진행하는 황 기사가 누구보다 못마땅했다. '안 들어간답니다' 전화 한 통화 넣으면 그만인 일이었다. '필요하면 제가 전화할게요. 대충 전화해서 둘러대고 어디 드라이브나 하세요.' 하고 몇 번을 일러두어도 소용없었다. 고맙다는 인사 한번 받아보지 못한 채로 열 살이나 어린 나를 '선생'이라 불러가며 '모시러' 다니는 일이 달가울 리 없는데도 꼬박꼬박 전화하는 그의 끈기가 놀라울 뿐이었다.

신문 보고 텔레비전 채널 몇 번 돌리면 아침 시간은 그럭저럭 잘
지났다. '아침은 먹었냐?' 하는 어머니의 안부 전화가 길어질 때만
시간이 더디게 흘렀다. 아침밥을 거른 지 십 여 년이나 된 아들 앞에
서 어머니는 십 년 전이나 십 년 후나 아침밥 잔소리를 늘어놓았다.
'아침을 먹어야 좋은 컨디션을 유지할 수 있다. 젊어서는 몰라도 조
금만 나이 먹어봐라. 아침 안 먹은 티가 금방 나게 되어 있어.' 아침
밥은 안 먹기로 했다고 내가 한마디 하는 날이면 어머니의 잔소리는
더욱 길어지게 마련이었다. '십 년 지났더니 아침은 전혀 생각이 없
어. 몸의 생리가 바뀐 거겠지? 그래도 어머니는 성화시니 원.' 언젠
가 수아에게 말했더니 빙긋 웃던 그녀가 한술 더 떴다. '그래서 사람
은 어버이가 되어 봐야 한다니까. 철이 들려면 멀었지.'

말은 그렇게 했지만 그녀는 한 번도 아침밥을 권해본 적이 없었다.
암묵적인 관행처럼 진행되어 온 그녀와의 식사는 열한 시 반에서 정
오 사이의 점심과 일곱 시 반 즈음의 저녁이었다. 점심은 그녀가 작
업실로 도시락을 들고 왔고 저녁은 내가 찾아가서 먹었다.

역시 찬합을 든 수아가 현관문을 열고 들어왔다.

"어제 술은 많이 안 했으니 국물 없어도 되겠지?"

도시락을 펼치며 그녀가 말했다.

"오늘 도시락을 꾸리는데 양 선배님 생각이 났어. 정말 건강하신
지 모르겠어. 아무도 챙겨드리는 사람이 없잖아."

간밤에 양 선배 생각이 간절해서 찾아갈까 했다는 말은 하지 않았
다.

"자기가 도시락 들고 다니는 모습을 보면 양 선배님 한마디 하시 겠지. '수아가 전형적인 가정주부란 말이지. 천하의 수아가!' 그럼 뭐라 할 거야?"

수아가 피식 웃었다.

"양 선배님이 구멍가게 주인이란 말이지, 천하의 양 선배님이!"

그녀가 킥킥 하고 웃었다.

"무척 뵙고 싶어서 달려가긴 했는데 그렇게 헤어지고 보니 죄송하 다는 생각뿐이야. 시간을 넉넉히 잡았어야 했어. 돌아서는 발길이 무거웠는데 보내는 양 선배님은 오죽하셨겠어?"

잠시 생각하던 수아가 고개를 번쩍 들었다.

"오늘 여기 오시라고 하자. 하루 가게 닫고 말이야. 웅이도 여기서 재우면 되잖아."

갑작스런 그녀의 제안에 잠시 대답을 못했다.

"밤새 얘기를 나누는 거야. 내가 양 선배님께 가서는 밤 샐 수가 없 잖아."

나는 흔쾌히 고개를 끄덕였다.

"여기 보시고 '떼끼. 날라리 글쟁이가 껍데기만 그럴 듯하구먼. 부 르좌틱한 글쟁이가 글쟁이야?' 하시지 않을까 몰라."

내 말에 수아가 웃는 얼굴로 '그럼, 그럼' 하다 말고 장난스런 표 정을 지었다.

"'날라리 시인이 껍데기도 시답잖구먼. 구멍가게 구멍이 예술 구 멍인감' 해 봐. 뭐라실지 궁금하다."

"뻔하다. '예술 구멍 따로 있나? 명기는 있어도 예술 구멍은 없다' 하시겠지."

내 음담에 수아가 낄낄 웃었다.

"지금 나이에도 그러실까 몰라. 예전엔 마주 앉아 있기가 겁났는데 말이야."

양 선배는 수아가 앞에 있을 때 음담패설 늘어놓기를 좋아했다. 수아가 성추행이니 뭐니 몰아붙이면 '고상한 말만 담아서야 어디 문학이건? 육두문자야 말로 민중 혼이 담긴 예술어야' 하며 장황한 괴설을 늘어놓곤 했다. 자지니 보지니 원색적인 단어도 마다하지 않는 그의 말 앞에서 수아가 민망하다며 넌더리를 쳐도 양 선배는 막무가내였다. '처녀가 알 건 다 아는가 봬? 응큼하긴. 밤마다 남자의 살을 그리워하면서도 고상한 척하는 년들하고 다를 바 없구먼. 음심이 없는데 민망할 건 뭐여? 음심이 가득하니까 민망한 게지.' 그렇게 수아를 음탕한 여자로 만들어놓고야 독설은 끝났다.

"메일은 열어봤어?"

점심 식사를 끝내고 커피를 내오면서 그녀가 물었다. 아직 컴퓨터 켜지도 않았다는 말에 그녀는 내 작업실 쪽을 바라보며 말했다.

"정말 난해하더라. 몇 쪽 분량을 옮겨보긴 했는데……"

그녀가 메일로 보낸 원고 내용이 궁금하진 않았다. 그녀의 성의에 반응해야겠다 싶어 소파에서 일어나는데 그녀가 말렸다.

"처음엔 짤막한 메모뿐이야. 일관성도 없어. 열 장 정도 뒤부터 글자들이 빼곡한데, 아직 엄두가 안 나서 읽어보진 못했지만, 일단 장

문을 읽어봐야 내용을 감 잡을 수 있을 것 같아.”

“천천히 해.”

그녀가 눈을 흘겼다.

“당나귀에게는 당근과 채찍이 같이 필요한 거야. 주인이 예쁘다고 당근만 주면 살이 뒤룩뒤룩 찐 게으른 당나귀가 된다구.”

이런저런 얘기를 나눈 수아는 웅이를 맞으려 집으로 갔다. 굳이 자기 앞에서 전화하라는 수아의 등을 떠밀고 양 선배에게 전화를 걸었다. 받아온 공책의 출처를 양 선배가 출판사에 넘겼다가 고쳐 쓰기 위해 다시 받아다 내게 건네준 것으로 말을 맞추었다. ‘소설에서만 구라를 푸는 줄 알았더니 생활이 구라구먼.’ 양 선배의 큰 웃음소리로 미루어 그는 이미 돌아가는 판세를 다 읽은 듯했다. 구차한 이야기를 길게 하지 않아도 좋았다.

컴퓨터를 켜고 수아가 보낸 메일을 열었다. 제목은 ‘딩동’, 그 밑에 달린 내용도 ‘딩동’이었다. 내 작업실을 들르며 벨을 눌러본 적도 없는 그녀가 메일 제목에는 늘 ‘딩동’ 아니면 ‘똑똑’을 달았다. 창조적인 머리글 하나 달지 못한다고 퉁을 주었을 때 그녀는 이렇게 되받았다. ‘그럼 이리 오너라 한 번 하고, 게 아무도 없느냐 하고 그 다음에는 마님 행차시오 할까?’ 그녀의 눈 흘김이 ‘너는 어떻고?’ 하는 것 같아 생각해보니 나 역시 그녀에게 보내는 메일의 제목은 회신을 빼놓고는 ‘……’ 이랬다. 그녀에게 보내는 메일에 제목 달기가 소설 첫 머리 끄집어내는 것만큼이나 어려웠다.

담배가 떨어졌다. 주머니가 비었다.

배가 고프다.

햇볕이 들어온다. 길게……

싸우는 소리가 들린다. 싸우나보다.

열어본 메일의 첨부 파일에는 이런 단발적인 글들만 나열되고 있
었다. 장난 글이라 치부해버려도 좋을 성싶었다. 양 선배가 허튼 일
시키랴 싶어 들여다보고 단어마다 되씹어 봐도 건질 구석이 전혀 없
었다. 단 몇 줄의 글을 읽은 후에 나는, 공책 주인에 대한 호기심을
완전히 떨어버렸다. 내 관심은 그런 유치한 일을 맡긴 양 선배의 의
도 하나에만 남았다. 불현듯 그 일기가, 수아와 나의 매개체이듯이,
만남의 오랜 공백을 메우기 위해 양 선배가 찾아낸 매개체일지도 모
른다는 생각이 들었다. 그런 생각을 할 만큼, 나는 양 선배에게서 거
리감을 느끼고 있었다. 양 선배로부터 시작되고 또한 양 선배와 함께
진행되었던 수아와의 지난날들이 한 순간 양 선배의 부재 속에 급격
히 뒤틀려진 마당이라, 내가 느끼는 시간의 공백은 클 수밖에 없었

다.

　나는 양 선배의 의도에 대한 결론을 저녁때까지 유보하기로 하고 끝까지 읽어보지도 않은 메일을 닫았다.

5

    수아는 다섯 시가 조금 넘은 시각에 커다란 장바구니를 들고 작업실에 왔다. 웅이를 피아노 학원에 보내고 바로 오는 길이라고 했다. 양 선배 감격하는 모습이 눈에 선하다로 시작되는 혼잣말을 끊임없이 풀어놓으면서 저녁 밥상을 준비했다. 늘 그랬듯이, 나는 식탁에 앉아 그녀가 건네주는 콩나물에 파, 마늘 따위를 다듬었다.

    일곱 시가 코앞일 때까지 한참을 부산떨었다. 웅이가 '삼춘' 하며 달려들어 오는데 정작 기다리는 양 선배는 소식이 없었다. 배고프다고 칭얼대는 웅이를 먼저 먹이고 녀석의 하루 일과 얘기를 다 들은 연후에야 문 밖에서 요란한 기척이 났다.

    "주영아!"

양 선배였다. 양 선배는 수아의 장바구니만큼은 아니지만 제법 큰 비닐 주머니를 손에 든 채 현관에 들어서 집안을 휘 둘러보았다.

"다 큰 남자 이름을 동네 떠나가라 부르십니다."

수아가 양 선배 발치에 서서 두 팔을 벌렸다.

"상투도 못 튼 놈은 이름 부르는 뱁이지."

양 선배는 빙긋 웃고 비닐 봉투를 든 손으로 수아를 덥석 안았다.

"영락없는 아줌마로군."

수아는 눈앞에서 웃고 있는 양 선배를 물끄러미 바라봤다.

"주영이 말보다는 훨씬 젊으십니다."

양 선배가 껄껄 웃었다.

"저 멋대가리 없는 위인이 찾아와서 고작 '안녕하셨습니까' 이러잖어? 하긴 저 녀석이 이리 안기면 정말 무안하긴 하겠다. 그나저나 내 욕을 디립다 한 모양이군."

"욕이야 선배님 전공이지 제 전공이 아닙니다."

나는 웃으며 양 선배의 손에 들린 비닐 봉투를 받았다.

"예나 지금이나 저 녀석은 멋대가리 없어. 왜 수아도 알지? 저 녀석이 무슨 농이라도 던지면 갑자기 좋던 분위기 착악 가라앉던 거. 오죽하면 오가며 기웃거리던 패들이 음담패설하는 저 친구를 보고 세미나 발제하나 했겠어?"

수아가 까르르 웃었다.

"그 팔이나 풀고 말씀하십시오."

"제 얘기한다고 무안하긴 한 모양이네 그랴. 그래도 좋다고 따라

다니던 정신 나간 계집애들이 좀 있었지.”

양 선배는 내 말을 무시하고 수아를 더 꼭 안았다. 수아는 양 선배의 가슴에 얼굴을 파묻고 꼼짝도 안 했다.

“그냥……, 가끔 뵙고 싶었어요.”

“저 할아버지 누구야?”

웅이가 끼어들지 않았다면 신파는 꽤나 오래갔을 것이었다.

“떼끼, 할아버지라니. 삼촌이라 불러야지.”

양 선배는 안고 있던 수아를 떼어놓고 웅이의 키 높이에 맞춰 무릎을 낮추었다.

“네가 웅이로구나.”

양 선배가 웅이를 번쩍 안았다.

“애비를 쏙 빼닮았다.”

양 선배는 팔에 안긴 웅이의 뺨에 볼을 비볐다. 질색하며 몸을 비트는 웅이를 한 번 추슬러 안은 양 선배는 이번에는 웅이의 머리를 손으로 받쳐 당겨 가슴에 묻었다. 기를 쓰며 빠져나가려는 웅이를 양 선배는 놓아주지 않았다.

“가만있어 보거라. 내 이리 안아본 지가 언제인지 모르겠다.”

양 선배가 웅이를 앞에 두고 볼에 입을 맞췄다. 웅이는 엄마를 향해 응원을 구하는 눈길을 보냈지만 밥상 차리는 수아가 알아챌 리 없었다.

“할아버지!”

사정없이 뒤트는 아이의 몸을 부둥켜안고 양 선배는 하염없이 웅이의 얼굴을 바라봤다. 입을 다문 모습이 말을 잊은 사람 같았다.

"웅이는 그만 가서 숙제해라."

수아의 말에 힘을 얻은 웅이가 양 선배의 품에서 몸을 뺐다. 웅이는 뒤 한번 돌아보지 않고 방으로 달려갔다. 웅이가 방문을 닫을 때까지 양 선배는 웅이의 뒷모습에서 눈을 떼지 않았다.

"인간에게 주어진 감성의 근원은 어디일까……. 관념일까 아니면 본능일까? 눈물은 생리학적으로 눈의 건조를 막기 위해 분비되는 것인데, 그 본연의 생리적 기능 이외의 기능을 한단 말이지. 감성의 작용에 의한 눈물 말이야. 동물과 다른, 사람답다는 의미는 참으로 재밌는 부분이야. 감성의 근원인 가슴도 결국 머리와 연결되어 있으니. 단순한 신경계의 작용이 아니거든."

밥을 앞에 두고 양 선배는 수아가 기대했던 감격을 하지 않았다. 선뜻 수저를 들고 '아구찜이로세, 이건 불고기로군' 하는 대신 냉수 한 그릇을 먼저 비웠다.

"내 소주 몇 병 들고 왔지. 한 병 따 와라."

소주병을 집어 드는 내게 수아가 눈을 흘겼다.

"눈물이 머리와 연결된 가슴에서 나오는 건 아시는 분이, 그 눈물이 가슴을 적시고 머리를 적시는 건 모르시나 보군요."

머쓱히 수아를 외면하는 나를 양 선배가 물끄러미 바라봤다. 뭔 말이냐는 뜻이었다. 나는 두 손을 옆으로 벌리며 '내가 알겠습니까' 하는 동작을 해보였다.

"깡소주가 위장을 적시고 머리를 적셔서 인간답지 못한 인간을 만들잖아요. 사람답게 곱게 나이를 먹어야지요.”

양 선배가 눈을 끔뻑끔뻑했다.

“내가 지금 밥이 넘어가게 생겼냐?”

새침해서 앉은 수아를 옆에 두고 소주병을 땄다.

“니 말대로, 가슴도 적시고 머리도 적시려고 한잔해야겠다. 어제도 이놈이 찾아와서 심기를 뒤흔드는 바람에 한잔했는데, 오늘은 둘, 아니 셋씩이나 나를 뒤흔드니 어찌 술 없이 맨밥을 먹겠나?”

양 선배는 한 잔의 술을 단숨에 비우고는 안주를 거들떠보지도 않았다.

“선배님 오신다고 콧노래 부르면서 지은 밥이에요. 조금 뜨세요.”

내 말에 양 선배가 무릎을 탁 쳤다.

“그래서 삐진 게로군. 그래서 삐졌어. 소갈딱지는 예나 지금이나, 쯧쯧.”

‘삐지긴 누가 삐졌냐’ 고 눈을 동그랗게 뜨는 수아를 보며 양 선배가 빙긋 웃었다.

“그게 언제였더라……”

눈을 게슴츠레하게 감은 양 선배가 느릿하고도 나직한 목소리로 말을 하기 시작했다.

“문학의 밤 뒤풀이 때였지. 종알종알 시가 어떻다는 둥 문학이 어떻다는 둥 잘만 떠들더군. 내 기억에는 아마 ‘소재주의’ 어쩌구저쩌구 했었어. 보다 못해 내 한마디 했지. 앞에 있는 술 한 잔의 의미도 나름대로 해석할 줄 모르는 철부지 계집애가 주의니 세계관이니 떠

든다고 말이야. 그랬더니 술이라는 작은 소재에 국한시켜 사람을 평가한다나 어쨌다나, 그러면서 날 소재주의자로 몰아붙이더군. 인간관계에 기초한 사실주의 작품이 아쉽다나? 앞에 놓인 술잔을 인간관계와 연결시켜 자신의 인생관에 기초해서 해석해 보라 했더니, 당돌한 년이 글쎄, '사회 변화에 능동적으로 대응할 능력을 상실한 자들이 자기 위안으로 삼는 주요한 수단' 이라고 하지 않겠어?"

"제가 언제 그랬어요? '사회에 능동적으로 기여할 수 있는 사람에게는 인간관계의 형성을 돕는 도구이지만, 그렇지 못한 누구 같은 사람에게는 자기만족적인 위안거리' 라 했지요."

"주영아, 네가 증인이다. 아무리 나이 먹었어도 잊어버릴 게 있지. 이 처자가 나를 놀린다."

양 선배의 기억력은 예전부터 정평이 나 있었다. 술을 좋아해서 취기 속에 빠져 사는 그였지만, 몇 달이 지나고 일이 년이 지나도 어느 술자리에 누가 있었고 누가 무슨 얘기를 했는지 빠짐없이 기억해서 주위 사람들을 놀라게 만들었다. 술을 마시지 않으면 둘도 없는 천재 소리를 들을 사람이라 하는 이들도 있었으나 정작 본인은 '술 덕에 머리가 돌아가는 겨. 그래서 술 먹는 겨' 했다. 사람들 속에만 있으면 항상 취해 있는 그였기에 맨 정신이 천재 소리를 들을 만한지 어떤지 검증해볼 기회는 없었다.

"하나도 기억이 안 납니다."

내 말에 양 선배가 눈을 동그랗게 떴다.

"아이구, 꼼짝없이 몰리게 생겼구먼. 아주 둘이 작정을 했어. 이 친구야, 그날은 둘이서만 신나게 떠들어놓더니 이젠 기억이 안 난다 구?”

“선배님이 민중문학, 저항문학도 순수한 예술성에 기초한 연후에 야 가능한 것이라 하신 말씀은 생각납니다.”

양 선배가 손뼉을 짝 쳤다.

“내 가르침을 기특하게 기억하고 있구먼. 그러니까 수아는 내 말 을 이해하지 못하고 그저 소재주의만을 비판했잖아. 내가 말한 요지 는 ‘문학성’인데 말이야. 내가 나중에 그랬지. 내가 말하는 예술성 은 저항입네 민중입네 하면서 그들의 세계관에 천착되지 못한 사상 으로 글을 쓴다고 덤비는 날라리들을 비판하는 요지다 이렇게. 사상 적인 면에서 깊이가 없고 건성으로 익으니까 말하고자 하는 주제로 부터 소재를 선택하는 것이 아니라, 어떤 사건이나 현상이 드러나면 곧바로 그걸로 찜 쪄 먹고 부쳐 먹으려 덤벼드는 불나방들이 된다 했 단 말이지.”

“맞습니다.”

양 선배가 보란 듯이 수아를 바라봤다.

“아니라니까요. 선배님은 그렇게 말씀하시려 했는지는 몰라도 절 대 그런 얘기가 아니었어요. 선배님이 우왕좌왕 했다니까요. 그러니 까 제가 그런 말씀을 드렸던 거구요.”

수아의 반박에 양 선배가 가슴을 주먹으로 치는 시늉을 했다.

“갈팡질팡한 건 어떤 계집애였다니까. 오죽하면 내가 고년한테 ‘앞에 있는 술잔’을 두고 이래라저래라 했겠어. 술잔을 빌어 왔다리

갔다리 하는 생각을 좀 정리해 보라구 말이야."

수아도 지지 않았다.

"선배님이 제 말씀을 잘못 이해하셔서 그런 엉뚱한 말씀을 하신 거에요. 나중에는 손을 휘휘 저으면서 도망가시고서는……"

양 선배가 내 앞의 탁자를 탁탁 쳤다.

"주영이, 네가 말해봐라. 내가 어이가 없어서 손을 저은 거지 고 계집애한테 말싸움 져서 그런 거냐?"

"중요한 건 그날 선배님은 만취하시지 않았는데 수아는 제정신이 아니게 취했지요."

양 선배가 크게 고개를 끄덕였다.

"도대체 무슨 말이야, 지금!"

발끈하는 수아를 보고 양 선배가 혀를 찼다.

"말귀를 못 알아먹기는 예나 지금이나……, 그날 일을 잘 생각해 봐. 이래저래 안되니까 술 먹고 되는 말 안 되는 말 다 해놓구서는."

"사실을 말해야지!"

수아가 나를 째려보았다.

"그게 사실이야."

수아가 앞에 놓인 소주잔을 단숨에 들이켰다.

"내가 언제 그랬어! 난 말짱했다구. 선배님이 취하셔서 넘어지고 그랬잖아!"

양 선배가 손가락으로 탁자를 톡톡 치며 나직이 말했다.

"내가 취한 척하며 술 한잔 마시고 있을 때 내가 아닌 누군가하고 한바탕 하더군. 옆에서 들어도 말이 안 되는 말로 몰아붙이려고만 하더니…… 그 젊은 청년이 오죽하면 나를 힐끔힐끔 보면서 도와달라는 눈치를 보냈을까."

"허어, 이거 참!"

수아가 안달이 난 모양이었다.

"그 청년하고 그 후에도 붙었다 하면 싸우더라. 수원 용주사, 양평, 대성리 할 것 없이 엠티만 갔다 하면 고 계집애는 술 한잔 마시고 꼭 지가 돌아버렸지. 꼭 나 아니면 그 젊은 청년 붙잡고 시비였다니까."

내가 피식 웃고 수아는 씩씩거렸다.

"그 청년은 그래도 참 무던한 인간이었어. 고 계집애가 뭐가 좋다고, 그게 강촌이었나……, 눈이 많이 내린 겨울이었는데, 내가 바위 뒤에 있는 것도 모르고 그 무던한 청년이 깜찍한 싸움닭 같은 년하고 입을 맞추고 있지 뭐야."

"도대체 무슨 말씀이에요, 지금!"

수아의 얼굴이 벌겋게 달아올랐다.

"내가 헛기침을 흠흠 하는데도 고 계집애는 모르더군. 술이 취해서 그랬나 뽀뽀에 취해서 그랬나는 내가 알 바 아니고……"

"벌써 취하셨어요? 알아듣지도 못할 말씀만 하시네."

수아는 달아오르는 얼굴을 주체하지 못하고 손등으로 볼과 이마를 훔쳤다.

"그 청년은 알아채고 모른 척 시치미를 떼더만. 깜찍한 년놈들 같으니라구."

나는 자리에서 일어나 소주를 찾는 척 냉장고로 갔다.

"그거……, 뭐가 어떻다고 그래요? 그래요, 우리 그 이후로 매일 만나면 뽀뽀했어요. 왜요?"

보지 않아도 양 선배의 이죽거리는 얼굴이 그려졌다.

"누가 뭐라나……. 그렇다는 거지."

아무 소리도 들리지 않았다. 수아의 거친 숨소리도 가라앉은 듯했다. 갑자기 찾아든 정적이었다. 냉장고 문을 다시 닫기가 부담스러울 만큼 고요했다.

"우리……, 현재를 부정하기로 약속한 사람들 같군. 서로에게 말로 다짐한 바는 아니지만, 이게 이심전심일까……"

소주병을 탁자 위에 놓을 때 양 선배가 탁자 위를 물끄러미 바라보며 입을 열었다. 그의 목소리는 언제 수아를 놀렸나 싶게 착 가라앉아 있었다.

"이게 서로를 배려하는 건지는 나도 잘 모르겠다만, 분명한 건 의식적으로 이래야 한다고 단정 짓지는 않았는데도, 아주 자연스럽게 그렇게 된다는 점이지. 의식적으로 부정한다고 해서 과거와 현실이 부정되지 않는 것처럼, 또한 의식적으로 긍정하고 수용한다고 해서 과거와 현실이 받아들여지는 것은 아니거든. 받아들이고 싶은 것과 받아들이기 싫은 것들을 관념상으로나마 구별해낼 수는 있어도 그것을 현실화할 수는 없다는 데 정작 문제가 있는 거야."

수아가 묵묵히 술을 마셨다. 그녀는 사람이 좋아 술을 좋아한다고 말했다. 양 선배가 취한 모습을 보면, 취하기 위해 그저 맹목적으로 마신 술이라며 입바른 소리를 하려 했다. 대화가 없는 술 한잔은 의미가 없다고 주장했던 그녀가, 대화를 잊은 것만 같았다. 어쩌면 대화를 잊었기에 취하도록 마실 술까지 잃었는지도 몰랐다. '술 먹고 싸움 걸 듯 몰아치는 게 좋은데…….' 몇 해 전에 같이 맥주를 마시다 내가 던진 말에 그녀가 이렇게 답했다. '무언가 소중한 것을 위해서 내가 할 수 있는 일이 있을 때 적극성이 생기는데, 난 지금, 소중한 것이 무엇인지 소중한 것을 위해 무엇을 할 수 있는지 모르나봐. 투지가 없어 보이잖아?' 그리고는 이런 말도 했다. '나도 다른 아줌마들처럼 웅이 하나 보고 살까? 치맛바람에 강남으로 학교 보내고.'

"의식과 무의식의 중간이랄 수 있는 꿈에서는 의식이 무의식에 압박되었을 때 가위에 눌리거나 자지러져 깨어나게 마련이지. 의외로 개인이 통제할 수 있는 의식의 이면에는 통제할 수 없는 영역이 제법 강력하게 버티고 있어. 그러나 사회적 관념은 절대로 안 그래. 사회적 관념에서는, 통제할 수 없는 관념이란 늘 변방에 힘없이 웅크리고 있게 마련이야. 가끔 사회적 문제라는 식으로 언급되기는 하지만 주요한 사건으로라도 발현되질 못해. 사회적으로 형성된 관념은 여간해서는 도전에 흔들리지 않지."

양 선배는 술잔을 만지작거리며 혼잣말처럼 중얼거렸다. 그의 말이 잠시 끊긴 틈에 수아가 말을 건넸다.

"저, 주신 원고 말인데요."

양 선배가 고개를 번쩍 들었다.

"고거 참! 어떤 계집애가 말한 대로 술 한잔에 대화를 해보려 했더니 말 물꼬를 돌려? 이제 막 말이 좀 되려 하는데 말이야."

양 선배가 껄껄 웃었다. 비로소 수아도 웃었다.

"뭐가 궁금해서?"

훔쳐본 수아는 평정을 찾은 모습이었다.

"도대체 글쓴이가 누구에요?"

양 선배가 고개를 도리도리했다.

"내가 먼저 말하면 재미가 없잖아."

"그래도 이건 너무하더군요. 말도 안 되는 글만 잔뜩 있어요. 어린 애 장난도 아니고."

수아가 말했다.

"글쎄, 언제 한번 우리 집에 놀러와. 충분히 시간을 내서 말이야. 여기저기 둘러보고 사람들도 만나보면 대충 감이 잡힐 거야."

갑자기 양 선배가 주위를 휘휘 둘러보았다.

"그런데 재떨이가 안 보인다."

"어제 저녁에 담배 피시는 거 못 봤습니다."

"끊었어. 내 말이 아니구, 네놈도 어지간한 꼴초였잖아."

"끊었어요. 꽤 오래된 걸요?"

수아가 대신 말했다.

"선배님 같은 골초가 어찌 끊었는지 모르겠습니다."

내 물음에 양 선배는 싱긋 웃었다.

"어느 날이었지 아마. 며칠 밥 한술 안 먹고 술을 마셨는데, 닷새째 였던가, 아침에 일어나서 담배를 물었어. 불을 당겼는데 갑자기 뱃속이 딱딱하게 굳어버리는 것 같더라구. 쥐어짜는 빨래 생각이 날 정도로 위장이 꼬여버리는 느낌이었지."

"어련하셨겠어요!"

수아의 말에 양 선배는 입맛을 다셨다.

"그러고는 올라오는데……, 신물이 나오다 쓴 물이 나오데. 별로 올리는 것도 없이 한 시간 남짓 게웠을 거구먼. 그 후엔 담배 연기만 봐도 메스꺼워. 담배 소리도 듣기 싫다니까. 의식적으로 담배를 끊자 않았는데도 담배를 끊었어."

양 선배가 나를 바라봤다.

"주영이는 끊자 하고 끊었데요."

"무서운 놈이군. 그게 의식으로 강제한다 해서 될 일이간? 하긴, 내가 아는 어떤 양반은 몸에 좋다는 얘기가 들리면 그렇게 싫던 음식도 갑자기 맛있어진다나? 의식이 생리까지도 바꿔놓나 봐."

양 선배가 호탕하게 웃어제꼈다.

"저야 뭐, 늘 담배를 피고 있었지만 담배 맛을 몰랐나봐요. 어느 날 담배가 떨어졌기에 그냥 끊을까 했다가 끊었습니다."

"글도 설익었다 싶을 때 이건 아닌가벼 하며 그냥 끊어버리지 그랬냐. 구라만 풀지 말구."

"선배님도 읽어보셨군요. 하긴 안 읽으실 리가 없지요."

수아가 반색을 하며 말했다.

"내가 읽었다 했나?"

"그럼 안 읽고 구라만 푼다 하셨어요? 말이 되는 얘기를 하셔야죠.

안 그러냐 주영아?"

내가 뭐라 대답하기도 전에 양 선배가 술잔을 높이 들었다.

"수아야, 주영아, 한 잔 하자."

수아가 잔을 들지 않았다.

"벼랑에 몰리시면 꼭 저러시더라. 할 말 없으면 '야, 건배다' 하시잖아."

수아가 또 내쪽을 보았다.

"이런 이런. 어째 하는 짓이 하나도 안 변했냐? 뭔가 자신이 없으면 꼭 주영이를 보고 응원을 청하더라. 혼자 짊어질 자신이 없으면 관두던가."

"누가 자신이 없어서 그래요? 사실을 다시 확인하는 것뿐이죠."

양 선배가 크게 고개를 끄덕였다. 느린 시선으로 나와 수아를 번갈아 바라보던 그가 눈을 게슴츠레 떠보였다.

"다 좋은데, 너네 둘, 이름 막 불러도 되냐?"

동그랗게 뜬 수아의 눈과 마주쳤다. 급작스런 양 선배의 일침에 수아는 당황하는 기색이 역력했다.

"암, 이름을 불러야지. 사람은 호칭이 중요해. 중요하구말구."

양 선배가 기분 좋게 술을 들이켰다.

"할 말이 없으시니 괜한 시비야."

샐쭉한 표정을 지어보이며 수아도 술잔을 들었다.

"그 원고 말이야……"

양 선배가 술잔을 만지작거리며 나직한 소리로 말했다.

"한 오 년쯤 전이야. 한 청년이 우리 동네로 이사를 왔겠다. 주영이는 봐서 알겠다만, 거기 올라오는 인간들이 어떤 인간들이겠어? 다 나 같은 사람이야. 사회에서 환영받지 못하고 대접받지 못하는 인간. 그 청년도 그러려니 했지. 달랑 몸만 올라왔으니까. 삼백만 원에 월세 육만 원짜리 단칸방."

양 선배는 당시를 회상하는 듯이 눈을 감았다.

"이사 온 날 불러내서 소주 한잔 먹였는데, 말수가 없더라구. 그 후론 꼼짝을 않더라. 그러다가 한 일주일쯤 지났나, 하도 얼굴이 안 보여 찾아가봤더니 이불 더미를 등에 대고 멀건 흰자위를 천장으로 향한 채로 뻗어 있더라구."

"세상에! 설마······ , 유고는 아니죠?"

양 선배가 입맛을 다셨다.

"동네 사람들 불러내서 들쳐 업고 병원에 갔지. 물 한 모금, 쌀 한 톨 안 먹었으니 그럴밖에. 수액주사 맞추고 다음날 데려오긴 했는데 보살펴줄 연고라도 있어야겠더라구. 그래 그 집 남자 주인에게 연고를 찾아봐라 했더니 아는 파출소를 통해서 신원조회를 했다더군. 고등학교 국어 선생이었어."

"설마······"

"왜 학교를 그만두고 그 달동네로 옮겨왔는지는 아무도 몰라. 결혼했다 이혼했고 부모들은 모두 지방에 있으니 마땅히 보살펴줄 사람도 없었어."

"그런 소설 같은 얘기가 들어 있을 거라 생각하셨군요."

양 선배가 고개를 가로저었다.

"내가 보기에 그 친구는 소설 같은 인생을 노트에 끄적거리지는 않았을 거구먼. 그런 짓이야 구라만 푸는 어떤 놈팽이나 하는 짓이지."

웅이가 문을 빠끔 열었다. 펄쩍 뛰려던 수아는 양 선배를 노려보는 것으로 대신하고 자리를 떴다.

양 선배는 수아의 뒷모습에서 눈을 떼지 않았다. 웅이를 안고 도닥이던 수아가 방 안으로 모습을 감추자 그제야 눈을 감았다. 한동안 양 선배는 눈을 감은 채 말을 하지 않았다. 술 제대로 못 배운 놈들이 술잔 앞에 두고 고사지내는 거라며 서둘러 잔을 비워대던 여느 때와는 달랐다.

이윽고 양 선배가 눈을 떴다.

"네 아버지가 장성 출신이라 들었는데……"

술잔을 들고 물끄러미 바라보며 혀로 입술을 핥던 그가 천천히 입으로 술잔을 가져갔다. 다음 말을 기다렸지만, 그는 수아가 자리로 돌아올 때까지 아무 말도 하지 않았다.

양 선배가 다녀간 후로 수아의 표정이 몰라보게 밝아졌다. 가끔 콧노래도 흥얼거렸으며, 내 앞에서는 여간해서 건네지 않던 농담도 던졌다. 양 선배와의 하룻밤을 되새겨볼 여유도 없이 나는, 수아의 변화에 동화되고 있었다. 무엇이 그녀의 흥을 돋우는지 알지도 못한 채 수아의 장단에 맞춰 콧노래를 흘렸다.

사실 그녀의 변화 원인을 전혀 눈치 채지 못한 것은 아니었다. 내가 그랬던 것처럼, 그녀도 양 선배와의 만남 속에서 '잃어버린 십년'을 되찾은 기분에 젖었을 것이었다. 삶의 왜곡이 있기 전에, 가장 행복했던 시절의 만남으로 인생을 되돌려놓은 듯한 착각이 안겨주는 포만감이었다. 현실의 모습을 부정하고 싶을수록 그 포만감은 더욱 클 것이었다. 양 선배야말로 되돌아가고픈 '그 시절' 을 송두리째 같이 한 분이기에 그랬다. 더욱이 우리 셋은 한 치의 오차도 없이 '잃어버린 십 년' 의 기점이 같았다. 아니, 몇 치의 오차가 있었지만 우리 셋은 무시해도 좋을 오차로조차 느끼지 못했다. 양 선배와의 만남을 빌어 수아는 과거의 그 지점으로 기억을 다시 되돌리고 있는지도 몰랐다. 나처럼 그녀도, 현재의 지점과 과거의 그 지점이 연속적인 것처럼 느끼고 싶을 것이었다.

하지만 그녀의 그 모든 감정과 의식을 이해한다고 해도, 우리 셋의 하룻밤치곤 그녀의 변화가 너무 도드라졌다. 눈을 뜨자마자 나는, 굴절된 인생에 대한 인식이 숙취와 함께 한꺼번에 몰려들어 거머리처럼 달라붙는 바람에 '그 시절' 과 '현재' 의 어마어마한 격차를 절실히 느껴야 했다. 주전자를 들어 입에 물을 쏟아 부어도 줄어들지 않는 갈증 같은 고통이었다. 그렇기에 나는 양 선배가 가고 없는 그 공간에서 오래도록 거친 숨을 내뱉고 있었다. 그런 나였으므로 당연히 수아의 흥겨운 콧노래가 낯설었다. 어느덧 그녀의 콧노래를 따라 흥얼거리면서도 내 머리 한편에는 '나 모르는 그 무엇' 에 대한 궁금증이 가시지 않았다.

술을 마신 날 아침에 수아는 양 선배를 택시 태워 보내려고 웅이 학교 보낸 다음 바로 작업실을 나섰다고 했다. 그런 수아가, 내가 눈을 뜨고 갈증을 해결한 후에 전화했던 시각까지도 집에 있지 않았다. 점심을 같이 못 먹는다 전화라도 해야 옳은데, 정오가 훨씬 지난 시각까지 내가 식탁 옆 주방 바닥에 퍼져 잠에 빠진 동안, 그녀는 양 선배와 함께 있었음이 분명했다. 그러나 그녀는 내 추궁에 빙글빙글 웃기만 할 뿐 얘기해주지 않았다. 그녀의 콧노래를 만들어낸, 내가 빠진 두 사람만의 만남이 어떤 것이었는지 궁금했지만 그녀가 입을 다무는 한 그저 궁금함으로 끝나는 일이었다.

수아의 작업 속도도 빨라졌다. '이젠 웬만큼 알아볼 만 해' 하는 그녀의 말을 곧이듣는 대신, 나는 노트북 자판을 두드리는 그녀의 손가락에 신바람이 들렸다고 믿었다.

그녀의 작업이 빨라짐으로 내겐 고통만이 늘어갔다. 읽어 내려가야 하는 문장이 늘어난 것은 물론이요, 수아의 입담에 따라 재미도 없는 내용을 소재로 꼬박꼬박 응대해야 했다. 점심시간 전과 저녁 시간 전에는 어김없이, 나이 들어 뒤늦게 숙제하는 학생이 되고 말았다.

수아가 빈 찬합을 싸들고 돌아간 오후, 커피 잔을 앞에 두고 나른함에 빠져 있을 때였다. 전화벨이 울렸다.

"내다."

어머니였다. '어쩐 일이세요' 하려다 말고 그저 '예' 했다. 어머니가 '내다' 하고 전화 말을 건네올 때는 어김없이 사설이 길었다. 짧게 용건을 확인할 때에는 '밥은 먹었냐?' 였다. 어머니의 사설이 길어질까 싶으면 내 쪽에서 말을 아끼는 것이 현명한 처사였다.

"얘기는 했니?"

"어머니!"

응답을 하고는 몹시 후회했다. 어머니는 미리 내 반응을 계산하고 있을 터였다. 불에 기름을 붓는 격으로, 어머니는 내 반응에 준비된 장황한 말을 쏟아놓을 것이었다.

"이게 어디 우리 좋자고 하는 일이냐? 너도 나이가 들었으니 기분대로 생각지 말고 순리를 따져봐라. 지금 세상에 어느 누가 청상과부로 수절을 한다던? 그것도 유복자 뱃속에 넣고 혼자 된 몸이다. 주위 사람들한테 물어봐라. 어쩌다가 네 에미, 애비가 몹쓸 사람 되어버렸다. 대놓고 손가락질은 하지 않는다만 얼마나 욕할 것이야?"

듣고 보니 어머니, 아버지 좋자고 하는 일이었다. 그렇게 말하려다 꾹 참았다.

"요즘 왕따도 많다던데, 웅이도 생각해줘야지. 예로부터 애비 없이 자란 아이를 호로자식이라 했다. 그 말이 왜 생겼겠어? 뭐 하나 없으면 표 나게 마련이다. 그래서 내 뭐라던. 홀어미 밑에 있는 것보다야 넓은 집에 할아버지, 할머니랑 있는 편이 낫지. 안 그러냐? 웅이 에미 생각해서 하는 말이다. 누차 말했다시피 새살림 차리는데 웅이가 짐이 된다 싶으면 우리가 맡으면 된다. 웅이 에미도 부담 가질 필요 없는 일이고. 웅이가 어디 남이건, 우리 새끼지."

"저 지금 나가봐야 해요. 급한 약속이에요."

"나간다니 긴 말 하지 않겠다. 저쪽에서는 벌써 약속을 잡자 어쩌자 하는데 네가 말을 건넸는지 몰라 아직 약속은 잡지 않았다. 바로 추진할 수 있게 해라. 이번에 네 아버지도 단단히 벼르고 계신다. 이번 일 안되면 그 아이도 너도 안 본다 하신다."

불행히도 나는 대화가 없는 집에서 자랐다. 아버지는 가족 모두에게 '해라' 는 말이 다였으며, 간혹 다음에 말을 덧붙이더라도 그건 '해라' 로 끝내지 못한 다른 '해라' 였지 다른 이의 기분을 염두에 둔 말은 아니었다. 이런 식이었다. 초등학교 저학년 때 이웃의 여자 아이와 공기놀이를 하는 나를 보고 아버지는 '그딴 짓은 관 둬라' 하고는 '태권도장이나 다녀라' 했다. 또 어디서 동양화 액자가 선물 들어왔는데, 그걸 들고 서 있는 어머니에게 아버지는 '못 박아 달아' 하고는 등을 돌렸다. 뒤에서 어머니가 뾰족이 입을 내밀고 섰을 때 아버지가 돌아서서 '너무 높이 달지는 말아' 하는 말 한마디만 보탰을 뿐이었다. 컴퓨터 뜯어 부품을 갈아대는 일이 뭐 어려운 일이겠나마는, 어머니는 내가 나사를 돌려대는 모양새만 봐도 감탄사를 연발했다. 어려서부터 나사 하나, 못 하나 손에 대지 않는 아버지 덕에 어머니가 형을 공대에 보내려고 얼마나 애를 썼는지 몰랐다. 그러나 아버지 앞에서 엔지니어가 어떻고 비전이 어떻고 장황하게 설명해 봐도 아버지가 '안 돼' 한마디 하면 그것으로 끝이었다. 그래도 가슴에 남은 얘기가 있어 아버지 말에 다시 설명을 할라치면 재떨이며 찻잔이 바닥으로 날았다. 아버지가 어머니에게 손을 대는 모습은 한 번도 보지는 못했지만, 이미 재떨이에 찻잔까지 바닥에 내동댕이쳐지는 상황에서 어머니는 가슴에 남은 말마저 잊어버릴 수밖에 없었다. 그런 어머니가, 세월이 흐르면 흐를수록 아버지를 닮아갔다. 말끝은 분명 '해라' 가 아닌데 듣고 나면 '해라' 였다. '작업실을 알아보고 있다' 는 말도 '작업실을 구해줄 테니 암말 말고 시키는 대로 해라' 는 말이었고, '참한 색시하고 결혼했으면 좋겠다' 하는 말도 '참한 색시를 물색 중이니 선봐서 결혼해라' 는 말이었다. '제가 알아보겠어요' 하면 '작가가 세상 물정을 어찌 알아. 이미 다 알아봤다' 했고, '선은 무슨 선이에요' 하면 '요즘 세상이 어쩌구저쩌구, 결혼은 집안간의 행사고 어쩌고' 한 후에 '약속 날짜에 맞춰 이발이라도 하고 나갔으면 좋겠다' 했다. 여느 총각이라면 결혼할 마음이 없다 해도 부모의 성화에 못 이겨 한두 번 선보는 일이 별일 아니겠으나 나는 사정이 달랐다. 선보는 자리에 일단 나가기만 하면 이미 내 의사와는 상관없이 결혼식 날짜에다 결혼식장이며 예단, 예물까지 얘기가 끝나버릴 것이 뻔했다. 어머니가 '저쪽에서 빨리 날을 잡자는구나. 너만 좋다면 그러고 싶다만' 하면 이는 곧 하루 이틀 내에 인쇄된 청첩장이 돌려진다는 말이었다. 늘 그런 상황이 반복되고 있는 판에 어머니는 또 변함없이 설득조의 말을 늘어놓았다. 어머니의 긴 사설을 듣기보다는 차라리 아버지의 재떨이에 이마가 깨지는 편이 나았다.

비행기 떨어뜨리는 게임을 하면서 스피커 소리를 양껏 키웠다. 자판을 두드릴 때마다 미사일과 기관총이 허공을 가르고 나르다 목표물에 맞으면 제법 큰 폭발음을 냈다. 일명 '슈팅 게임' 이라 불리는 게임은 단순해서 좋았다. 아무 생각 없이 가능한 한 빨리 자판을 두드려대면 그만이었다. 자판 두드리는 소리에 폭발음마저 묻혀버릴 정도면 손목과 어깨가 뻐근해오면서 간혹 이마에 땀도 맺혔다. '스피커를 갈아야지.' 자판을 두드리다 내 비행기가 추락하여 생기는 잠깐의 짬에 늘 생각하는 일이지만, 게임을 떠나면 그 생각은 머릿속에 붙어 있지 못했다. 웅이에게 컴퓨터를 놓아줄 때에 '제법 빵빵한 우퍼 달린 스피커를 사주어야 게임을 신나게 하겠다' 했던 생각이 내 스피커를 바꾸어야겠다는 당연한 결론으로 이끌어지지 않았다. 게임에 몰두하면 몰두할수록 효과음은 자판 소리에 묻혀버렸고 더불어 나는 게임을 즐긴다기보다 자판을 부서져라 쳐대는 일에 몰두하게 되었다.

'소녀 팬들이 이 모양을 봐야 해. 소설가 누구의 본 모습이 저거구나 알아야 하는데.' 언젠가 게임에 몰두해서 뒤에 찬합을 든 수아조차 알아채지 못했을 때 게임 끝날 때까지 지켜보던 그녀가 놀리듯이 그렇게 말했다. 정작 그녀는 '나도 한번' 하고 달려들더니 정신없이 삼십 분 동안이나 자판을 두드려댔다. '웅이네 반 아이들이 이 모양을 봐야 하는데.' 내 말에 의자를 뒤로 무른 그녀가 손가락 마디를 풀면서 어처구니없다는 표정을 지어보였다. '그건 아주 다른 상황이야. 웅이네 반 아이들도 옆에서 엄마를 봐왔을 것이고, 따라서 웅이 엄마인 내가 게임에 빠져든 것도 자기들 엄마 모습과 다르지 않을 테니 전혀 이상할 것이 없지. 그건 내가 빨래하고 설거지하는 모습이 자기 엄마의 모습, 또는 드라마에서 보이는 다른 아줌마의 모습에 동화돼서 자연스럽게 보이는 거야. 그치만 소설가는 달라. 아빠나 엄마가 소설가인 아이들이라면 다를까……. 나 문학소녀였잖아. 좋아했던 시인도 있었어. 그 시인이 자기처럼 앉아서 죽어라 키보드 두드린다고 생각했다면, 문학의 환상이 깨졌겠지. 하긴 일찍 깨져도 좋았는데. 남들은 다, 문학하는 자기를 고상하다 생각한다니까. 앉아서 차를 마시면서 시를 읽고 소설을 읽고 명상하며 하루를 보내는 줄 알

아. 인터넷으로 야한 사이트나 찾아다니는 줄은 죽어도 모른다니까. 이주영이라는 유명한 소설가가 그럽니다 해도 거짓말이래.'

　메일을 확인해주는 프로그램이 '딩동' 하며 메일 도착을 알렸다. 마우스를 편지 아이콘에 가져가자 미리보기 창에 여지없이 '똑똑' 하는 제목이 달렸다.

　그간 작업한 분량을 다시 정리했어. 공책에 낙서하듯 쓴 글들이 볼펜 글씨 굵기나 손때로 봐서 시간의 흐름에 따라 차곡차곡 쓰인 글이 아니야.

　긴 글이 나오면서부터는 일기 쓰듯 제대로 한 장 한 장 썼더라구. 앞에 시답잖은 단상들은 그냥 치웠어.

　아주 조금, 재미있어지려 해. 누구 소설보다는.

　첨부 파일을 열었다. 그녀가 첨부 파일을 보낼 때는 섭섭할 만큼 편지가 짧았다. 그녀는 삼십 년을 일기 써온 솜씨로 아기자기하게 이야기를 풀어놓는 재주가 입심보다 '글심'이 더 나았다. 그녀의 긴 편지를 읽고 있노라면 아름다운 수필 한 편에 빠져든 듯한 감상이 즐거웠다. 그러나 일과 연결된 그녀의 편지는 사막의 모래만큼이나 거칠고, 단수된 수도꼭지에서 떨어지는 한 방울의 수돗물보다 짧았다. 어쨌거나 그녀가 보낸 메일은 읽어야 했다. 저녁밥을 앞에 두고 맛없는 잔소리를 들을 수는 없었다.

7

벌 한 마리가 창문 밖 한 귀퉁이에 집을 짓기 시작했다. 창문을 열면 일 센티미터 남짓한 대롱대롱 매달린 벌집이 보인다.

집을 짓다 심심하면 열린 창문으로 들어온다. 한 바퀴 방안을 둘러보고는 어김없이 왔던 창문으로 나간다. 처음에는 벌침이 무서워 움직이지조차 못했는데 이젠 벌이나 나나 서로의 존재를 인식하지 않는다. 아마도 벌이란 놈도 내 집에 빌붙은 자신의 처지를 이해하고 있는 모양이다.

보신탕을 끓이나보다. 온 동네 개들이 짖어댄다.

내가 키우던 두 마리의 개 중에서 한 마리는 개고기를 먹었다. 다른 한 마리는 거들떠보지도 않았다.

지금 짖고 있는 개들 중에서 개고기를 먹는 개는 몇 마리나 될까……

미스 주가 오늘은 호떡을 들고 들어왔다. 그녀의 외보조개가 예쁘다.

그녀의 핫팬츠가 유난히 짧았다. 눈길 한번 주지 않는 내가 싫은지 뾰로통한 표정을 지어보였다. 그녀의 외보조개는 예뻤다.

그녀가 나를 좋아하는 것 같다. 이름도 모르는 그녀가 '왜' 나를 좋아하는지 자문해본다. 왜? 쓸 데 없는 질문이지만, 또 나는 해답을 찾으려 머리를 굴려본다. 한나절이 그렇게 갔다.

허울이 비단 껍데기로서만 끝나서야 새삼 허울을 얘기할 필요가 없을 것이다. 허울은 인간의 지각이 직접 접하는 최초의 지점이며, 따라서 인간의 사고에 가장 원초적인 영향을 미치는 부분이다. 이미 대뇌에 전형화한 허울의 유형에 따라 최초의 감각은 대상을 파악하고 분류해버린다. '사장님' 이라 부를 때 일단 주체는 상대를 사장의 범주에 귀속시키고 대상과 자신의 관계를 설정한다. 사장이라 불리는 대상이 실재적인 사장인가 아닌가 하는 문제는 여기에서 전혀 중요치 않다. 오로지 대상이 자신의 개념적 사고의 어느 범주에 속해 있는가와 자신이 처한 현재적 처지가 어떠한 개념적 범주에 속해 있는가 하는 점만이 중요할 뿐이다. 그 속에서 대상과 자신의 존재적 위치가 결정되어버린다. 때문에 많은 사람들은 실재적인 자신의 현재적 모습이 어떠하든 간에 사회적으로 높은 지위의 계층, 계급이라는 상징적 허울을 뒤집어쓰고 싶어한다. 그럼으로써 많은 사람들이 자신의 허울이 주는 개념적 범주로 자신을 분류해

대접해주기를 바라는 것이며, 나아가 자신이 쓴 허울 아래 다른 대상의 존재적 가치를 상대적으로 낮출 수 있다고 믿는다.

이 동네는 자신의 현재적 모습이 노출된 관계로 높은 계급, 계층적 상징의 허울을 뒤집어쓰려 하지 않는다. 대신 상대의 현재적 모습에 대한 낮은 계급, 계층적 상징의 허울을 뒤집어씌움으로써 상대적으로 자신의 가치를 높게 보이려는 경향이 강하다. 서른 중반의 미스 한도 '한 양아' 라 불리거나 나이 어린아이들에게는 '미스 한' 정도로 불릴 뿐이다. 동네 모든 사람들은 알게 모르게 그녀의 이름을 기억에서 지워버렸으며 자신이 개념화한 '술집 여자' 의 범주로 그녀를 편입시켜 그녀가 원하든 원하지 않든 그렇게 그녀를 부른다. '언니' 나 '아가씨' 라는 통칭조차 무시되고 '미스 한' , '한 양아' 가 전부이다. 남자들은 한결같이 '김 씨' 아니면 '이 군' 이다. 조금 높은 존칭은 '아저씨' 이고, 그보다 더 높은 존칭은 '양씨 아저씨' 처럼 성을 붙여주는 것이다. 이름 석 자가 버젓이 실린 우편물이 도착했을 때 많은 사람들이 그 주인을 몰라 이리 굴리고 저리 굴리는 일이 매번 반복되었다. 한 달에 고작 몇 번씩 듣는 이름이 그들의 머리에 각인되지 못하는 때문이다.

가장 예외적인 일이라면 우리 주인집 아저씨의 이름 석 자는 누구나 알고 있다. '강 운 규' , 집 앞 문패 덕분이다. 유독 양씨 아저씨만 빼고 모두 강 선생님이라 부른다. 물론 뒤에서는 '강씨 아저씨' 라 하지만, 어쨌거나 상대를 앞에 두고 성에 씨자나 붙이고 양자나 붙이는 동리에서 특이한 일이다. '선생님' 소리를 붙여야 상대를 하는 주인아저씨의 강경한 요구 덕분이다. 그러나 이 와중에서 또 가장 이해할 수 없는 것이, 양씨 아저씨에게 강씨 아저씨는 '선생' 이라 부르는데, 정작 선생이라 불리는 양씨 아저씨는 '강 씨' 하고 부르는 일이다. 강씨 아저씨가 '양 선생' 이라 부를 때 기분 나빠하는 기색이 전혀 없으며,

양씨 아저씨가 '강 씨' 하고 부를 때 그토록 선생님 소리를 듣고 싶어하는 강씨 아저씨 얼굴에 역시 불쾌한 기색은 없다. 실재적인 상호 관계 역시 호칭에 따라 설정되게 마련인 것처럼, 강씨 아저씨는 양씨 아저씨 앞에서는 고양이 앞의 쥐와 같다. 또 한 가지 예외적인 관계는, 만화가 주 씨와 주인아주머니의 관계이다. 양씨 아저씨를 '양 씨' 라 부르는 주인아주머니가 유독 주 씨에게는 '주 화백' 이라 부른다. 나이도 스물 후반인 새파란 젊은이에게 그런 호칭은 파격이 아닐 수 없다. 이 파격을 온전히 이해할 수는 없지만 언젠가 양씨 아저씨가 '돈 없고 빽 없는 사람일수록 학벌 콤플렉스가 큰 법이다' 는 말이 조금은 해답을 준다. 주인아주머니는 주 씨를 화백이라 높이 부르면서 자신의 존재를 그와 동일한 선상에 놓고 싶어하는 경향이 강한 듯하다. 이는 강씨 아저씨가 양 선생이라 부르며 양씨 아저씨와 계층적인 동질성을 느끼고 싶어하는 것과 일맥상통하는 것이리라.

갑자기 나는 '아저씨' 와 '이 씨' 에서 '이 선생' , '이 선생님' 으로 호칭이 바뀌었다. 이전과는 완벽하게 딴판인 세상에 던져진 것이다. 호칭의 변화가 곧 관계의 변화일까 싶지만, 내 생활을 보면 호칭의 변화는 곧 관계의 변화다.

미스 주의 보조개가 오른쪽에 있는지 왼쪽에 있는지 모르겠다.

그러고 보니 미스 주의 얼굴도 모르겠다. 내가 본 것은 그녀의 보조개뿐이었나 보다.

저녁에 주인집 딸애가 앉은뱅이 상에 수학책과 노트를 얹어 들어오더니 밤에는 아들 녀석이 또 책과 공책을 들고 들어왔다.

어제 월세 내란 말이 내게만 없어 이상타 했는데 그런 이유였다.

녀석들은 그렇게 앉아서 공부하고 갔다. 창문에 매달린 벌집만큼 그들이 옆에 있다는 사실이 전혀 느껴지지 않았다. 이불더미를 베고 천정을 바라보고 있는 내가 그들에게는 불편한 모양이었다.

양씨 아저씨가 불러 소주를 한잔 마셨다. 만화가 제대로 그려지지 않는다는 주 씨를 앞에 두고 양씨 아저씨는 모진 소리를 했다.

"가르치려 하지 말아. 뭘 가르칠지 제대로 알기나 하면서 가르치려 하면 몰라. 여기 이 선생이 있지만, 학교 선생들이야 교과 과정에 맞춰 가르칠 내용이라도 정해져 있잖아. 자네가 뭘 가르칠 거야. 가르칠 게 없는데 가르치려 하니까 만화가 안되지."

주 씨는 발끈했다.

"사람이 교과서만 배워서 되겠어요? 인간다운 품성은 교과서에서 배울 수 없어요."

양씨 아저씨는 주 씨의 말이라면 우선 무시하고 본다.

"인간다운 품성? 그래, 인간답다는 건 무엇이지? 인간답다는 말은 동물 같다는 말과 반대의 개념인가? 그럼 동물 같다는 말은 무엇이지? '약육강식'은 가장 동물적이랄 수 있는데, 그 반대는 경쟁 없는 평등이 아닐까? 가장 인간다운 것, 그것은 어찌 보면 이상이랄 수 있고, 따라서 인간이 인간답다 하는 말은 결국 지극한 관념론일 수 있다는 말이지. 자넨 경쟁이 모든 사회의 근원인 자본주의 사회에 살거든."

"인간다운 품성에서 왜 동물적인 반대개념을 빌어옵니까? 인간다운 건 다른 사람과 함께 기쁨과 고통을 나누는 것을 말하고, 이런 건 지식에서 구할 수 없다는 말씀이지요."

"공자의 '인(仁)' 을 얘기하는군. 그렇다면 우리가 그토록 인간다운 사회를 만들자고 배우고 또 배워도 우리 사회는 왜 이리도 인간답지 못한 모습이 많이 보일까? 인간의 이기적인 본성 때문에? 그렇다면 인간의 본성은 인간적인가 아닌가?"

"본성은 인간 또한 동물이기 때문에 갖는 인간 특성의 한 부분이지요. 문제는 동물의 그것과 인간의 그것이 완벽히 분리되어 구별될 수 있는 것이 아니라, 인간은 동물적인 것의 또 다른 상위에 인간적인 지식이나 감성 등을 갖고 있는 것이지요. 따라서 인간은 동물적 본능 외에 인간적 품성을 지니는 거란 말씀입니다."

"그렇담 인간의 본능과 인간의 품성은 상호 상충하지 않는가? 예를 들어 경쟁에서 이겨야 하는 본능과 다른 이들과 기쁨, 슬픔을 공유해야 하는 인간의 품성 사이의 충돌 말일세. 인간은 늘 그런 충돌 속에서 고민하고 괴로워하고 즐거워하면서 살지 않는가. 본능과 인간의 품성 사이의 균형은 어떻게 가능할까?"

"제가 말씀드리는 부분은 작품을 통해 인간의 품성을 고양시킬 수 있도록 하자는 겁니다. 그것이 어째 가르치는 겁니까? 감동을 통해 다른 사람에게 제 감성을 전달하는 것뿐이지요."

"그것이 어찌 그리 간단한가? 다른 사람은 본능에 충실한데 자네가 감동적인 인간의 품성을 얘기하면 어찌 다른 사람이 감동을 얻겠나? 그러니 내가

'가르치려 하지 말라' 고 하는 거야. 오늘도 화장 짙게 바르고 술집에 나가서 팁 한 푼이라도 더 벌어서 동생 공부시키자 하는 아가씨에게 '성을 도구화해서는 안 된다' 는 만화를 보여줘 봐, 참 씨알 잘 먹히겠다. 자네가 그런 부분에 깊이 천착하지 못하는 한, 다른 이의 공감을 불러일으키는 작품은 만들어낼 수 없는 거야. 다만 자네 주관적인 가르침을 그려내고 있을 뿐이지.”

“어찌 그리 말씀하십니까? 제 말씀은……”

두 사람은 그런 쓸 데 없는 얘기를 두 시간이나 넘게 해댔다. 주 씨의 말처럼 '목적이 무엇인지 분명' 한 대화도 아니고, 양씨 아저씨 말처럼 '현재 존재의 요구 상태' 가 무엇인지도 알 수 없는 대화였다.

그들은 왜 얘기를 나누는 것일까. 무엇을 위하여, 무엇 때문에……

주인집 큰 딸애가 공부하러 들어올 때마다 아주머니가 싸준 순대국을 들고 들어온다. 그 덕에 잘 먹긴 하지만, 주인집 아주머니의 요구가 노골화하면 노골화할수록 아이들이 내 방에 들어오는 것이 신경 쓰인다. 미스 주가 손님이 두고 간 담배라고 들고 들어올 때가 가장 마음 편하다. 호떡을 사들고 와도, 떡볶이를 사들고 와도, 마음이 편하다.

이상하다. 그녀에게 빚을 진다는 생각이 왜 안 들까……

8

저녁밥을 먹는 내내 수아는 말이 없었다. 웅이의 말에 건성으로 응대하는 기색이 역력했다. 설거지를 하면서 콧노래도 흥얼대지 않았으며 간간이 건네던 농담도 하지 않았다.

어머니가 전화해서 심경에 변화가 생긴 건 아닐까 추측해보았다.

"별 일 없었어?"

커피를 앞에 놓고 식탁에 마주앉아 내가 물었다. 그녀는 고개를 가로저었다.

"어머니가 전화하셨어?"

역시 수아는 고개를 저었다.

"오늘 보내준 메일 꼬박꼬박 읽어봤는데 말이야, 읽을수록 출판사나 양 선배님이 왜 그 작업을 하라 했는지 모르겠어."

여느 때 같으면 눈빛을 반짝이며 원고 얘기를 할 수아가 가만히 고개를 끄덕였다. 내 얘기를 듣고 있는지마저 분명하지 않았다.

수아의 오른손 검지가 커피 잔 테두리 위에 있었다. 가만가만 뒤에서부터 앞으로, 다시 앞에서 커피 잔 테두리를 따라 손가락이 움직였다. 커피 잔 뒤에 놓인 자그마한 숟가락에 닿을 즈음에서 손가락이 잠시 멈췄다.

"다음 주에 웅이 운동회잖아."

수아는 고개를 들지 않고 말했다. 그녀의 둘째손가락이 커피 잔 뒤에서 앞으로 미끄러졌다.

"알고 있어."

웅이가 초등학교에 입학한 후부터 학교 행사에는 대부분 빠짐없이 참석했다. 소풍처럼 아버지 쪽에서 거의 참석하지 않는 행사는 빠졌지만, 웅변대회나 사생대회 그리고 운동회 등은 빠진 적이 없었다. 웅이의 부탁이 아니더라도 녀석의 모습을 멀찍이서 지켜보는 것만으로도 즐거웠다. 게다가 '삼춘, 꼭 와야 해' 하고 조르고는, 행사장에서 내 모습을 발견하고 달려와 반기는 웅이 때문에라도 빠질 수는 없었다.

지난 해 가을 운동회에서는 '아버지와 이인삼각(二人三脚)' 시합에 웅이와 같이 뛰었다. 평소 웅이와 같이 달리기는 해도 다리 한쪽씩 줄로 묶고 뛰기는 처음이었다. 그러나 하나, 둘 하는 구령에 웅이와 내 발은 척척 맞았고 이윽고 결승전에서 일등을 했다. 웅이의 방

한가운데 큼직하게 걸린 액자는 그때 시상대 앞에서 수아가 찍은 사진이었다.

"이번에도 발 묶고 달리는 경기 있데?"

수아가 한숨을 쉬는 것 같았다.

"웅이가 삼촌 오지 말라네."

수아는 웅이가 들을까 목소리를 한껏 낮추었다. 웅이의 방을 흘끔 곁눈질까지 했다.

"그럴 리가……"

수아가 고개를 들었다. 커피 잔 테두리선을 따르던 손가락이 주먹 속으로 감추어졌다.

"아이들이 놀린데."

"작년 시합에서 일등 했다고 질투하는 거겠지."

수아가 고개를 저었다. 그게 어때서 하려다가 말았다. 어떤 말을 해도 수아는 더 침울해질 게 뻔했다. '나야 사람들이 이렇구저렇구 하면 어때. 하지만 웅이는 아직 이해 못할 거야.' 그것이 진정 웅이 때문인지는 확신이 안 섰다.

수아는 이사한 후부터 바로 동네 교회를 다녔다. 처음 교회를 다녀 온 그녀는 규모가 작은 교회라 가족 같은 분위기가 느껴진다고 좋아 했다. 젊은 목사가 후덕한 인상만큼이나 설교도 힘이 있다고 했다. 그런 그녀가 집사가 되고 교회 일을 제법 할 만큼 된 지난겨울에 그 좋다던 교회에 발을 끊었다. 이유를 물어본 내게 '교인들이 너무 잇속에 밝아' 했지만, 이래저래 들려오는 소리로 미루어 교인들이 그녀를 경원시했던 모양이었다. 그렇게 된 원인은 굳이 깊이 생각하지 않아도 좋았다. 내가 그녀 집에 무시로 드나들고 그녀 또한 내 작업실로 도시락을 들어 나르는 통에 세인들의 가벼운 입이 가만있을 리 없었다. 그녀는 교회에 발을 끊고는 '성당에 다니면 되지' 했는데, 시간이 지나도 성당에 나가지는 않았다. 비단 그것뿐만이 아니었다. 그녀는 이웃과도 대부분 발을 끊었으며 친하게 지내던 상가의 서점과 옷가게 아주머니들도 만나지 않았다. 들고 들어온 비닐봉지나 종이봉투의 인쇄물은 늘 먼 상가의 상호가 찍혀 있었다. 이런 그녀의 모습이 전적으로 웅이 때문이라고 보이지 않았다. 웅이는 교회에 다니지도 않았고 또 상가 사람들과 대면할 일도 그리 많지 않았다. 물론 사려 깊은 어머니로서 행여 작은 일에 아이가 상처를 입을까봐 미리 조심하는 것이다 생각해볼 수는 있었지만, 내 느낌으로 그녀는 주위 사람들로부터의 입방아에 자신이 견디기 힘들어 했다.

나를 보고도 뒤에서 쑥덕이는 아주머니들의 기척이 느껴지는 판에 수아에게는 더 말할 수 없을 것이었다. 얼마 전에 수아는 이렇게 말했다. '사람들이 홀로된 형수와 조카를 위해 애쓰는 사람의 순정은 뒤로 하고, 불순한 생각들만 한단 말이야. 자기들 마음속에 그런 불순한 욕망이 있으니까 그렇겠지. 뭐라는지 알아? 웅이 동생이 생길 거래. 그럼 웅이와 동생은 몇 촌이 되고 어떤 관계가 되는지 궁시렁거리더라고. 아무렴 어때, 남들이 뭐라면 어떠냐구.' 그렇게 말하고는 눈을 찡긋하더니 '자기가 빨랑 결혼해버려야 해' 했다.

"어머니가 참한 색싯감 봐두었다는데, 선이나 볼까봐."

수아의 둘째손가락이 커피 잔 위를 다시 훑었다. 뒤에 놓인 커피 숟가락을 건드리는 바람에 작은 마찰음이 났다.

"예쁜데?"

고개를 끄덕였다.

"어리겠다. 나 같은 중년 할망구는 아닐 거야."

"몰라."

"어머님이 어련하실라구."

그녀는 커피 숟가락을 들어 다 식은 커피를 저었다.

"언제……, 만날 거야?"

"몰라."

"멋지게 하고 나가. 이발소 가서 머리도 잘 깎고 면도도 깔끔하게 해. 밤 샜다고 눈 벌겋게 하지 말고 필요하면 약국에서 안약이라도 사서 넣고. 넥타이는 계절에 맞게 잘 매. 지난번처럼 너무 길게 말고 적당한 길이로. 참, 구두도 하나 사야겠더라. 이번 기회에 발에 잘 맞고 멋진 걸로 하나 사. 요즘 아가씨들은 장미꽃 한 송이 선물하면 좋아한다니까 꼭 꽃집에 들러."

"싫다고 했는데……. 웅이가……"

수아가 커피 스푼을 내려놓았다.

"정말 좋은 사람일 거야. 자기 일을 이해하고 옆에서 잘 챙겨줄 수 있는 사람이겠지. 어머니가 어떤 분이신데 그렇고 그런 아가씨를 소개시켜주겠어? 밝고 명랑하고 귀여운 아가씨겠지. 신세대 참신한 감각을 가진 아가씰 거야. 옆에 있는 남자 편하게 해주면서도 즐겁게 해줄 수 있는 유머 감각도 있을 거야. 부끄러워하면서도 사랑을 속삭일 줄 아는 아가씨, 잡은 손을 슬그머니 빼면서 팔짱을 낄 수 있는 애교 있는 아가씨……, 그런 멋진 아가씨겠지."

"운동회, 가고 싶다."

수아가 고개를 들었다. 그녀의 눈동자가 내 눈 위에 멎었다. 처음 보는 사람처럼 그녀는 내 눈에서 시선을 떼지 않았다. 멋쩍다는 생각이 들지 않았다. 나는 그녀의 시선이 떨어질까 두려워 눈 한 번 깜짝이지 못했다.

9

  그날 이후로 며칠 동안 수아는 작업실을 찾지 않았다. 오후에 간간이 전화해서 '밥 먹었어?' 묻고는 바로 끊었다. 그녀가 작업실을 멀리할수록 내가 그녀 집에 자주 들러야겠다 생각했지만 그 또한 웅이가 걸렸다. 자신의 선택을 뒤로하고 어쩔 수 없는 상황에 놓인 웅이에게 갈등거리를 만들어주고 싶지는 않았다. 웅이의 운동회 때까지 웅이의 눈 밖에 있는 편이 현명하다고 내 나름대로 결론지었다.

  작업실의 모든 전화기를 꺼놓고 잠을 잔 덕분에 황씨 아저씨의 이른 아침 전화 공세를 피할 수 있었다. 황씨 아저씨에게 몇 마디 전화 말을 던지고 다시 베개에 얼굴을 묻으며 얕은 잠에 빠졌을 때보다 상쾌하리라고 나는 지레 믿었다. 그러나 하루 종일 몸은 찌뿌듯하고 머리는 어지럽기만 했다. 일찍 자고 일찍 일어나면 달라지겠거니 서둘러 잠자리를 찾아도 늘 잠들기는 새벽이었고 눈을 뜨면 점심때였다. 홀로 커튼 드리워진 창을 바라볼 때면 어김없이 어지럼증이 일었다. 커튼 사이로 비집고 들어오는 햇살이 머리맡에 머물 그맘때, 침대 머리에는 꿀밤으로 내 잠을 깨우던 수아가 있었다. 앞에 선 여자의 얼굴을 제대로 알아볼 여유도 주지 않고 커튼을 한껏 열어젖히는 그녀는, '오늘은 무슨 요일일까요?' 이럴 때도 있었고, '잠꾸러기 아저씨, 고만 일어나세요' 할 때도 있었고, '잘 잤니 우리 아가' 노래할 때도 있었다. 그 일상의 반복이 멈추어진 자리에, 커튼 틈을 비집고 들어온 햇살만이 남았다.

초인종이 울었다. 수아는 초인종을 누른 적이 없었다. 어머니일까 싶어 부리나케 옷을 걸쳤다.

"이 선생, 어서 차비를 하세요."

아버지 운전기사인 황씨 아저씨였다. 아무런 설명 없이 명령하는 황씨 아저씨 앞에서 그의 다음 말을 기다렸다.

"사모님이 그러시는데, 이 선생 작업실에 손님이 드실 거랍니다."

'손님이요?' 되묻는 말이 끝나기도 전에 이번에는 걸레 담은 작은 양동이를 든 우리 집 가정부 정화가 들어왔다. 그 때까지 나는 사태를 전혀 파악하지 못했다.

"저도 모르겠어요. 열두 시에 손님이 오신다는 말씀밖에는 하시지 않던데요."

황씨 아저씨의 말은 언제 들어도 어눌했다. 그의 입에서 알맹이 있는 얘기는 기대하지 않는 쪽이 편했다.

"요즘 작은 사모님이 안 오셨나 봐요?"

정화가 물걸레질하며 물었다. 그녀의 물음에 일일이 대답하고 싶지 않았다. 그녀 역시 우리 어머니처럼 한번 입이 열리면 대책이 없었다. 나이가 나보다 몇 살 어린 덕에 나를 편히 여기는 것까지는 좋았는데, 받아주면 한이 없었다.

"작은 사모님 손이 얼마나 매우신지……. 여기 와서 청소할 때마다 느끼는 건데요, 작은 사모님 손이 지난 자리에는 먼지 하나 없지요. 근데, 무슨 일 있으시데요?"

이미 수아가 우리 집을 떠난 후에 정화가 들어왔던 관계로 정화는 수아를 집에서 만난 적은 없었다. 웅이가 초등학교 들어갈 무렵, 어머니의 명으로 작업실 청소하러 왔던 정화가 처음으로 수아를 만났다. '말씀은 많이 들어서 만나 뵙고 싶었지요' 하며 말을 건네던 그녀는 해가 떨어질 때까지 수아의 옆에 붙어 앉았다. '그놈이 언제는 나 없으면 죽겠다 하더니만, 있는 전셋돈까지 몽땅 챙겨서 어떤 년하고 달아났지 뭐에요.' 정화는 질질 짜기까지 했다. 이미 수아의 처지를 들어 알았던 그녀는 믿고 의지하고픈 상대를 왜 이제야 만났나 하는 듯이 혼자만의 회포를 단단히 풀었다. 그 이후로 작업실을 들를 때마다 정화는 수아를 찾았다.

"혹시 무슨 말 들은 거 있어?"

정화는 눈을 동그랗게 떴다.

"이거 말하지 말라고 단단히 다짐주시던데……"

그녀는 황씨 아저씨의 눈을 피해 속삭이듯 말했다.

"신붓감이 오신데요, 선생님 신붓감."

소파에 털썩 주저앉았다. 어쩐지 며칠 간 어머니 전화가 없어서 이상타 했었다.

"전화로 사모님이 그러시더군요. '서로 허물없는 집안이니까 하는 말인데 우리 아이가 소설 쓴답시고 작업실에 처박혀서 잘 나오지 않으니 어쩌겠어. 요즘은 작업이 바빠서 시간 내기도 빠듯하다 하네. 그래서 말인데, 영아도 우리 애 작업하는 거 보고 싶다 했다니까 격식이고 뭐고 없이 영아가 편한 대로 하는 것이 좋을 것 같애.' 그게 어제였거든요? 오늘 아침에 여기 와서 청소하라 하신 거구요."

슬그머니 황씨 아저씨가 나갔다. 아마도 우리 집을 방문하겠다는 손님과 관계된 일일 것이었다.

"늦었어요. 이번엔 안 돼요."

막 옷을 걸친 채로 밖으로 나가려는데 정화가 말했다.

"지금 열 두 시가 다 되었잖아요. 벌써 이 앞 가까이 도착했을 거에요."

그녀의 얼굴을 째려보았다. 도착하자마자 그런 사실을 알리지 않은 그녀를 눈으로나마 단단히 힐책해두어야 다음에 그런 일이 다시는 없을 것이었다.

막 현관문을 열고 나갈 때맞춰 엘리베이터가 열렸다.

"여기 나오시네요."

앞장서 내린 황씨 아저씨가 뒤에 선 아가씨에게 길을 내주며 나를 가리켰다. 나는 현관문을 닫지도 열어젖히지도 못하고 어정쩡하게 아가씨를 마주했다. 자리를 모면하자는 시도가 오히려 손님을 맞이하는 꼴이 되고 말았다.

"안녕하세요."

인사말을 던진 아가씨가 가볍게 몸을 꺾었다. 나와 눈이 맞을 정도로 퍽 큰 키였다. 인사하는 그녀의 어깨 위로 끝이 조금 말린 머리칼이 쏟아져 내렸다. 목덜미까지 충분히 덮을 것 같이 보이는 긴 단발의 검은 머리였다.

"어서 오십시오."

나는 어설프게 걸친 옷매무시를 다시 했다. 앞에 선 아가씨의 잘 갖추어진 옷이 상대적으로 내 몰골을 생각나게 만들었다. 세수도 하지 않은 부스스한 얼굴임에도 나는 옷이 더 신경 쓰였다.

"급작스럽게 찾아봬서 실례한 것 아닌지 모르겠어요. 꼭 와보고 싶었어요. 제가 졸라서 여기 오기로 한 거에요. 작품으로만 대하다 보니……"

그녀가 배시시 웃었다. 옅게 바른 분이 미끄러져 내릴 만큼 피부가 뽀얗게 윤이 났다. 수아가 본다면 하루 종일 입이 나올 것이었다. 수아는 피부가 고운 여자를 티가 나게 질투했다. '사람 피부만 보는 사람 어딨다고 그리 야단이냐' 하면 금방 눈을 부라렸다. 그렇다고 티 나게 피부가 안 좋아 보이지도 않았다. 얼굴의 여드름 자국 정도는 차라리 애교스러웠다. '아버지 쪽 피부를 물려받아서 그래. 이거 봐. 꺼칠꺼칠 피부가 일어나잖아.' 만져 봐도 보드랍기만 하나, 그녀는 여름철을 싫어할 만큼 피부의 열등감이 강했다.

"지난번 '어느 날 오후'는 아주 재미있게 읽었어요. 우연히 만나 우연히 사랑하게 된 것처럼 착각하다가 마지막에 계획된 노력의 결실이라고 반전이 되는 부분에서는 무릎을 탁 쳤어요. 기가 막혔어요."

소파에 앉아 정화가 내온 커피를 받아들며 그녀가 말했다.

"너무 상투적이지요."

"아니에요. 어눌해 보이는 주인공 남자가 그런 치밀한 계획까지 세울 줄 누가 알겠어요? 멀리서 바라보는 이성에의 그리움이 얼마나 컸기에……, 가슴에 와 닿았어요."

수아는 이 소설에 대해서만은 아무런 평을 하지 않았다. 대략 독자들의 평이 좋다, 싫다 양분되고 있는 사실을 번연히 알면서도 그녀는 입을 다문 채 모른 척했다.

"전 서영아에요."

영아라 소개한 아가씨가 커피 잔을 손에 들고 나를 바라보며 방긋 웃었다. 그녀는 사람 사귀는 특별한 재주가 있어 보였다. 친숙하게 보이려 애쓰며 미소 짓지 않아도, 사람을 앞에 두면 내면에서부터 호감 있는 미소가 배어나오는 것 같았다. 눈빛과 함께 얼굴에 묻어나는 미소는 억지로 가장한다고 만들어지는 작품이 아니었다. 사람과 빈번한 관계를 가져야 하는 일을 직업적으로 오래 해왔던 사람에게서라도 그런 미소를 찾아보기는 힘들었다.

"결혼하고 싶어하지 않으시는 듯했어요. 저도 결혼을 서둘러야 할 아무런 이유가 없거든요. 그냥 후배 만나듯이 해주셨으면 좋겠어요. 맞선처럼 부자연스런 만남은 정말 싫지만, 이번에는 꼭 만나 뵙고 싶었기에 이렇게 무례를 범하고 있네요."

그녀가 또 배시시 웃었다. 입가에 흐르는 미소 따라 그녀의 머리칼이 하늘거리는 듯했다.

"작업실 구경해도 되나요?"

나는 손으로 내 작업실 방을 가리켰다. 그녀는 다소곳이 머리를 숙여 보이고 소파에서 일어서 작업실을 향했다.

그녀가 몸을 돌렸고 그녀의 치마 아래로 종아리가 보였다. 엘리베이터 앞에서 인사를 나눌 때 이미 보아 알았던 그녀의 훤칠하고 날씬한 몸매를 잊을 만큼, 얇은 스타킹에 비쳐나는 종아리는 탐스럽다 못해 눈이 부실 정도였다. 보드랍고 매끄러운 종아리에서 금방이라도 스타킹이 미끄러져 흘러내릴 것만 같았다. '내 뒤에 서는 것 싫어.' 문학의 밤 행사에 시 낭독자로 나서는 바람에 처음으로 치마를 입고 나타났던 수아의 명령이었다. '우리 집은 하체만 뚱뚱해.' 그 때 이후로도 치마 입은 그녀의 모습을 보기가 여간 어렵지 않았던 이유가 그것이었다. 그녀의 종아리 역시, 그녀의 피부처럼 내겐 그리 눈에 거슬리지 않았음에도, 그녀는 내 시선이 그녀의 종아리로 갈 때마다 질색이었다. '여자는 여잔가부다.' 남성의 성적 우월감이 표현될 때마다 눈에 쌍심지를 켜던 그녀가 그날따라 잠시 째려보는 일로 끝이었다.

"저 배고파요."

점심을 깜빡 잊고 있었다. 수아가 찬합을 들고 들어오지 않은 지가 며칠이 지나도 나는 새로운 변화에 적응하지 못하고 있었다. 시계 바늘이 수아와 점심 먹던 시간을 훌쩍 넘어서도 배고픈 줄을 몰랐고, 시계를 보고서야 밥 먹을 때인가 보다 하기 일쑤였다.

나갈 채비를 끝내고 현관 앞에 대기하는 영아를 두고 물을 마시는 척 주방의 정화에게 다가갔다. 우리 쪽을 흘끔거리던 정화가 엄지와 검지를 모아 동그라미 표시를 해보였다.

"정말 마음에 안 들어."

말하면서 짐짓 심각한 얼굴을 해보였다. 정화는 동그라미 해보인 손을 어쩌지도 못하고 입을 벌렸다.

"워메, 선생님 눈이 어찌 되었나봐요. 저런 아가씨를 두고 마음에 안 들다니, 예쁘고 날씬하고 지적이고 솔직하고……. 도대체 마음에 안 들다니 말이 되는 거에요? 세상 사람들이 다 웃어요. 그런 쓸 데 없는 얘기는 안 들은……"

나는 그녀의 말을 잘랐다.

"색기가 흘러. 남자 잡아먹을 상이야."

내가 의도하지 않는 일이 진행되는 것을 막기 위해서는 어떻게든 정화를 설득시켜야 했다. 그녀의 귀가 곧 어머니의 귀였다.

"말이 되는 소리를 하세요. 도대체……"

나는 손을 흔들어 그녀의 말을 막고 고개를 절레절레 흔들어보였다. 여전히 내 앞에서 손가락으로 동그라미를 만들고 선 채 눈이 동그라진 정화가 꼼짝도 못하고 있었다. 몸을 돌려 정화를 등 뒤에 두고 걸으면서 나는 계속 고개를 가로저었다.

10

점심 식사 후 커피 한 잔을 간단히 마시고 작업을 핑계 삼아 서둘
러 영아를 돌려보냈다. 혹시라도 정화가 작업실에 남아 있을 수도 있
었기에 작업실에서 시간 좀 보내고 싶다는 영아의 청을 매몰차게 거
절했다. 행여 웃는 소리라도 나는 날에는 정화의 입에서 어떤 얘기가
흘러나갈지 알 수가 없었다. 나란히 마주 앉아 이야기를 나누는 것만
으로도 정화는 '선생님이랑 아가씨가요 글쎄……' 하며 무협지 서
너 권 분량의 말을 쏟아낼 것이었다. 그녀가 입을 열 거리를 만들어
주지 않는 것이 최선이었다. 어머니가 '어떻든?' 하면 정화는 '두 분
이서 어쩌구' 할 것이고, 그녀의 수다를 익히 아는 어머니가 어디까
지가 과장인지 알아보려 구체적인 질문을 할 것이며, 거기서 정화의

말이 막히면 그만이었다.

영아와 함께 한 시간들은 그리 나쁘지 않았다. 그녀의 해맑은 미소하며 가식 없이 쏟아놓는 말들이 제법 쏠쏠한 재미를 만들어주었다. 결혼을 전제로 우리 어머니가 소개시켜준 상대가 아니라면 오래도록 같이 시간을 보내도 좋았다.

무엇보다 다음날이 웅이의 운동회라, 마음 한구석에 남은 앙금이 영아와의 대화 중에도 불현듯 솟아나곤 했다. 그런 상태로 영아와 오래도록 시간을 공유하는 것은 아무래도 그녀에게 미안한 일이었다.

작업실에 들어서자마자 메일을 열어보았다. '똑똑', 편지가 와 있었다. 며칠 만인지 몰랐다. 얼굴을 못 본 지도 여러 날 되었으니 그저 사무적인 얘기 몇 마디 던진 메일은 아닐 것이었다. 수아의 잔잔한 필체가 길게 펼쳐진 편지를 기대하고 메일을 열었다.

내일 운동회야. 웅이가 혼란스러워 해. 삼촌이 같이 갔으면 좋겠다고도 하고, 고개를 젓기도 하고……. 난 뭐라 해줄 말이 없어.

어머님이 자기 밥 신경 쓰시고 계시니까 밥 잘 먹는지는 안 물어볼게.

작업을 좀 했어. 며칠 내로 양 선배님 만나러 갔으면 좋겠다.

그게 다였다. 지독히도 메마른 문장들 앞에서 나는 첨부 파일을 열어볼 기분이 아니었다. 웅이의 운동회라면 예상 못한 일은 아니었지만, 그래도 운동회를 앞두고 웅이가 삼촌을 어떻게 생각한다든지 아니면 적어도 녀석의 기분이 어떻다든지 하는 얘기는 실려 있을 줄 알았다. 내가 운동회를 앞두고 마음이 심란한 만큼 수아 또한 그러할 터였는데, 그녀는 그에 대해서 한마디도 하지 않았다.

신나게 비행기나 격추시켜 보자고 게임을 실행시키고 손가락에 잔뜩 힘을 넣어 두드리기 시작했다. 그러나 맥 빠진 스피커의 폭발음이 자판 소리에 묻혀감에 따라 흥도 저절로 삭아들었다. 우퍼 달린 스피커를 당장 사자 마음먹고 온라인 쇼핑몰을 뒤졌다. 뭔 스피커가 그리 많은지 골라내기도 쉽지 않았다. 웅이 사주었던 스피커로 내심 낙점하고 찾았지만 그 또한 단종되어 품절이었다. 가격대별로 제일 비싸다는 놈을 골랐다. '꼭 여자애 같애. 토라졌다 하면 물건을 사잖아.' 수아는 내 불합리한 소비 자세를 못마땅해 했다. 그녀와 말다툼한 후에는 곧장 백화점이나 서점으로 달려가 눈에 드는 물건을 집어내야 그나마 마음이 풀리곤 했다. 꼭 필요한 물건도 아니었고 값싼 물건도 아니었다. 수아가 이해하지 못하는 부분은 꼭 필요하고 가격도 적당한 물건을 눈앞에 두고 딴 짓을 한다는 점이었다. 몇 년이 흐른 뒤에 그녀는 스스로 해답을 찾았다. '소심해서 그래. 외향적이고 적극적이고 자신만만한 사람이라면 절대로 이러지 않지. 마음 상태보다 더 흐트러진 행위를 함으로써 보상받으려는 심리가 작동하는 거야. 예를 들면 실연한 여성이 옛 애인보다 객관적으로 훨씬 떨어지는 사람과 급히 결혼해버리는 심리와 같다고나 할까.' 나는, 도무지 그 말을 논리적으로 이해할 수가 없어, 수긍한 적이 한 번도 없었다. 그러나 수아는 고집스럽게도 그녀의 해석을 고수했다.

'쓸 데 없는 소비 행위' 이후에 기분이 풀리기보다 더 꼬이는 적도 많았다. 그건 순전히 옆에서 비아냥거리는 수아 때문이었다. 그녀가 없는 공간에서 스피커를 구입한 후에 나는 분명히 더 나아진 심리 상태를 확인할 수 있을 것이었다.

전화가 왔다.

"어떻든?"

어머니였다. 어머니는 영아네 쪽과 벌써 통화를 끝낸 모양이었다.

"싫어요."

의외로 어머니의 목소리가 높아지지 않았다.

"영아도 마음의 결정을 못하겠단다."

대화 중에 그녀가 어렴풋이 암시를 주었던 터라 예상은 하고 있었다. 영아가 무슨 마음으로 내 처지를 도와주려 하는지 알 수는 없었지만, 모든 문제를 떠나서, 나는 그녀의 마음 씀씀이가 피부만큼이나 곱다고 생각했다.

"일단 처음 만나서 상대를 얼마나 알겠니? 만나다 보면 모르던 것도 알게 되고 좋은 점도 발견하게 되는 법이지."

어머니는 내 반응을 기대하고 있는 듯했다.

"어쨌거나 영아가 너하고 자주 만나보겠다고 했다니까 천천히 생각해 봐라."

그 천천히가 얼마큼의 속도인지는 알 수 없었다. 분명한 것은 어머니가 말하는 속도를 내 자의적으로 판단했을 때 낭패를 본 적이 많았다는 사실이었다. 천천히는 때론 내 시간 개념으로는 무척이나 빠른 적이 많았다.

"영아는 신부 후보 영순위야. 누구나가 인정하는 아이란 말이야. 잘 해 보거라."

의외로 어머니가 순순히 전화를 끊었다. 아마도 내가 그녀와 그나마 점심도 먹고 차도 마셨다는 얘기에 고무된 듯했다. 아니면 벌써 어머니는 결혼식장 꾸미는 일로 마음이 들떠 있을 수도 있었다.

막 전화를 끊고 신문을 집어들 때 또 전화가 왔다. 어머니가 못 다한 말이 있는 것이려니 했다.

"저에요, 영아."

그녀의 목소리에 미소가 따라오는 듯했다.

"오늘 정말 즐거웠어요. 남자를 마주하는 일이 제겐 너무 힘들거든요. 억지로 웃어야 하고 재미없는 얘기도 즐거운 척 나누어야 하고 그러잖아요. 하지만 오늘은 정말 좋았어요."

고맙다고 말하는데 그녀가 킥 하는 웃음소리를 냈다.

"저희 어머니께 오늘 별로였다고 했어요. 괜찮았다 하면 결혼이니 뭐니 해서 시끄러워지잖아요."

반가운 말이다 생각할 때 그녀의 말이 뒤따랐다.

"이제 가끔 놀라가도 되죠?"

그녀의 방문을 마다할 이유가 없었다. 그래도 쉬이 '그렇게 하세요' 하는 말은 나오지 않았다.

11

　　주인집 딸아이가 자기의 이름이 '영자' 라 하며 입을 빼물었다. '이름이 영자가 뭐에요 영자가. 왜 영자가 되었는지 아세요? 아들 낳으면 영웅이라 지으려 했는데 딸이 나왔데요. 그래서 영웅이 아니라 영자가 되었다지 뭐에요?' 내가 '영자의 전성시대' 라는 영화도 있었다 하니 영자는 손으로 날 때리는 시늉도 했다. 영자의 전성시대, 갑자기 비디오라도 빌려보고 싶다는 생각이 들었다. 여기 온 후로 처음, 내가 무얼 하고 싶다는 생각이 들었다. 영자 덕분인지……

　　미스 주와 한이 새벽에 들어오는 소리가 들렸다. '잠깐만' 하는 미스 주의 목소리가 들렸고 미스 한이 그녀의 방으로 향하는 발자국 소리가 뒤따랐다.

“선생님, 주무세요?”

미스 주가 방문을 빠끔 열었다. 미스 한이 켠 방 불빛이 내 방까지 따라 들어와 흐릿하게 미스 주의 얼굴을 비췄다.

“저 들어갈래요.”

미스 주가 불쑥 방으로 들어왔다. 대강 이불을 깔고 누운 자리라 미스 주가 앉을 변변한 자리도 없었다.

미스 주는 이불 한쪽 끝을 잡아 올려 짧은 치마를 가렸다.

“오늘 학교 선생님이란 사람들이 다섯 왔는데, 선생인지 양아친지 모르겠더라구요. 젠장, 월급쟁이들도 그렇게 짜지는 않겠다.”

미스 주는 이불 밑에서 발을 꼼지락거렸다.

“지저분한 것만 시키고. 오늘 한 언니가 우리들 거까지 다 하느라 고생 좀 했어요.”

미스 주가 이불을 들척여 내 옆으로 기어들어왔다. 얼굴 분 냄새보다 술 냄새가 더 심하게 났다. 그녀는 내 어깨에 얼굴을 기대며 입술을 내 볼에 가져다 댔다.

“선생님, 저 오늘 여기서 잘래요.”

그녀의 손이 내 가슴을 훑었다. 그녀의 손이 내 배를 지나 남근까지 미끄러졌다. 그녀는 손을 꼼지락거리며 내 남근을 만졌다.

“어? 선생님, 안 커져요.”

미스 주가 발딱 일어나 이불을 걷었다. 그녀의 손은 여전히 내 남근을 쥐고 있었다. 나는 간지럼을 많이 타는 편이라 타인의 손에 민감했다. 그러나 미스 주의 손이 내 몸의 가장 예민한 부위를 간질이는데도 나는 전혀 간지럽지 않았다.

　"왜 이래요?"

　그녀의 얼굴은 보이지 않았다. 술 냄새와 분 냄새 속에 그녀의 목소리가 이유를 물었다.

　"나도 몰라. 그러고 보니까 이게 성을 낸 게 언젠지 기억이 없다."

　미스 주가 한숨을 쉬었다.

　"선생님, 큰일 났다."

　그녀는 내 손을 들어 자기의 가슴에 얹었다. 보드랍고 따스한 살결이 만져졌다.

　"계속 이러네. 어쩐지 이상하다 했어. 내가 이 방을 아무리 들락거려도 선생님 눈빛에 변화가 없더라니까. 다른 남자들하고 달라서 좋은 분이다 했더니 이것 때문이었군요?"

　한 손으로 내 손을 끌어 자기의 가슴을 만지게 하고 다른 손은 내 남근을 쥐고 있는 그녀의 모습이 창문 달빛 아래 흐릿하게 보였다. 그녀는 아주 열심이었다. 그러나 내 남근에는 힘이 주어지지 않았다. 막 사정을 끝낸 남근이라도 감각이 있게 마련인데, 어찌된 일인지 내 남근에는 아무런 느낌이 없었다.

　"치, 그냥 자야겠다."

　그녀는 금방 코를 골았다. 그러나 내 남근 잡은 손은 아침까지 풀지 않았다.

　꿈을 꾼다. 꿈은 햇볕이 따갑게 내리쪼이는 사막 한가운데서부터 시작이다. 모래에 발이 푹푹 빠지면서 나는 쉼 없이 걷는다. 모래에 발이 빠지는 느낌도 없고, 걸어도 또 걸어도 힘들지도 않다. 목이 마르지도 않다. 꿈속에서는 내가 왜 걷고 있으며 어디를 향해 걷고 있는지 해답도 없고 궁금증도 없다.

걷다보면 여전히 사막 한가운데다. 햇볕도 여전하고 모래도 여전하다. 그렇게 지칠 때쯤이면 어김없이 손바닥만한 녹색이 멀리 보인다. 내 눈에는 녹색이 아니지만 꿈에서 깬 의식은 그것을 녹색이라고 말한다. 그래, 녹색이다. 눈앞에 펼쳐진 그것은 내 몸 하나 누일 정도의 풀이다. 풀은 녹색이므로 꿈에서 녹색이 아니라 해도 꿈 밖의 의식이 녹색이라 말하면 결코 부정할 수 없다. 햇볕이 아무리 내리쬐여도 시들지 않은 풀은 녹색이어야만 한다. 그것이 녹색이 아니라면 풀이 아니며, 따라서 내 꿈은 꿈으로서의 사실성을 잃는다.

풀인가 싶으면 눈앞에 동굴이 보인다. 입구가 풀에 둘러싸인 동굴이다. 동굴이 어디서 나타났는지 꿈에서는 모른다. 동굴로 몸을 집어넣는다. 어둡지도 않고 좁지도 않다. 아니 꿈에서는 동굴이 동굴인지 벌판인지 구별도 안 된다. 의식은 말한다, '햇볕이 잘 들지 않고 모래도 없으므로 동굴이다' 라고. 동굴 입구를 차지하고 있는 풀들은 촉촉하다. 꿈에서는 촉촉하다 느낄 수 없지만 분명 촉촉하다. 그건 살아있는 풀이며 녹색의 풀이기 때문이다.

몸을 웅크린다. 잠에서 깨고 나면 그 웅크린 자세가 몹시 편안했다고 느낀다. 물론 꿈속에서는 편한지 어쩐지도 모른다. 촉촉하게 동굴 벽이 젖어 있다. 이끼를 머금은 풀잎처럼 동굴 벽은 물기를 머금고 있다. 매끄러울 것이다. 하지만 꿈에서는 절대 그 촉감을 느낄 수 없다. 혀를 내밀어 동굴 벽을 핥아보지만 느낌이 없다. 깨고 나서야 동굴 속이 시원하다고 느낀다.

햇볕이 비쳐온다. 웅크린 내 몸 위로 햇볕이 쏟아진다. 분명 더울 터인데 꿈에서는 절대 덥지 않다.

풀이 마른다. 그건 누런색이다. 꿈속의 내 눈엔 누렇게 보일 리 없지만 그건 누런색이다. 잠에서 깨고 나서 '풀 위로 쏟아지는 햇살이 따가우며 풀들은 햇볕에 말라비틀어지고 결국 누런색을 띄는 것이다' 라고 해석한다.

결국 나는 동굴 밖에 있다. 웅크린 자세를 풀었을 뿐인데 동굴은 간 데 없고 다시 사막 한가운데다.

의식은 말을 못한다. 내가 꿈에서 들어갔던 공간이 진정 동굴이었는지……, 동굴을 찾아가는 것인지 아니면 그저 동굴이 있기에 들어가는 것인지……, 왜 꼭 꿈은 말라버린 동굴의 형체가 사라지고 보이지 않는지……

책과 공책을 들고 들어온 영자가 연필 꼭지를 빨면서 자기의 꿈은 가수라고 했다. 처음부터 가수의 길을 가기는 힘드니까 백댄서부터 시작할거라나. 그녀는 헐렁한 라운드 티를 배꼽 위까지 걷어붙여 묶어 가슴만 가리고 허리에 손을 올려 한껏 상체를 뽐내봤다. 고등학교 이학년 가슴치고는 제법 볼륨이 있었다. '선생님, 제 가슴 어때요?' 무슨 말을 바라는지 번연히 알기에 눈을 감는 척했다. 이번에는 그녀는 통이 큰 반바지를 걷어 올려 아주 짧은 반바지를 만들었다. 금방이라도 팬티가 보이고 엉덩이 살이 비집고 나올 것만 같았다. 그녀는 다시 손으로 허리를 짚으며 내게 물었다. '저 어때요?' '망측하다.' 그녀는 배시시 웃었다. '제 춤 한 번 보실래요?' 영자는 '영자의 전성시대' 를 보여주겠다는 듯이 몸을 흔들었다. 바지 사이로 사타구니와 엉덩이 살이 비어져 나와도 막무가내였다. '저 섹시하죠?' 섹시하다는 말을 아는지 모르겠다. 섹시하다는 말은 색기가 넘쳐흘러 남자들로 하여금 색기를 주체하지 못하도록 만드는 모양을 이른다. 저 어린것이 남자들의 색정을 발동시키는 자신의 육체에 그토록 흡족해 한단 말인가. 뭇 남성이 자신을 그리며 남몰래 자위하는 모습을 상상이라도 해보았는지 모르겠다. 아니, 그런 상상이 그 아이를 즐겁게 해줄지도 모르는 일이다.

그런데 나는 왜 영자의 색기 어린 몸짓에도 전혀 동하지 않는 것일까. 내가 잠시나마 선생이라는 직업을 갖고 있었기에? 그럴지도 모른다. 알게 모르게 내 내면에 스며든 직업에 따른 관념이 그렇게 만들었을 수도 있었다. 선생의 신분으로 방과 후에 룸살롱 아가씨를 옆에 두고 술을 마시면 회가 동하던 나도 교실에 앉은 여학생의 치마 밑 팬티에는 무감각했다. 인간의 관념은 본능마저도 통제할 수 있는 강력한 힘을 지니고 있는 것일까. 글쎄, 모르겠다. 그러나 분명한 것은, 영자뿐만 아니라 미스 주에게도 전혀 색정이 동하지 않았다. 미스 주는 학생이 아닌데……, 반대로 그녀는 성을 팔아 사는 아가씨인데……

그러고 보니 성욕뿐만 아니라 식욕도 거의 없다. 내가 며칠 굶었던 때에도 굶자고 굶은 것이 아니라 밥 먹고 싶은 생각이 없었기에 굶었던 것처럼, 여전히 식욕이 동하지 않는다. 술과 음식이 앞에 있으면 먹지만 굳이 찾아먹을 만큼 배가 고프지 않다. 내 감각 기관에 이상이 생긴 것이 분명하다.

감각 기관의 이상? 아니면 또 다른 관념이 내 감각 기관을 마비시키고 있는 것일까? 이건 사유거리는 된다. 그러나 귀찮아서 그 생각을 접었다.

벌이 창문으로 또 들어왔다. 윙 하고 천정을 주유한다. 저러다 나갈 것이다.

저놈과의 관계를 굳이 생각할 필요가 있을까. 내가 이 방 주인인 걸 본능적으로 안다 모른다 내 멋대로 해석할 필요가 없다. 벌은 저렇게 날다가 제자리로 돌아갈 뿐이다.

사르트르가 ‘대상이 존재한 연후에 인간은 그 대상을 개념화해서 기억하고 사고한다’ 고 말했다. 사고는 언제나 인간의 몫이다. 자기 편리에 따라 대상을 규정한다. 따라서 사고의 중심은 인간이며, 사고하지 못하는 대상을 경시한다. '배부른 돼지보다 배고픈 소크라테스가 되겠다' 는 건 지독한 자만이며, 자연으로 존재하는 대상에의 모독이다. 이 모두 인간의 사고 범주가 철저히 인간적이기 때문에 빚어진다. 아무리 객관적으로 사고한다 해도 궁극적으로 인간의 사고는 인간 중심을 벗어날 수 없다. 사고가 인간만의 전유물일진데, 객관은 궁색한 변명이다.

사고하지 못하면 불행한가? 행복, 불행과 같은 가치의 문제 또한 사고의 결과이다. 사고하지 않는 존재는 절대로 가치의 문제를 얘기할 수 없다. 하루살이의 삶이 짧다는 것, 거북이의 삶이 길다는 것 모두 인간의 기준 아래 인간과의 상대성일 뿐이다. 그들은 짧다 길다는 관념에서조차 멀어진 채 살아가고 있다.

그것이 불행한가?

상대적인 가치의 문제를 왜 인간은 중요한 문제로 얘기하는 것일까. 자신의 행복을 과장하기 위해서, 아니면 상대적으로 불행하다 판단되는 대상에 비추어 자신의 불행을 보상받기 위해서, 둘 중 하나이다.

오늘 오후에 축대 위 약수터에서 유호선이라 불리는 미친 여자를 만났다. 그녀는 축대에 배를 기대고 아득한 콘크리트 바닥을 내려보고 있었다. 그녀가 유호선이 아니고, 아니 내가 그녀가 미쳤다는 소리를 듣지 않았다면 바람 따라 흩날리는 그녀의 긴 머리칼이 무척이나 아름다웠을 것이다. 그러므로 그녀가 미쳤다는 말을 먼저 들었던 나를 그렇게 만난 그녀는 '불행' 하다. 이미 나는 사람들이 심어준 관념 아래에서 그녀를 만나고 있었다.

"아저씨, 저 아래로 날아가고 싶어요."

아무도 상대하지 않는 미친 여자는 나를 보고 웃으며 두 팔을 활짝 벌려보였다.

"보세요. 저 아래에서 우릴 불러요."

정말 까마득하게 보이는 바닥은 나를 부르는 것 같았다. 나는 눈도 뜨지 못했다. 내가 빨려 내려갈 것만 같은 느낌을 받은 것은 그녀의 말 때문이었을까.

그녀는 아래를 내려보고 두 팔을 벌려 빙글빙글 돌았다. 사람들은 그녀가 미쳤다고 했다. 왜 미쳤는지 관심은 없다. 어떻게 미쳤는지도 모른다. 사람들은 그녀를 미쳤다고 했고 그 말을 들은 사람들은 또 그렇게 믿었다.

그녀를 가까이 하지 않으면서 사람들은 그녀를 동정한다. 무엇을 동정하는 것인지 모르겠다. 그녀가 미쳤다는 사실 자체를 동정하는 것 같기도 했고 그녀가 '불행' 하다는 것을 동정하는 것 같기도 하다. 궁금해서 양씨 아저씨에게 물었다.

"그녀가 미쳤다고? 글쎄, 미친 게 무엇인지 난 모르겠어. 사회적인 기능을 상실한 사람을 말하나? 일반적으로 사회적인 통념에서 벗어난 사람을 미쳤다고 하겠지. 대부분 그렇잖아? 사회를 앞서갔거나 기존의 사회적인 틀을 부정했던 고갱이나 사드도 모두 미쳤다고 했잖아. 미친 거지. 근데 사람들이 왜 동정하냐고? 난 동정한 적 없어. 뭘 동정해?"

양씨 아저씨는 동정을 통해 오히려 현실적인 만족을 구하는 것 아니냐고 말했다. 타인의 불행을 언급하면서 상대적으로 덜 불행한 자신의 현실을 인식하는 거란다.

분명한 건 그녀는 결코 불행하지 않다는 점이다. 그녀는 너무나 즐거워 두 팔을 벌린 채 환하게 웃었다. 그걸 어찌 불행하다 말할 수 있을까? 다만 그의 주위는 불행한 사람들이 있었다. 그녀로 인해 이혼까지 하며 중년의 나이에 동생 뒷바라지에 여념이 없는 그녀의 오빠, 하루 이 홉들이 소주 한 병을 마셔야 하루의 일과를 끝낼 수 있는 그의 오빠는 객관적으로 '불행' 하다. 자신이 진정 원하지 않는 길을 가야만 하는 사람이니까. 그 오빠는 그렇게 동생 때문에 불행하다고 믿을 것이다.

가치를 판단할 수 없는 미친 여자에게는, 행복이나 불행의 사고에서 자유롭다. 다만 미쳤다고 그녀에게 선고할 수 있는, 사고할 수 있는 사람 중에서는 불행한 사람은 분명 있다.

호떡을 사온 미스 주가 방문만 빠끔 열고 안으로 들어오지 않았다.

"방 빼래요."

무감각하게 호떡을 받아드는 나 때문에 토라졌다.

"한 언니가 강씨 아저씨한테 부탁해서 간신히 넘어갔어요."

주인집 강씨 아저씨가 미스 한을 데리고 나가는 장면을 가끔 목격할 수 있었다. 아마도 주인아주머니는 그 사실을 몰랐다. 두 아가씨가 사는 방을 빼라는 이유가 '아이들 교육에 안 좋아서' 라는 이유로 봐서 그랬다. 주인아주머니는 늘 '우리 딸이 저러는 것도 다 저년들 때문이여' 했고, '허연 허벅지에 빤쓰까지 내보이고 다니는 저 년들 때문에 우리 작은애가 공부를 못하는 거' 했다. 선생님이 같이 살아서 공부 잘 한다는 말은 나오지 않는데, 술집 아가씨에 술주정뱅이 구멍가게 주인 때문에 애들이 공부 못한단다.

"이 방에서 자고 나가는 걸 다시 보면 가만 안 둔데요."

호떡 속의 검정 설탕이 바지 위로 떨어졌다.

영자가 책과 공책을 들고 들어와 한마디 한다.

"목욕 좀 하세요. 우, 냄새!"

신기하게도 감은 지 사흘만 지나면 그토록 가렵던 머리가 열흘을 넘기면 전혀 가렵지 않았다.

피부도 옷을 벗는다고, 시간이 지나면 표피가 죽어 떨어지면서 때도 같이 떨어진단다. 수염도 같이 떨어져 내리면 얼마나 좋을까.

만화가 주 씨가 양씨 아저씨랑 만났다.

"이럴 수가 있어요? 단행본으로 나온 제 만화가 인터넷에서 돌아다닌다잖아요. 피시방에서 보니까 조회 수가 얼마나 많던지."

양씨 아저씨가 이죽거린다.

"거 좋겠다. 영광이겠어."

주 씨가 발끈한다.

"영광이 아니믄. 누가 돈 주고 사서 본데? 그나마 그렇게라도 봐 주니 영광이라 생각해야지."

"무슨 말씀을 그리 섭섭하게 하십니까? 돈 주고 사서 보는 이가 없다니요? 저렇게 인터넷에서 공개하고 있으니까 팔리지 않는 거죠."

"제대로 사태를 판단할 줄 아는 안목도 없는 만화가의 만화를 누가 사보누. 생각해 봐. 처음 만화책 나오고 두 달 동안 초판이나 다 팔렸어? 안 팔렸지?

그 때 인터넷에 돌아다녔나? 내가 알기론 책 나온 지 벌써 반년이 넘었어도, 재판 찍었다는 소식이 아직 없는 걸로 아는데."

"진짜 섭섭하네요. 인터넷에 돈 게 언제인지 알지도 못하는데 그런 말씀을 하시다니요. 인터넷에 돌지만 않았어도 벌써 재판에 삼판은 넉넉히 찍었다구요."

"그래서? 많이 찍어서?"

"그럼 작가에게도 노력한 만큼의 대가가 있는 거죠."

"인세?"

"그럼요. 작가는 밥 안 먹고 문화생활 안 해요? 저작권 같은 지적 재산권이 왜 법으로 보호되는 건데요. 더 나은 예술 활동을 보장해주기 위해서란 말입니다."

양씨 아저씨는 빤히 주 씨를 바라보다 혀를 찼다.

"그러니까 요는 돈이구먼."

"그게 어찌 돈이라는 얘깁니까?"

"온 사회가 난리야. 돈이 최고다, 돈이 목표다, 개같이 벌어도 정승같이 쓰면 그만이다. 니미, 온 사회가 돈만 벌라고 부추기고 있단 말이지. 돈 사회야, 돈 사회."

"또 그러신다. 제 말이 어찌 그런 말입니까."

"돈을 전제로 하고 있으면 그건 장사꾼이야. 자네가 초판에 재판, 삼판을 기다리는 이유가 인세라면 자네는 돈놈, 즉 장사꾼이야. 장사꾼은 이윤을 남기는 것이 미덕이지. 그래, 이득을 많이 남기라구. 그리고 뒤에 가서 더 나은 만화를 그리기 위해 돈이 필요하다 떠벌이구."

"한쪽 면만 부정적으로 보시면 안 됩니다."

"세상이 아무리 돈, 돈 해도 모든 인간의 최고 가치가 돈이 되지는 않아. 진실로 인간의 가슴을 무기로 하는 예술가들은 한 권의 책이 팔려도 그 책을 읽고 감동해주는 독자에게 감사하고, 백만 부가 넘게 팔리면 자신의 예술혼이 많은 사람에게 공감되고 있다는 점에 감사하는 거야. 그게 예술가야. 돈 한 푼 때문에 재판 찍는 일을 기다리는 건 예술을 팔아 장사하는 놈이고, 따라서 솔직하게 이윤을 남기기 위해 장사합니다 하는 장사꾼을 욕 먹이는 짓이지. 명예를 소중하게 생각하는 사람에게 돈이 중요하지 않은 것처럼, 예술가에겐 돈이 중요치 않아. 나 같으면 말이야, 인터넷에 작품이 돌아다니면 춤을 추고 기뻐할 거야. 시답잖은 내 작품을 많은 사람들이 보고 감상하고 있잖은가. 얼마나 영광이야. 지금도 인터넷에 올려지지도 못하는 작품을 작품이라고 내놓는 예술가들도 부지기수라네."

주 씨의 반박으로 또 두어 시간 두 사람의 논쟁이 계속됐다.

미스 주가 양씨 아저씨가 시인이라는 말을 안 해주었더라면 나는 '구멍가게 양씨 아저씨' 라는 허울 때문에 그의 말을 올바로 알아듣지 못했을 것이었다. 저렇게 입으로 떠벌이는 양씨 아저씨는 왜 본연의 시인으로서, 글로 된 언어로 자신을 표현하지 못하는 것일까? 안 하는 것일까? 시인이라 알았기 때문에 그의 말을 이해할 수 있어 좋긴 하지만, 그의 떠벌이는 말은 듣기가 싫다. 정말 듣기 싫다.

'싫다' 는 느낌, 참 오랜만이다. 비디오를 보고 싶다는 욕구를 이사 후 처음 느낀 것처럼, '싫다' 는 느낌 또한 처음이다.

12

저녁 시간이 다 되어가는 마당에 수아에게서 전화가 없었다. 내가 운동회 끝날 때까지 그녀 혹은 웅이와 의도적으로 거리를 두고 있음을 헤아리지 못할 그녀가 아니었다. 전화통 옆에서 벨 소리를 기다리는 내 심정을 모를 리 없건만, 시치미 떼는 여인네처럼 그녀는 모른 척이었다. 먼저 전화를 걸어 '저녁 먹으러 가도 돼?' 하고 묻기도 거북했다. 늘 같은 시각에 저녁 먹으러 찾아들던 집에 굳이 전화를 할 이유는 없었다. 그러나 일주일의 공백은 내 발길은 물론 내 마음까지 붙잡았다. 무슨 이유인지 딱히 꼬집어낼 수는 없었지만, 수아의 집이 아득히 멀게만 느껴졌다.

기다리다 못해 전화 수화기를 들었다 하릴없이 내려놓았다. '웅이 운동회 잘 했어?' 묻고 대답을 듣고 나면 그만이었다. 다행히 수아가 웅이를 빌어 늘 하던 것처럼 운동회에 대한 수다를 떨어주면 더할 나위 없이 좋았다. 그러나 그렇게 수다를 늘어놓을 그녀라면 당연히 나보다 먼저 전화했을 것이었다. 그러므로 안부 인사 주고받으면 다음은 침묵일 것이 뻔했다. 저녁 먹으러 가도 되냐고 물으면 그녀의 집이 더욱 멀게만 느껴질 것 같았다. 그렇다고 '알았어' 하고 끊을 수도 없었다. 내가 그녀의 전화를 기다리는 이유는 일상의 쾌활한 그녀의 목소리를 듣고 아무 일도 없었던 것처럼 저녁 먹으러 가는 것이었다. 그랬다. 변화 없이 대해주는 그녀의 목소리가 필요했다. 만약 그녀가 '저녁 먹으러 와' 한다면 그 또한 제법 큰 거리감을 느낄 터였다.

일곱 시가 넘어도 끝내 전화가 오지 않았다. 내가 수화기를 들었을 때 느꼈던 거북스러움을 그녀 또한 느끼고 있는 모양이었다.

옷을 주워 입었다. 아무리 발길이 무거워도 마냥 기다리고만 있을 수는 없었다. 운동회도 끝난 마당에 식탁 앞에 나 홀로 앉아 밥을 먹어야 하는 일은 견딜 수 없었다. 늘 그랬던 것처럼, 웅이를 옆에 두고 수아와 마주 앉아 밥을 먹어야 했다. 그것이 수아나 내가 의도하지 않았던 일주일의 후유증을 털어버리는 길이었다.

그녀의 집으로 향하는 길에 장난감 가게에서 잠시 멈춰 서서 웅이가 갖고 싶어하던 로봇 인형을 살까 망설였다. '무슨 장난감을 그리도 사. 방 하나가 온통 장난감이다. 애가 어디 어린아인가?' 수아의 잔소리가 들리는 듯했다. '장난감을 실어 나른다' 며 눈을 흘기던 수아의 모습이 아른거리다 곧 사라졌다. 어쩐지 수아의 반응이 예전과는 다를 것만 같았다. 그 변화를 감당하기가 그리 쉬워 보이지 않았다.

"와, 삼춘이다!"

우당탕 현관으로 달려 나오는 웅이의 소리가 들렸다.

"삼춘! 빨랑 와. 그 동안 어디 있었어? 오늘도 안 오는 줄 알았잖어."

웅이가 팔에 매달리며 어리광이었다. 주방에 선 수아가 내 쪽으로 고개만 슬쩍 돌리고 도마에 칼질을 했다.

"삼춘. 나 배고파 죽겠어. 배고파 죽겠다는데 엄마는 밥도 안 준다? 치, 금방 된다면서 조금만 더 조금만 더 하더니 아직이야. 물만 두 컵이나 마셨다!"

"잠깐 기다리랬지!"

다행히 수아의 목소리는 쾌활하게 느껴졌다.

"기다려라 기다려라, 배고파 죽겠다는데……."

웅이의 입이 대발 나왔는데 정작 밥을 늦게 준 수아의 표정은 별다른 변화가 없었다. 그녀가 전화하지 않은 일을 나 혼자 너무 깊게 해석해버린 듯싶었다. '그동안 얼굴 감추고 어디서 뭐했누?' 하며 눈만 흘겨주면 좋으련만, 그녀는 새침을 떨었다.

"계란말이다."

웅이가 허겁지겁 수저를 들었다.

"해물찌게가 간이 맞나 모르겠어."

수아가 내 시선을 피했다. 그녀가 내 앞에서 썰었던 마지막 칼질에 다져진 대파가 찌게 위에 올려져 있었다.

숙제하라고 웅이를 방에 들여보내고 수아는 커피를 끓였다.

"운동회……, 어땠어?"

내 물음에 그녀는 커피 잔 앞에 두 손을 모으고 턱을 괴었다.

"그냥…… . 작년처럼 그랬지 뭐."

그녀는 턱을 괸 손을 풀고 한 손을 내려 커피 숟가락을 집었다.

"전화할 줄 알았는데……"

그녀는 대답하지 않고 숟가락으로 커피 잔을 휘휘 저었다.

"나 좀 봐."

그녀가 고개를 들었다. 피식 웃으려 애쓰는 듯이 보였다.

"오랜만이다, 그치!"

말하는 그녀의 얼굴에 피어난 웃음이 제법 밝았다. 나는 그렇게 보았다.

"오늘 내내 전화 기다렸어."

수아가 키득 웃었다.

"바보같이……."

수아는 다시 두 손을 모아 턱을 괴었다. 주위의 세세한 소음마저도 찻잔 속에 담아내려는 듯, 그녀의 시선은 찻잔에 잠긴 채 움직이지 않았다. 영락없이 사색에 빠진 모습이었다. 그녀가 흘린 '바보같이'

라는 말이 남긴 여운이 아니었다면 나도 한동안 그녀의 사색을 방해하지 못했을 것이었다. 그녀의 말끝에 묻어나는 짙은 여운이 그녀의 미소마저 앗아간 뒤, 나는 심한 갑갑증을 느꼈다. 한숨이 내 목을 타고 넘기 전에 어떤 말이라도 해야 했다.

"메일 읽어봤는데 말이야, 점점 글다운 구석이 많아지고 있어."

그녀는 눈을 들지 않고 고개를 끄덕이는 시늉을 했다. 깍지 낀 손 위에 얹힌 턱에 주름이 잡혔다.

"갈수록 읽기가 힘들어져. 어떻게 된 위인이, 쓰지도 못하는 글씨를 그리도 자잘하게 늘어놓는댜 그래."

수아가 손을 풀고 커피 잔을 들었다. 그녀의 시선은 여전히 커피 잔을 떠나지 못하고 있었다. 손으로 받쳐 든 턱에서 장난기 섞여 울려나는 그녀의 목소리는 가장된 것이었다.

"양 선배님한테 언제 갈까?"

"내일."

수아가 웃었다. 그러고는 말없이 커피를 마셨다.

"무슨 일 있어?"

"아니?"

"근데 왜 말이 없어?"

그녀는 고개를 들었다.

"그게 어때서? 이렇게 대화하니까 참 좋다. 그러니까 자기가 말을 많이 하잖아. 늘 내가 먼저 물어보고 대답이 시원찮다 싶으면 또 얘기하고 그랬는데. 앞으로는 우리 이렇게 얘기하자. 이젠 내가 자기가 했던 것처럼 할게, 자기는 내가 했던 것처럼 해."

말소리는 경쾌했지만 그녀의 얼굴은 밝지 않았다.

"우리 어머니 다녀가셨어?"

수아가 고개를 저었다.

"전화하셨어?"

이번에도 수아가 고개를 저었다.

"그럼 아버지가 전화하셨어?"

수아가 손뼉을 탁 하고 쳤다.

"정말 좋다. 앞으로 이렇게 얘기해야지!"

그러더니 수아는 바로 고개를 숙여버렸다. 몇 모금 남지도 않은 커피 잔에 숟가락을 넣고 휘휘 저었다.

"마음에 들어, 그 아가씨?"

그녀가 방긋 웃으며 고개를 들었다.

"들었어? 누구한테?"

그녀가 코를 장난스럽게 씰룩여 보였다.

"관심술로."

"어머니?"

그녀는 고개를 저었다. 잠시 내 표정의 변화를 살피더니 커피 잔을 내려놓고 흠 하는 잔기침을 했다.

"늘씬하고 예쁘고 교양 있다며?"

"이거야 원."

"좋겠다. 여우같은 젊은 아가씨를 어느 남자가 안 좋아할까."

그녀의 얼굴에 장난기가 넘쳤다.

"도대체 어떻게 알았어, 응?"

"좋아서 어쩔 줄 몰라했다지 아마."

"아니라니까 그러네."

내 목소리가 컸던 모양이었다. 숙제하던 웅이의 놀란 눈과 마주치고 말았다.

"정말 아니라니까."

"누가 뭐래? 그런 아가씨 만나서 입이 헤 벌어지는 남자가 어디 남자가 뭐."

"아우, 죽갔구먼."

수아가 빈 찻잔을 들고 일어서 주방을 향했다.

"잘해 봐. 좋은 아가씨라던데."

그녀는 찻잔을 싱크대에 올려놓고 고무장갑을 끼었다. 그녀는 내가 커피 잔을 내려놓기도 전에 저녁 물린 설거지를 한 적이 없었다. '커피 마시는데 달그락거리면 커피 맛나겠어? 같이 얘기라도 나눠 줘야 비싼 커피 제값하지.' 농담 반으로 수아는 그렇게 말한 적도 있었다.

"일어나면 세수부터 해. 면도야 안 해도 예술가는 그러려니 하지만, 꼬질꼬질한 얼굴만큼은 어느 여자도 좋아하지 않으니까 말이야. 나니까 여태 봐줬지 다른 여자라면 있던 정도 떨어질 거야 아마."

"무슨 말을 하는 거야 도대체."

또 웅이의 눈과 마주쳤다.

"발톱 좀 깎고 있어. 자판 두드린다고 손톱은 잘 깎으면서 뭐가 힘
들다고 손톱깎이 발까지 내리지 못하나 몰라. 앞 막힌 실내화를 신던
가. 그 아가씨 자주 들를 것 같던데, 좋은 인상을 줘야지."

"누구한테 들었는지 말 안 할 거야?"

"누구한테 들었든 그게 뭐 중요해!"

달그락거리며 그릇 부딪는 소리가 제법 크게 나는 바람에 식은 커
피가 맛이 없어졌다.

"정말 관심 없어. 관심 있으면 관심 있다 하지 내가 왜 공연한 거짓
말하겠어?"

"좋은 일은 무작정 미루는 게 아냐. 이거다 싶으면 망설이지 말고
잡는 거야."

너털웃음이 나왔다.

"여기 우리 어머니 같은 여자가 또 하나 있네 그랴."

설거지를 마친 그녀가 고무장갑을 벗었다. 가스레인지 위에 얹힌
곰솥 뚜껑을 들어 안을 들여다보던 그녀가 국자를 들어 국물 위를 건
어냈다. 그러고 보니 내가 들어섰을 때부터 구수한 곰국 냄새가 집안
을 채우고 있었다.

"웬 사골?"

"꼬리야."

"꼬리?"

그녀는 여전히 국자를 놀렸다.

"정화가 왔다 갔어."

나는 그제야 사태를 알아챘다.

"뒤늦었지만 생일 축하한다고 어머니가 보내셨어. 내 핑계 대고 웅이 잘 먹이시려는 마음이겠지."

그건 아니었다. 어머니의 성격으로, 집에서 내친 며느리 집에 직접 음식거리를 날라댈 분이 아니었다. 며느리를 집에 들이지도 않는 분이었고 며느리의 손으로 익힌 음식은 입에 대지도 않았다. 그렇기 때문에 수아의 집에 웅이를 위한 일은 대부분 내 손을 거쳐 갔다. '날도 쌀쌀한데 웅이에게 곰국이나 먹이면 좋겠다.' 그러면서 어머니는 내 작업실에 황 기사를 통해 사골을 들였다. 과일이건 생선이건, 어머니는 늘 '웅이가 뭘 좋아하는지 알아야지' 하며 황 기사를 내 작업실로 보냈다. 그런 일엔 꼭 황 기사였다. '정화 고년은 입이 싸서 네 심사를 사납게 할 것이다. 정신노동 하는 사람에게 그런 고역이 어디 있겄누.' 그런 어머니가 정화를 시켜 쇠꼬리를 수아에게 보냈다니 어머니의 계산은 다른 데 있었다.

"우리 내일 양 선배님한테 가자. 양 선배님 구멍가게도 보고 싶고 사시는 모습도 보고 싶어."

수아가 내게로 몸을 돌리며 말했다. 내가 막 좋다고 얘기하려는데 그녀는 내 곁을 스쳐 웅이에게 갔다.

"어디, 숙제 잘했나 볼까?"

나는 머쓱하니 앉아 다 식어빠진 커피를 마저 마셨다.

13

전화선을 뽑아놓았더니 황씨 아저씨가 전화 대신 직접 찾아왔다. 눈가에 남은 잠을 붙잡아보려 애써보지만 요란하게 울려대는 현관 벨 소리에 당해낼 재간이 없었다. 황씨 아저씨는 짜증스런 내 태도에는 아랑곳하지 않고 요리조리 눈을 돌리며 작업실 구석구석을 훑었다.

"내가 또 잠을 깨운 모양이군."

머쓱해하는 표정 없이 황씨 아저씨는 혼잣말했다.

"그렇지요."

아침 잠 깨우지 말라는 얘기를 또다시 되풀이하고 싶지 않아 차갑게 응대했다. 그러거나 말거나 황씨 아저씨는 소파에 주저앉아 주방

쪽마저 눈으로 쓸었다.

"어쩐 일로 소파에 다 앉으십니다."

황씨 아저씨가 허허 하고 웃었다.

"이 선생, 이리 와 앉아보시오."

그가 내게 자리를 가리키며 얘기하자 한 일도 처음이라 조금은 당황스러웠다. 얼굴을 수없이 마주치면서도 정작 그와 나눈 대화는 기억에 없을 만큼 우리 관계는 무미건조했다. 융통성 없기로 둘째가라면 서러울 사람과 마주한다는 것 자체부터가 갈증을 불렀다. 융통성 없다고 눈치가 없는 건 아닌 듯, 황씨 아저씨는 시간이 가고 만남이 계속되면 될수록 내게 말을 붙여오지 않았다. 그런 그가, 내게 자리까지 가리키며 얘기하자 했다.

"이 선생, 공자 앞에서 논어를 읊는 격이겠지마는, 그래도 나이 많은 사람이다 생각하고 들어보시오."

황씨 아저씨는 내 기분을 가늠하겠다는 듯이 눈치를 살폈다.

"요즘 돌아가는 폼새가 영 이상해서 한마디 안 할 수 없구먼. 이 선생 나이가 지금 몇이오? 이팔청춘도 아니고 이조 적에는 아들 상투 틀어줄 나이다 이거외다. 결혼을 안 한다 해도 뭐라 할 처지는 아니지만서도, 지금 내가 보기엔 이 선생이 결혼하고 싶지 않아 안 하는 게 아니다 이런 생각이 든단 말이외다."

그는 또 흘끔하고 내 표정을 살폈다.

"뭔 말이냐 하믄……, 기분 나쁘게 듣지 말았으면 좋겠는데……, 며칠 전에 사모님 친구 분이 다녀가셨지요. 그 분 말씀이 이상한 소

문이 들린다 합디다. 뭐 그럴 리야 있겠소이까마는, 웅이네를 마음에
두고 있는 것 같다고, 모두 말들 한답니다. 사모님도 펄쩍 뛰셨는데,
어찌되었건, 웅이네를 동정하는 마음은 충분히 알겠지만도, 언제까
지 이렇게 지낼 수는 없다 이 말이지요.”

황씨 아저씨는 딴청 하는 나를 앞에 두고 고개를 끄덕였다.

“말 좋아하는 사람들이 무슨 말을 못하겠소. 되도 않는 말을 만들
어낸단 말이외다. 그게 어디 될 법이나 한 소리요? 하여간에 이상한
소문이 들리면 사장님이나 사모님 체모에도 손상이 가니까 이 선생
이 알아서 잘 처신해야 한단 말이외다.”

마침 택배가 도착했다. 물건을 건네받을 때까지 잠자코 기다리던
황씨 아저씨가 포장을 뜯는 나를 향해 느릿하게 말했다.

“아무리 세상이 바뀌어도 부모에 대한 효는 존중되어야 마땅한 미
덕이오이다. 부모님을 위해서라도 잘 생각해야 하겠지요. 부모하고
싸워서 이겨봐야 남는 것 하나 없소이다.”

주문한 스피커였다. 우퍼만도 큰 벽돌 두 개를 겹쳐놓은 것만큼 크
고 무거웠다. 포장을 뜯고 컴퓨터 놓인 방으로 우퍼만을 들어 나르는
내 뒤를 황씨 아저씨가 남은 스피커를 들고 따랐다. 달려 있던 스피
커를 떼어 내고 새 스피커를 장착할 동안 황씨 아저씨는 묵묵히 지켜
보고 서 있었다.

“오늘 오후에 사모님이 이 선생 작업실 들러봐야겠다 하셨소. 작
업 핑계로 오래 집에 들어가지 않으니 그러실밖에.”

“알겠습니다.”

건성으로 말하고 비행기 격추 게임을 돌렸다. 초기 화면부터 '둥둥둥 두둥' 낮게 깔리는 효과음이 가슴을 솜 망치로 두드리는 듯이 울렸다. 아래윗집이 뭐라 하건 스피커의 볼륨을 한껏 높이고 우퍼에서 울려나오는 저음에 가슴을 맡겼다. 소리는 귀로 듣는 법인데, 방 안을 울리는 우퍼 소리는 가슴으로 들리는 듯했다. 비행기가 떨어지며 내는 폭발음이 고음과 우퍼의 저음으로 뒤섞여 귀와 가슴을 때렸다. 내 비행기가 화염에 휩싸이고 곧이어 불빛을 내며 산산이 부서질 때 우퍼가 가슴을 때리며 내는 쿠쿵 하는 소리에 그만 깜짝 놀라고 말았다. 이전까지 내 비행기의 추락이 안겨주는 의미는 없었다. 그저 다시 게임을 시작하면 그만이었고 실재하는 내 소유물이 아닌 이상 그것이 사라진다 해서 아쉬울 것은 없었다. 그런데 우퍼 하나 달았다고, 나는 내 비행기의 추락에 무의식적으로 사실성을 부여하고 있었다. 소리의 효과 때문에, 가슴을 때려대는 그 소리 때문에, 나는 마치 내가 탄 비행기가 추락하는 것만 같은 느낌에 휩싸였다. 게임에서 진 것과는 상관없이, 나는 폭발하고 부서지는 비행기 속에 갇혀 있는 느낌이었다.

황씨 아저씨는 가고 없었다. 오후에 방문해도 좋다는 말을 어머니에게 전달할 것이었다. 내가 자리를 비우고 없어도, 어머니는 열쇠로 문을 열고 들어와 구석구석 살피고 이전과 달라진 것들을 찾아내려 할 것이었다. 꼬투리가 있으면 안 되었다. 어머니는 그걸 빌미로 나를 몰아세운 후에 어머니의 목표를 관철시킬 것이었다. '봐라, 이게 어디 사람 사는 곳이니? 탁자 위에 먼지가 한 꺼풀은 되겠다. 그래서

남자는 때가 되면 결혼을 해야 하는 거란다. 결혼을 서두르는 편이
낫지 않을까?' 그다음 내가 할 말은 없었다. '결혼은 이번 장편 소설
완성된 다음에 할래요' 하면 어머니는 '그래, 일이 우선이지. 네 일
에 방해될 일 하나 없다. 너보고 이래라 저래라 할 일이 있건? 어여
작업해라', 이런 대화를 끝으로 어머니는 내 의사와는 상관없이 결
혼식을 준비할 것이었다. '조금 더 상대를 알고 결혼해야지요' 하면
어머니는 '물론 그래야지. 천천히 사귀어 보거라. 사귀는 동안 결혼
식을 준비해두면 나중에 서둘지 않아도 되지 않아?' 할 것이었다.
그러나 곰곰이 생각해보면 꼬투리를 잡히지 않아도 달라질 것은 없
었다. 이미 어머니가 그렇게 작심하고 있다면 이미 나하고는 상관없
었다. 내가 어머니를 피해 작업실을 나서 도망가거나, 아니면 작업실
을 지키고 앉아 어머니를 맞는다고 해도, 이미 내 결혼이 어머니의
결혼이 되어버릴 것이었다.

  언젠가 어머니에게 안부전화한 후에 수아가 이런 말을 했다. '가
장 힘든 건, 내가 모욕을 받을 때가 아니야. 그건, 꼭 해야 하는 말을
할 수 없을 때야.' 그리고는 천정을 올려보며 혼잣말처럼 이렇게 말
했다. '내가 자기 아버님을 처음 뵐 때 왜 양 선배님 생각이 그리 났
는지 몰라. 뭐하고 계시는지 참 보고 싶다. 가족이 되면 대화는 불가
능해지는 건가? 아니, 아들이나 딸하고는 대화가 돼도 새로 식구가
된 사람은 대화가 안 되는 것일까? 아니지, 자기 집을 보면 그것도 아
닌 것 같아. 가만가만, 양 선배님이라면 집에서 아이들하고 대화를
하실라나? 그분도 집에서는 말 안 되는 꼰대가 되는 걸까? 아, 정말

모르겠다.'

또 내 비행기가 요란한 굉음과 함께 추락했다. 우퍼 소리가 안겨주는 왜곡된 사실성 때문에 잠시 멍해져 있을 때, 현관 벨이 울리는 소리가 들렸다. 시계를 보았다. 열 시가 채 안된 시각이었다. 수아일 리가 없는데 하며 고개를 갸웃거렸다. 수아라면 적어도 열한 시 이전에 작업실을 찾은 적은 없었다. 하긴 예외를 아예 무시할 수도 없었다. 수아 성격 상 양 선배 만나는 일이 눈앞에 있으면 시간을 가리지 않고 달려들 것이었다. '오늘은 날씨도 좋은데 수업 제낄까 보다……' 하면 그녀는 '그래 좋아. 우리 양평 가자' 하고 나섰다. 마음에 솟는 작은 욕구가 내 말에 순간적으로 증폭되어 그녀 자신도 걷잡을 수 없는 경지에 이르고 말았다. '웅이 선물을 봐두었는데 내일 쇼핑이나 같이 가자.' 내가 말하기가 무섭게, 쇼핑에 조금이라도 마음이 있을 때라면 어김없이 '그래 좋아. 가자' 하고는 가방을 챙겨들었다. 내일 가자 했다 하면 토라져 한동안 말을 안 했고, 내가 졌다고 손을 들고 따라나서야 베시시 웃으며 팔짝팔짝 걸었다. 주름살 하나 없던 학생 때나 아이 엄마인 아줌마일 때나 그 성격은 한결같았다.

"게임하고 계셨나 봐요?"

영아였다. 그녀는 손을 들어 입가에 남은 웃음을 가렸다.

"지나는 길에 들렀어요. 주무실 것 같아 그냥 가려다가……"

스피커 소리가 그녀를 끌었다는 말일 터였다.

"무슨 게임이에요?"

그녀는 내 대답을 기다리지 않고 컴퓨터가 놓인 방을 향했다. 그녀의 말쑥한 종아리가 치맛단의 흔들림 따라 춤을 추고 있는 듯했다. '예쁜 다리라면 사족을 못 쓴다니까.' 지나는 여학생들의 예쁜 다리로 눈이 돌아가는 나를 두고 수아는 앙증맞게 눈을 흘겼다. '난 다리 예쁜 여자랑 결혼할 거야' 하면 그녀는 고개를 획 젖히고 '다리 예쁜 여자의 눈이 삐었지' 했다. 가능하면 수아 옆에서는 여자들의 치마 아래를 보지 않으려 애써도 그게 그리 쉽지 않았다. 여자의 다리는 그 어떤 신체부위보다도 성적 흥분을 일으키는 대상이라 저절로 따르는 눈길을 잡아두기 힘들었다. 드러난 다리와 치마에 감추어진 허벅지를 연결시켜 상상하는 것만으로도 충분한 성적 만족을 느낄 만큼, 나는 여성의 다리에 대한 집착이 대단했다. 그 덕에 수아와는 바닷가는커녕 수영장 한번 같이 가지 못했다.

"어머, 재밌겠다."

그녀는 내 자리를 차고앉았다. 우퍼의 굉음이 그녀의 미사일과 소총 발사에 맞춰 울려대기 시작했다. 그녀는 비행기를 조종할 때 손가락으로 자판을 두드리며 조종하고자 하는 방향으로 몸을 틀었다 놓았다 했다. 그 덕에 의자 앞으로 비어져 보이는 그녀의 무릎 위 허벅지가 이리저리 쏠렸다. 뽀얗고 탐스러웠다. 불현듯 얼굴을 묻어버리고 싶은 욕구가 강렬히 솟구쳐 올랐다.

"아이쿠, 죽었네요."

우퍼의 요란한 음과 함께 모니터의 비행기가 산산이 부서졌다.

"이거 둘이 할 수는 없나요?"

그녀는 의자를 빙글 돌려 나를 향했다. 책상 아래 놓여 있던 그녀의 다리가 내 눈앞으로 돌아왔다. 그녀의 눈을 내려보는 내 눈에 의자 위에 얌전히 놓인 그녀의 허벅지만 하나 가득 들어왔다.

"아닙니다. 이제 게임 그만하겠습니다."

그녀의 시선을 외면해버렸다. 그녀의 다리 앞에서 태연하기란 영 힘들었다. 영아는 아쉽다는 듯이 손뼉을 딱 치며 자리에서 일어났다.

"아직 커피 전이거든요? 커피 하시겠어요?"

그녀가 나풀거리는 걸음으로 주방을 향했다. 두 다리가 서로 비끼며 치맛단을 흔들었다.

"제가 타겠습니다."

영아가 손을 들어 나를 막는 시늉을 했다.

"아니에요. 가끔 제가 들렀을 때 늘 부탁드릴 수는 없잖아요. 커피 타 드리는 것도 제겐 큰 기쁨이에요."

커피 잔과 커피 위치를 가르쳐주고 소파에 앉아 그녀의 뒷모습을 바라보았다. '흥, 그렇게 다리가 예뻐서 못 견디겠으면 내가 가서 얘기해줄까? 저 남자가 당신 다리에 반했데요, 늘 옆에다 두고 내 거야 하고 싶다는군요.' 언젠가 벤치에 나란히 앉아 있을 때 앞에 선 여자의 다리에 넋을 빼앗긴 나를 보고 수아가 핀잔을 주며 말했다. 그녀의 말마따나 영아와 같은 여자와 결혼을 한다면 그녀의 다리를 훔쳐보지 않아도 좋을 것이었다. 언제고 내가 원할 때 내 얼굴을 그녀의 탐스러운 다리 사이에 묻을 수 있었다. 그건 어떻게 생각해도 즐겁고 행복한 일이었다. 그런 내가 진정 앞에 선 영아에게 결혼하고픈 마음이 없는 것인가 하는 생각이 들었다. 없지는 않았다. 내겐 과분하다 싶을 정도로 그녀는 내외모를 막론하고 여러모로 아름다웠다. 좋은 소설을 읽으며 손에서 내려놓을 수 없었던 것만큼이나 그녀와의 만남은 즐거웠다. 그런 내가 왜 선뜻 결혼을 결심하지 못하는지 알 수 없었다. 아니, 애초부터 그녀와의 결혼을 생각하지 않았는지도 몰랐다. 조금 더 솔직하자면 대상인 그녀가 내게 나타나기 훨씬 전부터 나는 결혼 자체를 생각하지 않았다.

"따로 설탕과 프림을 놓지 않으셨군요."

"전 설탕 둘, 프림 셋입니다."

손님이 찾아오는 것도 아니고 커피 타는 사람이라야 나와 수아였으므로 커피 설탕과 프림을 따로 담아 둘 필요가 없었다. '요즘 젊은 이들은 모두 레귤러 커피 마신다는데, 인스턴트가 좋다고 하는 우린 벌써 한물간 거지?' 수아는 커피 선택에서는 기호가 나와 같았지만, 설탕과 프림은 한 숟갈씩 적은 것을 좋아했다. '정말 입맛이 촌스러. 다방 커피라니까.' 수아는 커피 마실 때에 나를 흉볼 일이 있으면 어김없이 이렇게 놀렸다.

"입맛에 맞으실지 모르겠어요."

그녀는 커다란 머그잔을 내 앞에 놓아주고 맞은편 소파에 앉았다. 한쪽 옆으로 기울인 다리가 여전히 내 시선을 간질였다. 상대에게 들키지 않고 훔쳐보기란 몹시도 힘들었다. 차라리 그럴 대상이 앞에 없다면 그런 고초는 겪지 않아도 좋을 텐데 하는 생각마저 들었다.

"집에서 이렇게 커피 내왔다가는 혼나요."

그녀는 머그잔을 가리켜 빙긋 웃어보였다. 커피 잔을 받쳐 든 뽀얗고 긴 손이 팔꿈치를 받쳐주는 허벅지와 어울려 내 신경을 자극했다. 그녀는 내 앞에 앉았던 그 어떤 여자보다도 성적 매력이 넘쳤다. '자고로 성적 매력이란 말이야, 매력을 풍기는 쪽과는 전혀 무관하게 그것을 대하는 쪽의 일방적인 감성이거든. 아주 일방적이야. 물론 양방이 같이 발산하려 하고 느끼려 할 때에야 완벽한 화음이 이루어지는 것이지만, 대개는 그렇지 못해. 남자가 왜 여자만 있는 공간에 불쑥 들어서지 못하는 줄 아나? 여자들은 좀 다르지. 남자는 천성이 성적으로 공격적이거든. 성기가 불쑥 솟아나서 어디든 돌격해 찌르려 한다니까. 여자 성기는 방패처럼 우선은 막고 보자 이런 식이고 말이야. 그래서 남자의 머릿속에는 눈에 보이는 여자들을 몽땅 일단은 성적 대상으로 보아버리기 때문에 상대하는 여자들에게 쑥스러움을 먼저 느낀단 말씀이야. 그래서 여자들만 있는 공간에 들어서질 못하고 얼굴이 벌개지는 법이거든. 여자들은 안 그래. 그렇기 때문에 남자들이 주로 섹시하다는 말을 많이 하게 돼 있어. 주위의 모든 여자가 섹스 대상이니까 그 중에서 조금이라도 눈에 띄면 성기에 불쑥 힘이 들어가 버린다니까. 섹시하다 섹시하다 입에 달고 살 뿐만 아니라, 말을 안 해도 마음속으로는 보이는 여자들에게서 닥치는 대로 그런 성적 욕구를 느낀단 말이지. 여자들은 안 그래. 특정 대상에 대해 성적 욕구를 느끼지. 모든 여자가 동일한 특정 대상에게 성적 매력을 느끼는 건 아냐. 그러므로 여자나 남자나 모두, 극히 주관적이고 일방적으로 성적 매력을 느끼는 것이야.' 이 양선배의 말이 수아의 머리꼭대기 도화선에 불을 붙이고 말았다. 수아는 '남자의 파괴적인 성적 공격성'을 생리적인 이유로 합리화하는 되도 않는 말이라며 양 선배를 성차별주의자로 몰아붙였고, 양 선배는 '지극히 주관적이지만 지극히 객관적인 사실'이라는 괴변으로 수아를 놀렸다. 그 결말은 언제나처럼 수아의 '일방적인 승리'였지만, 또 늘 그렇듯이 양 선배가 도망간 자리에서 수아는 정신없이 취해 내 어깨를 빌어 잠들었다.

'같이 자고 싶지 않아?' 양 선배가 수아의 뛰어가는 뒷모습을 보며 내게 물었던 적이 있었다. 대답을 못하는 나를 두고 양 선배는 '솔직해야지 사람이. 그것이 상대에게도 좋은 것이여' 하며 빙글빙글 웃었다. 질문 받을 때마다 얼굴이 붉어져야 했던 이유는 다른 데 있었다. 수아와 영화를 보러 갔던 어느 날, 영화의 전반부가 다 지날 때까지 나는 그 내용을 하나도 기억하지 못했다. 내 머릿속에는 그녀의 손을 어찌 잡아볼까 하는 생각뿐이었다. 나중에 들은 얘기지만 수아도 심상찮은 내 숨소리에 영화 내용을 하나도 기억하지 못한다고 했다. 이윽고 나는 슬그머니 손을 뻗어 그녀의 손을 잡았다. 뭉툭하지만 보드라운 감촉이었다. 따듯한 온기가 내 손을 타고 머리 꼭대기까지 치솟았다. 순간 전신에 퍼지는 짜릿한 기운이 세차게 아랫배 아래로 몰리며 나는 몸을 떨었다. 그만 사정해버리고 만 것이었다. 그렇게 스크린이 뿜어내는 옅은 조명 아래 그녀의 손을 잡는 데 성공한 나는 처음으로 이성과의 접촉에서 맥없이 동정을 잃었다.

"커피 한 잔 더 해도 될까요?"

영아의 속내는 시간이 괜찮냐는 물음이었다. 시계를 보았다. 어느 덧 열한 시가 넘어서고 있었다. 막 약속이 있다 하려는데 전화벨이 울렸다. 만약 수아라면 그녀 신변에 일이 있음을 의미했다. 점심 도시락을 싸들고 나타나 양 선배 집에 가자 보챌 그녀라면 전화할 리가 없었다.

"여전히 아침은 안 먹었겠지?"

어머니였다. 대답할 틈도 주지 않고 어머니는 다음 말을 했다.

"오늘 날씨도 괜찮은데 어디 나가서 같이 점심이라도 먹자. 요즘 따라 영 입맛이 없구나. 정화 년도 바람이 들었는지 음식 간도 제대로 못 맞추는구나 글쎄."

"영아 씨가 왔어요."

"그래? 잘 되었다. 그럼 같이 나가면 되겠구나."

내가 뭐라 해야 좋을지 궁리하는 사이, 어머니가 '하' 하는 작은 감탄의 소리를 냈다.

"아니다. 오늘은 정화가 특별히 맛있는 것 준비한다 했으니 한 번 믿어보는 것도 괜찮을 것 같구나. 어째 나가려니 무릎도 찌끈둥하다. 가만 있자, 이따 저녁에 집에 와서 밥 먹지 않으련? 오랜만에 내 요리 솜씨도 맛보고 말이다."

"약속 있어요."

"그래? 그럼 내일은?"

"출판사 가서 한잔하기로 했어요."

"주말은 괜찮겠지?"

할 말이 없어 우두커니 앉아 있는 내게 영아가 다가왔다. 왼손에 김이 모락모락 오르는 커피 잔을 들고 오른손은 수화기 쪽으로 손을 뻗었다. 그녀는 안심하라는 듯이 눈을 찡긋해 보이고 내 손에서 수화기를 낚아챘다.

"안녕하세요. 저 영아에요."

잠시 영아는 가만히 있었다.

"당분간 일이 바쁠 것 같아 오늘 오전에 들렀어요. 아마 다음 주까지 시간이 안될 것 같아요."

나를 보고 영아가 배시시 웃었다.

"저희가 어디 어린아이인가요 뭐. 걱정 마세요. 그럼 천천히 찾아뵐게요."

전화 수화기를 내게 건네준 영아는 가볍게 입맛을 다시고 내 앞에 앉았다.

"저희 어머니랑 비슷하세요. 당신 기분에 따라 몰아붙이시는 것 말이에요."

그녀의 시선이 부담스러워 손에 든 빈 커피 잔만 내려다보았다.

"고맙습니다."

영아가 키득하며 웃는 소리가 작게 들렸다.

"글쎄요, 그 말씀이 제겐 달갑게 들리지 않으니 어떡하지요? 저를 피하고자 하시는 분을 도왔으니 제가 멍청한 여자가 된 거란 말이지요. 아, 그냥 모른 척, 이 선생님 어머님이 하자는 대로 주말에 찾아뵙겠습니다 할걸 그랬나봐요."

"이거야 원."

커피 잔을 든 하얗고 긴 그녀의 손이 흰 바탕에 빨간 꽃이 그려진 머그잔과 잘 어울린다 생각할 때였다. 현관의 벨이 울렸다. 영락없이 수아일 것이었다. 손에 든 커피 잔을 소파 앞 탁자에 떨어뜨릴 만큼 조급증이 났다.

"손님 오시기로 한 약속을 제가 방해했나 봐요."

영아는 그렇게 말하면서도 자리에서 일어나려 하지 않았다. 나는 그녀의 천연덕스러운 태도에 조금의 안정을 얻어 현관문을 열었다.

"도시락 식기 전에 얼른 먹고 가자."

역시 수아가 문밖에서 현관을 가로막은 나를 젖히듯이 밀어내며 안으로 발을 들이밀었다. 거침없는 행동은 예전의 그녀가 분명했지만, 현관 벨을 눌러야 했을 만큼 그녀는 변했다. 내 시선을 피해 다급히 옆으로 미끄러져 가는 그녀의 뒷모습이 그렇게 말해주고 있었다. 벨에 올렸던 손을 내리고 또 올리기까지, 그녀는 수없이 많은 생각을 했을 것이었다.

"벨은……. 새삼스럽게."

내 말에 수아는 눈을 동그랗게 떴다. 그녀 자신이 그날의 비일상적인 행위를 미처 인식하지 못해서 그런 것은 아니었다. 늘, 내 지적에 정신이 들 때마다 그녀는 눈을 동그랗게 뜨며 '하!' 하는 짧은 신음을 뱉었다. 내가 만난 수아는 단 한 번의 예외도 없었다. 역시 예외가 없기로, 그녀는 그녀의 '창피한 기억'을 떠올려주었을 때 눈만 동그랗게 떴다. 그건 곧 '삐진다'는 신호였으며, '창피함'을 감추기 위해

공격적으로 나온다는 신호였다.

"안녕하세요. 말씀 많이 들었어요."

현관 앞에서 나를 올려보는 수아에게 영아는 자리에서 일어나 고개를 숙였다. 수아는 적이 놀라고 있었다. 동그랗게 뜬 눈을 새우 눈으로 만들어 째려봐야 할 순간을 포착하지 못하고, 그녀는 여전히 동그랗게 뜬 눈을 껌뻑거렸다.

"어제 얘기한……"

"안녕하세요. 영아씨군요."

내가 소개하기도 전에 수아는 영아에게 아는 체했다. 수아는 영아 앞으로 다가가 탁자 위에 도시락을 내려놓았다. 두 여자 뒤에 선 나는 도시락 옆에 맥없이 놓인 내 커피 잔처럼 멀뚱히 서 있어야 했다.

"약속 있다는 이 선생님 붙잡고 제가 너무 오래 지체했나 봐요."

영아가 아직도 김이 모락모락 오르는 커피 잔을 내려놓고 소파에서 일어났다.

"아니, 아니에요. 같이 도시락 들고 가세요."

"들어가야 할 시간이에요. 말씀은 고맙지만 다음 기회로 미뤄야겠어요."

수아는 가방을 드는 영아를 더 이상 붙잡지 않았다.

"이 선생님, 그럼 다시 찾아뵙겠어요."

현관 앞까지 영아를 배웅하는 동안 수아는 소파에 앉아 도시락을 펼쳤다.

"어째 아무 말 안 한다. 오늘따라 이상하구먼."

내가 말을 건네자 수아가 손을 거두고 나를 올려봤다.

"계속 시비네. 현관 벨 눌렀다고 퉁을 주더니만."

그녀의 미소가 여간 어색해보이지 않았다.

"사람이 갔는데도 아무 말이 없으니 하는 말이지."

그녀의 미소를 풀어보려 짐짓 유쾌하게 농을 건넸다.

"피부 참 곱데."

수아는 다시 탁자 위의 도시락 보를 마저 풀었다.

"다리 얘기부터 할 줄 알았는데……"

그녀는 내 농에 웃으며 쏘아붙이는 대신 나를 등지고 주방을 향했다.

"손도 참 예쁘더라."

"얼굴은? 누구보다 못 생겼지?"

대뜸 화살 같은 말이 쏘아져 와야 옳았다. 그러나 수아는 대꾸 없이 찬장을 열어 수저통을 꺼냈다. 수저를 꺼내들던 그녀가 무슨 생각이 났는지 바삐 움직이던 손길을 거두고 주전자가 올려진 가스레인지와 커피, 프림 통을 두루 살폈다.

"자기가 커피 타지 않았구나."

그녀가 보거나 말거나 나는 고개를 끄덕였다.

"예쁜 손으로 커피 타 주니까 맛있어?"

"맛없어."

"그래도 하나 안 남겼던데?"

그녀는 뒤도 안 돌아보고 수저통을 내려놓은 후 커피 숟가락과 커피, 설탕, 프림 통을 가지런히 모았다. 도시락을 먹은 후 주전자 물을 가스레인지에 올리고 커피 타는 일이 그녀의 몫이었고, 주전자의 물을 부어 커피를 휘저은 후에 내게 커피 잔을 건넨 다음 '간이 맞아?' 하고 묻고 나서 커피 등을 정리하는 순서가 원래의 순서였다. 그러나 그녀는 도시락을 먹기도 전에 커피 통 정리를 마쳤다.

"미리 전화를 하지. 공연히 내가 방해한 꼴이 됐잖아."

수저통을 앞에 두고 그녀가 꼼지락거렸다. 달그락거리는 소리가 몇 차례나 났다.

"방해는 무슨. 그냥 불쑥 찾아왔더라구. 잠깐 있다 간다기에 그러라고 했지."

그녀가 수저통을 원래 자리에 올려놓았다.

"오늘 무슨 바람이 불어서 화장까지 했네?"

유쾌한 목소리로 말을 건네 보았지만, 수아는 반응을 보이지 않았다.

"자, 어서 먹어."

수저가 한 쌍뿐이었다.

"같이 먹어야지."

"전화로 말할까 하다가 왔어. 오늘 웅이네 학교에 일이 있어서 가봐야 해. 양 선배님께 같이 못 가겠어."

나도 모르게 너털웃음이 났다.

"현관 들어설 때 같이 가자 했잖아. 무슨 뚱딴지같은 소리는……"

"아니라니까!"

날카로운 금속성 목소리에 나는 움찔했다. 그녀는 손목의 시계를 내려보며 화들짝 놀라는 시늉을 했다.

"어머! 시간이 이렇게 됐네. 늦었다."

그녀는 후다닥 내 앞을 물러났다.

"천천히 먹어. 물도 마셔가며."

"물이라도 떠 주면서 그래라."

이미 그녀는 현관문을 닫고 사라진 후였다. 나는 수저를 내려놓고 그녀가 풀어헤쳤던 도시락을 다시 쌌다. 늘 그렇듯이, 휑하니 사라진 그녀라면 곧 다시 나타나서 언제 그랬냐는 듯이 내 옆에 붙어 앉아 모른 척 할 것이었다. 싸울 일도 많았고 언쟁할 일도 많았던 연애시절부터 그녀와 나 사이에 알게 모르게 형성된 불문율이었다. 자리를 박차고 나가는 건 그녀였고 꼼짝 없이 그 자리에 붙잡힌 건 나였다. 연애 초기에 사라진 그녀를 뒤쫓아 헤매다 결국 포기하고 힘없이 돌아간 처음의 그 자리에서 그녀를 발견했을 때, 그녀는 잔뜩 토라진 표정으로 나를 매섭게 몰아붙였다. '그렇게 가버리는 게 어딨어? 내가 여기서 기다리지 않았으면 어쩔려구 그랬냔 말이야. 그럼 우린 끝인 거야. 알아?' 화난 그녀의 앞에 서면 난 어눌해지게 마련이었다. 그녀 뒤를 쫓았다는 내 말에 그녀는 펄쩍 뛰며 손뼉을 짝 치고는 '그럼 그렇지' 하더니 내 볼을 꼬집으며 이렇게 말했다. '근데, 혹시 잊을까봐 한마디 하겠는데, 앞으로 절대 내 뒤를 쫓지 말라구. 아무리 바지 차림이지만, 자기가 내 뒤를 졸졸 따라온다 생각해봐. 소름 돋는다.'

이십여 분이 지나도 수아는 오지 않았다. 전화할 그녀가 아님을 잘 앎에도 불구하고 전화기 옆을 떠나지 못하는 내 스스로에게 쓴웃음이 나왔다. 금방 현관문이 벌컥 열리고 언제 그랬냐는 듯이 '배고파 죽겠다, 물 좀 떠 와라' 하는 수아의 호통 소리가 들릴 것만 같았다. 그러나 내 앞자리에 풀지도 않은 그녀의 수저가 덩그렇게 버려져 있을 뿐이었다.

그녀가 떠난 자리를 지켜야 하는 암묵적인 의무를 잊기로 하고 도시락을 들었다. 그녀가 집에 있을 거란 생각엔 조금의 의심도 없었다. 그녀가 갈 곳이라곤 그녀 입으로 말한 웅이의 학교 아니면 없었다. 웅이의 학교가 핑계거리였다면 그녀는 그녀의 집에 꼼짝없이 잡혀 있을 것이었다. '이젠 절에나 다닐까봐.' 웅이가 학교 간 후에 집에서 빈둥거리기 힘들다며 수아가 말했다. 집안 구석구석 쫓아다니며 일거리를 찾아도 반나절이 채 안 간다고 했다. 내가 일거리를 건네준 다음에는 그나마 몰두할 거리가 있어 좋다고 했다. '친하자고 호의를 베푸는 사람들조차 부담스러워. 이젠 사람들 속에 있기가 겁난다니까.' 작업실에서 시간을 보내라 했을 때 수아는 길게 한숨을 쉬었다. '그랬다간 얼굴 들고 다니기 힘들 거야. 이 정도 하는데도 그런데.'

그녀의 아파트 현관 앞에서 벨을 눌렀다. 소리가 없었다. 짬을 두고 다시 벨을 눌렀다.

"누구세요?"

무척이나 망설이는 목소리였다.

“나야.”

현관문이 열렸다. 수아는 나를 쳐다보지도 않고 바로 등을 돌렸다.

“학교 간다며?”

목소리를 밝게 꾸미며 놀리듯이 물었다.

“가다가 발병 났다, 왜.”

수아는 등을 보인 채로 냉장고로 갔다.

“점심 먹자. 오늘은 좀 늦었다.”

수아는 묵묵히 물병을 식탁으로 내왔다. 어느새 그녀의 얼굴에 묻어 있던 화장기가 깨끗하게 씻기고 없었다.

“다 식었다. 데워야겠어.”

수아를 자리에 앉히고 내가 밥과 반찬을 전자레인지에 데웠다.

“이번 운동회에서 말이야……”

수아는 혼잣말처럼 자그마하게 말했다.

“운동회에서 만난 웅이네 반 엄마가 그러는데, 웅이가 자기 아들이래.”

그녀가 다음 말을 잇기까지 아주 긴 시간이 흐른 것만 같았다. 나는 전자레인지 앞에 서서 수아를 등지고 입술을 깨물었다.

“그렇게 소문이 났나 봐. 내 뒤에서 수군대는 꼴들이 아마도 그런 거겠지.”

“그러라지 뭐. 그게 뭐 대단한 일이라고.”

나는 전자레인지의 작업 완료를 알리는 띵 하는 소리도 놓치고 말았다.

“대범한 척은……”

얼굴을 보지 않아도 웃어 보이려 애쓰는 그녀의 얼굴이 눈앞에 있었다.

“벌써 다 됐잖아. 얼른 들고 오지 뭐 해!”

그녀의 제법 어른다운 호통에 나는 비로소 정신이 들었다.

14

　결국 수아의 마음을 완벽하게 돌려놓는 데 실패하여 양 선배를 찾아가려던 계획을 취소해야 했다. 성냥개비 탑이 무너지듯, 예기치 않은 계획의 변경에 마음의 안정이 무너져 내렸다. 작업하고픈 마음도, 책을 읽고 싶은 생각도 없었다. 소파에 누워 이리 뒹굴 저리 뒹굴 하다 지쳐 영화나 한편 보자고 컴퓨터를 틀었다가 이내 다시 소파에 등을 붙였다. 우퍼의 웅장한 울림소리에도 감응이 없었다. 그렇게 얼마나 시간이 흘렀는지 몰랐다.

　'주영아!' 하는 소리가 선잠을 깨웠다. 시계는 다섯 시를 가리켰다.

　"눈깔을 보니까 잠을 자고 있던 게로군. 세상 편하게 산다."

양 선배는 현관문에 들어서자마자 시비였다.

"제대로 맘 편히 잔다면야 눈이 이 모양이겠습니까."

양 선배가 껄껄 웃었다.

"또 어떤 구라를 풀까 생각하니까 양심에 걸려 잠이 안 온다 이 말이지?"

나는 상대하고 싶지 않다는 의사 표시로 고개를 휘휘 저었다.

"자, 우선 소주나 한잔 해 볼까?"

양 선배는 손에 들고 온 검은 비닐 봉투에서 소주병을 꺼냈다.

"잠시 기다리세요. 안 그래도 오늘 수아랑 양 선배님 찾아뵈려던 참이었어요. 수아 금방 올 거에요."

양 선배가 전화 수화기를 집어 드는 내 손을 잡았다.

"아니, 아니야. 오늘은 남자끼리 한잔 하자고 왔구먼."

냉장고를 뒤지려 일어서는 내 앞에 양 선배는 비닐 봉투 속에 든 멸치 안주를 꺼내 보이며 앉으라고 손짓했다.

"오랜만이네 그려. 일찍 내려오려 했는데 어째 그리 쉽지가 않았어."

양 선배는 내가 건네준 소주잔을 받고 말했다.

"이젠 낮술도 마다하지 않는구먼. 좋아, 좋다구. 이제야 사람이 되었어."

양 선배는 낮술 하는 일이 무어 그리 큰일이라고 호들갑이었다.

"내가 말이지, 너희 둘을 만나고 나서 곰곰이 생각해보니까, 그 때 그 시절, 내가 시를 쓴답시고 깝죽대고 있었던 시절에 말이야, 무엇을 위하여 그리 했나 하는 생각이 들더군."

취하지 않은 양 선배의 입에서 심각한 얘기가 흐른 적은 없었다. 나도 모르게 가슴이 쿵쿵 뛰었다.

"부당한 사회의 권력 구조에 맞서 체제를 바꾸자고 떠들며 행동에 옮겼던 수많은 사람들이 있었잖은가. 그런 이들과 함께 나는 펜으로 그 일을 한다고 굳게 믿었었지. 그러나 정작 그랬었는지는 나도 몰라. 과연 내 펜이 그들의 행동과 같이 하고 있었는지 의문이라는 얘기지."

"결과론적으로 말씀하실 필요 없잖습니까."

"아냐 아냐."

양 선배가 술잔을 비우고 고개를 저었다.

"난 그 과정을 말하는 것이야. 내 스스로 믿고 싶었던 건 확실히 그들과 함께 하고 있고 앞으로도 할 것이다 하는 것이었어. 그러나 과연 그랬을까? 곰곰이 생각해보면 난 도망갈 구석을 찾고 있었던 건지도 몰라. 행동으로 표출할 수 없는 비겁한 글쟁이가 자신의 능력을 빌어 도망갈 구멍을 팠던 게지. 이런저런 합리화 도구를 이용해서 나 자신을 환상 속에 잡아맸던 것인지도 모른다는 말이야."

"비하가 너무 심하십니다."

양 선배는 또 고개를 저었다.

"내가 진정한 막다른 골목에 다다랐을 때 어렴풋하게 떠올랐던 생각이었어. 너희 둘을 만나고 나니까 비로소 확실해지더군."

양 선배는 나를 뚫어지게 바라봤다.

"이 나이가 되니 더 이상 합리화할 건덕지도 없더군. 막다른 골목에서 그저 술 한잔으로 위안만 하고 있을밖에."

"그래도 구라나 푸는 저보다는 나으시잖습니까."

양 선배는 웃지 않았다. 나는 머쓱해서 웃음을 거둬들였다.

"진정 막다른 골목에서 인간은 가장 객관적일 수 있는 법인가 봐. 스스로가 한계점에 왔다 느낄 때, 그 때 말이야."

그 때까지만 해도 양 선배의 의중을 읽어낼 수 없었다.

"극히 제한된 선택의 권리마저 사용할 수 없을 때, 아무런 선택의 여지가 없을 때, 그 때에는 자신의 삶을 제법 객관적으로 바라볼 수 있는 것이지."

양 선배는 그의 앞에 놓인 술잔을 한 번에 비웠다.

"옛날, 수아가 이런 말을 했지. '문학이든 예술이든 그 어떤 무기만 있다면 돈키호테가 되어보는 것도 나쁘지 않다.' 그 때 우리 얼마나 웃었나. 수아가 창과 방패를 들고 말을 탄 시늉을 하면서 '돌격 앞으로' 하지 않았어?"

수아는 그때 몹시도 취했다. 내가 손을 잡아 말려도 그녀는 완강히 내 손을 뿌리치며 모노드라마를 연출했다. '네가 산초 해야겠다' 며 양 선배가 내 등을 밀어냈을 때 좌중은 또 한 번 뒤집어지게 웃어댔다. 수아의 모노드라마는 술 취한 돈키호테가 산초를 창으로 찔러대다가 꼬꾸라지고서야 끝났다. '말만 듬직했어도 짜릿한 액션이 나오는 건데. 이제부턴 자기가 산초 말고 말 해라.' 수아는 그녀의 모노드라마에 한 치의 창피함도 느끼지 않았다.

"돌격 앞으로! 그래, 돌격 앞으로야. 그런데 말이야, 풍차도 좋고 젖소도 좋은데, 그 대상이 관념적으로든 실재하는 대상이든 간에 눈에 보이지 않으면 돈키호테는 창을 꼬나 잡을 수가 없단 말이지. 우리와 돈키호테의 차이점은, 돈키호테는 이 세상 어디에 내 놔도 돌격 앞으로 대상을 잃을 염려가 없는데, 우리는 너무도 쉽게 대상을 잃어버린다는 점이야."

나는 양 선배가 다시 시를 쓸 거란 확신이 들었다. 그는 돌격해야 할 대상을 찾은 듯이 보였다. 그 찾은 대상을 놓고 내게 말을 건네고 있음이 분명했다. 내가 그의 대상을 같이 공유하고 역시 산초가 되어주길 바라는 것인지도 몰랐다. 예전의 양 선배는 산초를 필요로 한 적이 없는 사람이었지만, 시간의 흐름과 인생의 막바지 길까지 갔다는 그가 어떻게 변했을지는 알 수 없었다.

"분명 눈앞에 존재하는데 우리는 그것을 보지 못해. 모노드라마를 연기했던 수아마저 창을 들이밀 대상을 못 보고 있지 않은가. 대상이 없는 게 아니야. 절대 아니야. 그저 대상을 못 보고 있을 뿐이지. 그러면서 앉아서 맥없이 창을 늘어뜨리고 있는 꼴이라니까."

비로소 나는 양 선배의 의중을 읽었다. 그의 다음 말도 짐작할 수 있었다.

"저나 수아나, 별로 드릴 말씀이 없습니다."

양 선배가 또 고개를 저었다.

"내가 묻고픈 말은 다름이 아니라, 아무리 쌍구를 굴려 봐도 말이야, 어떻게 수아가 네놈의 형수가 되었냐 하는 데서는 딱 막혀버리고 말거든. 그 대목은 우리 집 뒤의 축대보다 더 견고하고 높더란 말이지. 도대체가 어찌 그리 될 수 있냐 말이야 내 말은."

양 선배가 하고 싶은 말이 이것이라는 내 짐작이 맞았다. 그러나 그리 짐작하고 있었다 해서 대답할 말이 준비된 것은 아니었다. '그리 되었습니다' 하자 양 선배는 끌 하는 호통소리를 내뱉었다.

"그저 그리 될 리가 있겠나? 자네 소설이라면 몰라도, 이건 논픽션이야 논픽션!"

양 선배의 말대로 내가 솔직한 글을 쓸 수 없게 된 일이며 수아가 문학의 꿈을 접어야 했던 일은 아주 간단하게 일어났다. 미리 예견할 만큼 사전에 조짐이 보였던 것도 아니었으며, 누군가가 의도적으로 개입해서 농간을 부린 것도 아니었다. 오랜 기간 걸쳐 일어난 일도 더더욱 아니었으며, 일상적인 만남에서 일상적인 과정을 거쳐 어느 순간 그리 되고 말았다.

내가 입영 날짜를 코앞에 두고 하필 형이 제대를 했다. 입영 전에 잠자리를 같이 하자 약속했던 수아와 만나기로 한 날에 나는 형의 제대를 같이 축하해주자 생각하고 형을 데리고 나갔다. 형은 제수씨 어쩌구 하면서 홍을 돋우며 예정된 우리 둘의 작별의 아픔을 희석시키려 무던히도 애썼다. 그러나 형은 제대 후의 자유에 흠뻑 젖어 일찍이 취해버리고 말았다. 그래도 홍취를 잃지 않은 형은 내가 잡아끌어 택시에 태워 봐도 다시 우리의 자리로 돌아와 버렸고, 때문에 어쩔 수 없이 깊은 새벽까지 술잔을 돌려야 했다. 주거니 받거니 얼마나 마셨는지 몰랐다. 내 머릿속에는 수아와 같이 밤을 보낸다는 약속뿐이었고 내 옆에 누가 있는지조차 의식하지 못했다. 역시 수아도 그랬다. 간간이 재생되는 필름에서 형은 쉴 새 없이 떠들었고 수아는 내 어깨에 기대 맞장구를 쳤다. 이윽고 우리 둘은 나란히 술집을 나섰다. 분명 내 기억 속에는, 형이 있었는지 없었는지, 그 존재감마저 없었다.

창문으로 햇살이 무섭게 쏟아져 들어왔다. 나는 끙 하며 눈을 떴다. 지독한 갈증이 몰려왔다. 눈부심 때문에 눈도 뜨지 못하고 일어나 앉은 찰나에 부스럭하는 소리가 났다. 수아의 기척일 것이었다. 수아와 내 눈이 마주쳤다. 나는 타들어가는 목의 갈증보다, 머리를 두들겨대는 두통보다, 가슴에서 울리는 진동 소리에 그만 넋을 잃고 말았다. 나는 침대 밑에 있었다. 수아가 시트로 가슴을 가리고 침대 위에서 나를 내려보고 있었다. 그녀의 눈동자는 내 눈만큼이나 넋이 나가 있었다. 그녀는 내게서 눈을 거두고 옆자리를 내려보았다. 엎드린 남자의 맨 등살이 보였다. 옷을 입고 있는 것은 나 하나뿐이었다. 수아는 초점 없는 눈으로 멍하니 나를 바라보고만 있었다.

내가 왜 서둘러 그 방을 나오고 말았는지 알 수 없었다. 오로지 형이 깨어나기 전에 그 방을 떠나야 한다는 생각뿐이었다. 술이 덜 깬 탓이었다. 수아가 그 자리에 있었다는 것조차 꿈속이라고 치부해버렸다. 그녀의 풀린 눈동자도 역시 꿈이 안겨준 영상일 뿐이었다. 그렇게 믿고 싶었다. 내가 할 수 있는 일은 그것이 꿈인 한 꿈으로부터 빨리 깨어나는 일이었다. 여관을 뛰쳐나가며 여관만 벗어나면 꿈에서 벗어날 수 있다고 믿었다. 여관 건물이 보이지 않을 지점까지 뛰어서 비로소 나는 꿈에서 깨어났다고 믿었다. 뒤를 돌아보았다. 아무 것도 달라진 것은 없었다. '술 먹다 말고 어디가. 한참 찾았잖아.' 언제나처럼 수아가 다가와 팔짱을 낄 것만 같았다. 옆구리가 허전했다. 새벽바람이 수아의 부재를 일깨워주고 있었다.

다시 여관을 향했다. 비록 꿈속이라도 수아 없는 꿈은 절대 받아들일 수 없었다. 여관에 수아가 있을 거란 생각은 하지 않았다. 어디까지나 꿈속이므로, 다시 제자리로 간다고 해도, 꿈이 늘 그렇듯이, 내가 의도하지 않은 쪽으로 상황이 바뀌어 있을 것이었다. 그 상황 변화는 내가 예측할 수 있는 성질은 절대 아닐 것이었다. 그러나 한 가지 분명한 건 꿈에서 보았던 똑같은 장면이 다시 재연될 리는 없었다. 꿈의 성격 상 그 점은 분명했다.

수아는 없었다. 침대에 엎드린 형은 아직 깨어나지 않았다. 역시 꿈이었다. 여관을 도망쳐 나오며 나는 지독한 악몽이라고 머리를 흔들었다.

"그리 된 것이구먼."

양 선배는 내 얘기를 듣고는 코를 씰룩이며 고개를 끄덕였다.

"그거야 그럴 수도 있잖아. 뭐가 문제야. 내가 묻는 건 어떻게 네 형수가 되었냐 하는 거야. 이런 답답한 위인 봤나, 내가 궁금한 것도 제대로 모른단 말이지?"

양 선배는 제법 위엄 있는 체했다.

"수아는 집에 없었어요. 여행을 갔다고 하더군요. 입영하는 날 수아는 멀리서 눈으로만 배웅했다고 했습니다."

양 선배는 고개를 끄덕였다.

"형은 분명하게 기억하지는 못하지만 어렴풋이 상황을 알고 있는 눈치였어요. 저는 군대로 도망쳐버렸지요."

"아직도 정신을 못 차리는구먼. 내가 묻고 싶은 건 말이야……"

나는 손을 들어 양 선배의 말을 잘랐다.

"저는 입대 후에 어찌해야 좋을지 몰랐어요. 아무 일도 아니다 생각해버리기로 작정하기까지, 형이며 수아의 얼굴이 수없이 왔다 갔다 했습니다."

양 선배가 고개를 주억거렸다.

"그리고 편지를 보냈지요. 한동안 답장이 없다 했는데 며칠 후에 수아가 면회를 왔습니다."

"그래."

"한 눈에도 배가 불러 있었습니다."

양 선배는 입으로 가져간 술잔을 기울이지 못하고 붙든 채로 꼼짝을 못했다. 이윽고 쭉 하며 술잔을 빨았던 양 선배가 탁 하고 술잔을 내려놓았다.

"그래서?"

"한참 얘기를 나눴습니다. 무슨 얘기를 했는지 기억도 없습니다.

그냥 일상적인 얘기를 했던 것 같습니다.”

“어허……”

“그리고 수아는 갔습니다.”

“못난 위인 같으니.”

“소총부리를 입에 물어봤습니다. 방아쇠에 손가락을 걸었을 때 수아의 얼굴이 보이더군요. 방아쇠를 당기는 짓은 수아에게 진정 가장 가혹한 형벌을 내리는 것과 같았습니다. 가장 사랑하는 여인에게 말입니다.”

“수아도 어찌해야 좋을지 몰랐겠구먼.”

나는 가만히 고개를 끄덕였다.

“그러다가 상황을 지켜보던 형이 나서서 결혼을 진행시켰습니다. 수아도 저도 그렇게 결혼을 맞았어요.”

양 선배가 넘치도록 술을 따라 혼자 비웠다.

“그리고 형이 죽었다?”

“두 달 만이었어요.”

“이런 엠병할!”

“수아로서도 어쩔 수 없었을 거예요. 양가에서 이미 합의보고 진행시킨 일인데 뭘 어쩌겠어요? 다만 제가 말만 딱 부러지게 했더라도 결혼이 그리 빨리 진행되지는 않았을 것이고, 그럼 결혼식 후에 형이 죽는 일은 없었을 겁니다.”

양 선배는 갑자기 심호흡을 했다. 눈을 감고 두어 번 숨을 고르던 그가 술잔의 술을 남겨둔 채 자리에서 벌떡 일어났다.

"니미럴, 가슴이 답답한 게 이 술 먹고 체했다. 가 봐야겠다."
양 선배는 도망가는 사람처럼 현관문 밖으로 사라졌다. 양 선배가 남겨둔 검은 비닐 봉투 속에 따지 않은 소주가 세 병이나 남았다. 나는 수아에게 밥 생각이 없다는 전화를 남기고 홀로 소주잔을 기울였다.

15

죽음에 아주 가까이 갔을 때 오히려 죽음을 느끼지 못했다.

밥과 물을 먹지 않은 지 얼마나 지났었는지 정확하게 알 수는 없지만 아마도 사흘 지나면서부터였을 것이다. 천정에 날아다니던, 시원한 맥주와, 소주한잔과 얼큰한 초고추장에 꼴뚜기 데침이 사라지고 보이지 않았다. 배고픔과갈증이 사라진 후 뼈마디와 근육을 파고드는 듯한 고통이 엄습해오며 잠을 쫓았다.

먹고 마시는 생존의 본능보다 육체의 고통이 죽음에 훨씬 가깝다는 증거이다. 살고자 하는 욕구보다 죽음을 피하고자 하는 욕구가 우선의 본능이다.

사후세계니 죽음을 경험했니 떠들기 좋아하는 사람들은 천사를 보았다 저승사자를 보았다 주절대지만, 거짓이거나 착각이다. 의식이 만들어내는 허구속에 있다면 아직 그는 죽음의 문턱조차 구경하지 못한 것이다. 죽음에 가까

울수록 아무 것도 없다. 고통을 느낄 수 있을 때까지만이 세계가 존재한다. 고통이 사라진 연후엔 아무 것도 없다. 꿈을 꾸는 것 같다? 편안하다? 죽겠다? 고통스럽다? 절대 아니다. 아무 것도 없다.

나는 고소 공포증 '환자'이다. 고층 아파트에 살 수 없고 육교를 건널 수 없으며, 고가도로로 차를 운전해갈 수도 없다. 놀이공원의 바이킹, 청룡열차도 못 탄다. 고층빌딩 사무실의 창가 근처 부장 자리까지 결재 받으러 가질 못해서 사표를 냈었다.

우리 마누라는 정반대다. 살아도 꼭 아파트여야 했고 그것도 고층이라야 했다. 전망 좋다는 이유로 고층 아파트 높은 층수를 사고 싶어했고 이사한 후에는 꼭 옥상에 올라가 아래를 내려다보아야 직성이 풀렸다. 산에 오르면 기필코 정상에 올라 '야호' 해야 등산하는 줄 알았으며, 깎아지른 절벽 위 벼랑 끝에 한 발로 버티고 허리를 굽혀 아래를 내려보아야 성이 차는 성격이었다. 가장 하고 싶은 일은 번지 점프였고 가장 갖고 싶은 취미는 행글라이딩이었다. 박사 과정을 졸업하지 못하고 높지 않은 학사라는 가방 끈에 머물렀다는 것이 가장 큰 후회라고 말하듯이, 그녀의 '고소 지향증'은 일상생활 곳곳에까지 깊이 뿌리를 내리고 있었다.

미친 여자 유호선과 나란히 선 축대가 무섭다. 무섭다? 그 단어가 적확치는 않은 듯하지만 달리 쓸 말이 없다. 공포란 생명의 위협을 느낄 때 나타나는 정서 상태를 말함인데, 내 심리상태와는 거리가 있다. 떨어져 죽을 수 있다는 생각이 들었을 때 또는 떨어져서 바닥에 닿으면 끔찍하게 아프겠다는 생각이 들었을 때, 공포를 느끼는 것이다. 그러나 나는 그런 생각이 들지 않는데도 '무섭다'. 심리적인 공황이다. 의식의 공황이다.

철책은 가슴까지 올라온다. 기를 쓰고 난간 밖으로 몸을 던져야 떨어질 수 있다. 어지간히 노력해서는 쉬이 떨어질 수도 없는 곳이다. 그런데, 떨어지고 싶어도 떨어질 수 없다는 것을 알고 있음에도, 나는 난간을 마주하고 서 있기가 힘들다. 난간이 보일 즈음, 한껏 뒤로 몸을 젖히고 한발 한발 조심스레 앞으로 발을 떼놓다가 난간이 잡힐 때쯤에서는 손을 뻗어 난간을 잡고 접근한다. 이상하게도 난간 끝이 콘크리트로 바닥에 굳게 접착되어 있다는 사실을 앞에도 불구하고 난간까지도 믿지 못한다. 아니, 믿고 안 믿고의 문제가 아니라 난간 자체가 나와 한 몸인 것처럼 착각하게 된다. 그것도 부정확하다. 착각하는 것이 아니라 이미 난간은 절벽과 나를 분리시켜주는 대상이 아니라 내 심리상태에 동화되어버린 존재일 뿐이다.

난간을 잡고 서면 어지럽다. 빙빙 돈다. 바닥을 보지 말자고 하늘을 보면 내가 딛고 선 땅이 울렁거리고 하늘이 춤을 춘다. 머릿속으로 '난간이 나를 받치고 있고 떨어지고 싶어도 떨어질 수 없다' 고 수없이 되뇌고 되뇌어도 '무섭다'. 허공을 가로질러 내 몸이 붕 뜬 기분이다. 의식은 절벽 위에 서 있다고 말하는데, 심리상태는 허공에 몸이 떠 있는 상황이다. 눈을 감는다. 보이지 않으면 괜찮을 것이라 믿는다. 늘 그렇지만, 역시 무의미하다. 어지럽고 메스껍고 '무섭다'.

도저히 견디기 힘들 무렵에 한 가지 생각을 해냈다. 한쪽 눈만 떠 보자! 한쪽 눈으로 멀리 보이는 바닥을 내려본다. 아하, 어찌 이럴 수가. 어지럼증과 무서움이 확연히 줄어든다. 두 눈이 존재하는 이유는 피사체와의 거리를 맞추기 위해서란다. 당연히 두 눈을 뜨고 있어야 거리감을 느낄 수 있다. 그러나 한쪽 눈을 뜨고 실험한 내가 내린 결론은 인간이 가장 공포스럽다고 느끼는 높이는 아마도 두 눈으로 보았을 때 바닥과의 정확한 거리감을 느끼지 못하는 지점이라는 사실이다. 두 눈으로 아래를 보았을 때 정확한 거리감을 느낄 수 없는 어느 지점의 높이, 그것이 울렁임과 어지럼증의 주요한 원인이다. 물론 나 같은 환자는 설령 거리감을 느낀다 해도 높은 곳에 있다는 의식만으로도 어지럽고 메스껍다. 그건 단언하건데, 내가 죽을 수도 있다는 판단과 절대적인 거리가 있다. 한쪽 눈으로는 거리감을 느낄 수 없다 하는데 절벽 바닥은 한쪽 눈으로 오히려 정확한 거리가 느껴진다. 말이 안 되는 부분이다. 나는 아직도 그것을 이해할 수 없다.

난간을 붙잡고 서서 '난간 밖으로 몸이 떨어질 수 없다' 고 수없이 되뇜에도 전혀 증세의 변화를 느낄 수 없던 내가, 단지 의식 영역의 말초적인 한 부분인 지각에서 거리감을 갖는다고 그토록 확연한 증세의 호전을 이룰 수 있다니. 그것은 내가 죽음이라는 개념과 상관없이 고소 공포증을 느끼는가 하는 의문보다도 더, 풀 수 없는 난제이다.

미친 여자 유호선은 미스 한이나 미스 주보다 노출이 심한 옷차림이다. 늘 그렇다. 하지만 주인아주머니는 유호선의 옷차림을 두고 뭐라 한 적이 없다. 미스 한의 허벅지로 눈길을 흘리는 주인집 강씨 아저씨도 미친 여자 유호선에겐 길게 눈길을 주지 않는다. 영웅이도 훔쳐보지 않는다. 온 동네 남자가 다 그런 듯하다.

유호선은 남자들을 좋아한다. 지나는 아무 남자에게나 말을 걸고 몇 번 본 남자면 팔짱도 낀다. 짧은 미니스커트에 브래지어도 하지 않은 여자가 다가들어 팔짱을 끼는데 마다할 남자가 어디 있을까. 하지만 미친 여자 유호선은 예외다. 그녀가 선택해 팔짱을 끼는 어느 남자도 도망친다. 그래도 그녀는 괘념치 않는다. 도망가는 남자를 두고 다가오는 남자에게 다시 다가간다.

양씨 아저씨 가게 의자에 간혹 그녀가 앉는다. 사람이 있건 없건 그녀는 나 몰라라 한다. 혼자서 콧노래도 부르고 지나는 사람들에게 인사를 건넨다. 술 마시는 사람들이 있으면 그 옆자리에서 안주를 먹는다. 술에 취한 적도 많다. 주인집 강씨 아저씨가 '룸살롱이 따로 있남. 여기가 룸살롱이구먼' 하는 농이 썰렁하다 못해 소름 끼친다고 핀잔을 들었다. 그녀가 술을 마시고 안주를 먹기 시작하면 대부분 술자리가 일찍 끝난다. 양씨 아저씨와 그녀 둘만이 남아 술 마시는 적이 많다. 이상하게도, 유호선은 양씨 아저씨에게는 치근대지 않는다.

양씨 아저씨가 멀찍이서 걸어가는 유호선의 뒷모습을 물끄러미 보며 말했다.

"저리 예쁘구먼 아직 강간당했단 말이 없어. 그게 그녀의 복인지 화인지 나 같은 화상이 어찌 알겠누."

성욕이 가장 기본적인 육체적인 본능이라 누가 말했던가. 절대 아니다. 성욕 또한 정신의 지배 아래 있다. 인간에게는 적어도 그렇다.

오늘 강씨 아저씨가 날 잡아끌었다.

"저 도씨가 도대체 무슨 짓거리를 하는지 알 수가 없어. 젊은 나이에 어디가서 도둑질하지 않는 담에야."

내 옆방에 사는 서른이 채 안 된 도씨를 미행하는 일에 강씨 아저씨가 나를 공범으로 삼았다. 미행 길에 강씨 아저씨는 도씨가 돈이 필요한 때면 어김없이 방을 나서서 돈을 챙겨들고 들어온다고 말했다. 한 달을 하루같이 방구들 신세를 지고 있는 그가 어떻게 월세며 식비를 조달하는지 모른다며 강씨 아저씨는 '이상하지?' 하는 눈빛을 해보였다.

도씨가 허름한 건물로 올라갔다. 강씨 아저씨는 건물에 달린 상호 간판들을 훑어보다가 고개를 갸웃하고 도씨를 쫓았다. 도씨의 발걸음은 사층에서 멎었다. 기원이 보였다.

"바둑을 둔다?"

강씨 아저씨는 못 믿겠다는 표정이었다. 기원의 문을 빠끔 열고 안을 살피던 강씨 아저씨가 고개를 설레설레 저었다.

"바둑을 두네?"

사람이 바둑을 두는데 그것이 무엇 이상한가? 그걸 이상하다 하는 강씨 아저씨가 이상했다.

강씨 아저씨는 기원 주인을 밖으로 잡아끌었다.

"저기 앉은 저 젊은이 말이오."

기원 아저씨는 금방 알아차렸다.

"도 선생 말이오?"

"선생?"

강씨 아저씨가 화들짝 놀랐다.

"여기선 다 그리 불러요."

이상한 사람 다 봤다는 식으로 기원 아저씨가 등을 돌렸다.

"바둑 잘 둡니까?"

기원 아저씨가 우스운 사람 다 보겠다는 표정으로 뒤를 돌아보았다.

"잘 둔다? 우리 눈에 잘 둔다 못 둔다 알겠소? 하지만 말이오, 도 선생하고 바둑 한 수 두자고 예약한 사람이 공책으로 한 페이지요. 늘 이맘 때 와서 서너 사람하고 바둑을 두지."

"그러니까 잘 둔다는 말이지요?"

강씨 아저씨가 묻자 기원 아저씨는 실소했다.

"기원 바둑 일급이면 어디 내기 바둑 둬서 잃진 않소. 프로랑 두 점에서 세 점 접고 두는데, 그 일급들이 두 점 놓고 두지. 그래도 거의 못 이겨. 어떤 일급 은 도 사범이라 부르기까지 한다니까."

들어가려는 기원 아저씨를 강씨 아저씨가 잡아끌었다.

"그러니까 예약한 사람들이 도씨한테 돈을 주고 바둑을 둔다 이 말이오?"

"왜 아니겠소?"

"어찌 그럴 수가…… ."

"처음엔 와서 내기 바둑을 두더만. 번번이 따더니 따기 미안했는지 어떤 이 급에게 두 점 놓으라 하곤 내기 안 하고 두어주데. 그 이후로 우리 기원의 명물 이 되었소. 같이 동업하자 해도 싫다면서 저리 한 달에 한두 번 온다오."

강씨 아저씨는 기원 건물을 나서면서 내내 고개를 갸웃거렸다. 프로 급의 실력을 가진 그가 왜 저러고 사는지 이해할 수 없다고 했다.

강씨 아저씨는 바둑을 못 둔다며 '바둑을 잘 두면 장기도 잘 두겠지' 하고 는 그를 시험해보자 했다. 강씨 아저씨는 양씨 아저씨의 가게에다 장기판을 벌여놓고 도씨를 기다렸다. 양씨 아저씨와 술 몇 잔 돌리자 도씨가 왔다. 나는 별로 구경하고픈 생각이 없어 술이나 마실 양이었지만 양씨 아저씨가 장기판 에 몰두하는 바람에 어쩔 수 없이 나도 장기판을 기웃댔다.

"어허, 이렇게 잘 두면서 왜 안 둔다 했누?"

장기 두자 청했는데 도씨가 몇 번을 거절하다 도살장 소처럼 장기판 앞으로

끌려온 것을 말하는 것이었다.

"재미가 있어야지요."

도씨의 말은 그게 다였다. 그는 먼산도 바라보고 무릎도 긁다가 꾸벅꾸벅 졸듯이 고개를 끄덕였다. 그의 말대로 정말 재미없어 보였다.

"양 선생, 내 말들이 온통 발이 묶였소. 어째 움직일 만한 말이 보이질 않소."

양씨 아저씨도 몇 번 훈수하다 말고 입을 닫았다.

"바둑도 잘 둔다며?"

강씨 아저씨가 물었다.

"조금이요."

"내 장기 실력이면 어디 가서 자장면은 얻어먹는데, 어찌 내 말을 이리도 얽어맬 수가 있단 말이야? 신기로다 신기야."

도씨는 여전히 딴청이었다.

"장기 잘 두는 비결이라도 있나?"

도씨의 대답하는 말투는 어눌했다.

"그냥 뒤요. 바둑도 그렇고 장기도 그렇고, 한 번 두고 나면 다 기억돼요. 처음 둘 때부터 그랬어요."

강씨 아저씨의 감탄하는 소리가 들렸다.

"그럼 소질을 살려서 이쪽 방면으로 나가지 그랬어?"

"재미가 있어야지요."

도씨가 안으로 들어갔다. 양씨 아저씨는 도씨 뒤를 묵묵히 바라보다 고개를 끄덕였다.

"재미없을 만도 하구먼. 방구석에 틀어박힐 만도 하지. 강 씨는 부러워 죽는 모양인데, 도성우에겐 그것이 독이로다."

미친 여자 유호선이 물러선 도 씨의 자리에 앉았다. 그녀는 도 씨가 사라진 방향을 멀거니 바라보고 있는 강씨 아저씨 앞에서 장기 알로 알까기를 했다. 그녀도 큰 장기 알은 아는 모양이었다. 꼭 '초'와 '한'의 궁을 들어 손가락으로 튕겼다. 한 번에 두세 개씩 바닥으로 떨어질 때 그녀는 좋다고 박수를 쳤다. 혼자 하는 알까기가 너무도 즐거워 보였다.

나는 허수가 무엇인지 모른다. 고등학교 수학을 배운 이후 고등학교 국어 선생으로 있으면서 여전히 허수를 몰랐다. 아니 정확하게 말하면 허수의 존재 이유를 부정했다. 허수란 존재하지 않는 수인데 어찌 수의 자격을 가지고 있는지 알 수가 없었다.

젊은 여선생에게 물었다. 그녀는 도표까지 그리며 허수를 설명하고자 애썼다. 우주의 거리 계산에서 어떻고 저떻고 한참을 설명하는데 설명을 들으면 들을수록 모르는 심도가 더 심해졌다. 설명하다 지친 여선생이 한숨을 몰아쉴 때 옆에서 어깨 너머로 지켜보고 있던 정년퇴직을 얼마 안 남긴 남자 선생이 그녀의 연필을 대신 들었다. 또다시 도표에 연필선이 그어지고 혼돈에 혼돈이 더해질 거라 지레 짐작하고 있던 내게 노선생은 연필로 쓰는 대신 내 눈앞에 연필을 들이댔다.

"연필은 존재하오?"

"물론 존재하지요."

" '연필'이 존재하오?"

"제 눈앞에 있습니다."

노선생이 고개를 저었다.

"아니 아니, '연필' 이 존재하오?"

나는 대답을 못했다. 노선생은 연필을 여선생에게 돌려주며 다시 물었다.

"나무는 존재하오?"

"물론입니다. 은행나무, 떡갈나무, 참나무, 저기 우리 학교의 이름 모를 나무도 분명 존재하지요."

노선생이 이번에는 나무에 힘을 주어 물었다.

" '나무' 는 존재하오?"

나는 그의 물음을 이해하지 못했다. 더 이상 계속 대답하면 우문이 될까봐 대답도 못했다.

"밖에 있는 나무가 아니라 내 입에서 나오는 '나무' 가 존재하냐 묻는 거지요."

나는 어눌하게 대답했다.

"개념으로서 실재합니다."

노선생이 크게 고개를 끄덕였다.

"일, 이, 삼이 존재하오?"

"존재합니다. 그것이 의미하는 실재의 존재는 있습니다. 그러나 허수는 없지 않습니까?"

"내 입에서 허수가 이렇다고 정의된다면 그럼 허수의 존재를 인정하겠소?"

"논리적으로 그래야 하지요."

"파랑새나 불새는 존재하오?"

"그것이 의미하는 실재는 존재하는지 어쩐지 모르겠습니다만, 개념은 존재하지요."

또 노선생은 고개를 크게 끄덕였다.

"언어적인 개념과 수학적인 개념이 뭐가 다르겠소. 국어 선생님이니 오죽 잘 아시겠소만, 개념은 개념으로서만 존재하지요. 실재하고 있는 존재들이 가진 본질적인 측면의 공통성을 추출한 것, 그것이 개념 아니오? 개념은 다시 개념을 생성한다오. 예를 들어 영(0)의 개념적인 존재는 그리 오래되지 않았소. 실재하고 있는 어떤 구체적인 숫자의 개념이 '없다'는 개념을 낳고 그것이 현실에 응용되었고, 또 그 개념의 연장에서 존재하지 않던 마이너스(-) 개념을 낳았던 것이지요. 그것이 다시 현실에 적용되어 영하라는 개념을 실생활에서 사용하게 되었지요. 개념과 개념의 논리적인 결합은 새로운 개념을 창출해낸다오. 일반인들이 그 개념에 익숙해지려면 많은 시간이 흘러야 할지도 모르겠고, 아니면 아주 생소한 채로 생을 마칠 수도 있겠지."

젊은 여 선생이 그토록 설명하고자 애썼던 문제를 노선생은 간단히 몇 번의 문답으로 내게 해답을 안겨주었다. 수학의 개념을 제대로 이해하고 있지 못했던 나는, 결국 국어 선생을 하면서도 언어적인 개념에 깊이 통찰하지 못했음을 인정해야 했다. 한 문장의 글을 만들어가는 일이 개념과 개념의 조합이고, 그로부터 새로운 형태의 이미지와 상징, 의미들을 내포하는 언어를 만들어낸다는 사실을 교단에서 잊고 있었음이 분명했다. 그러고도 나는 학생들을 가르쳤다. 그리고 오늘, 난 아직도 허수를 개념적으로 이해하고 있지 못하다. 파랑새와 불새는 이해함에도 불구하고……. 다만 허수가 개념적으로 존재한다는 사실만큼은 절대로 확신한다.

16

　영아와 전화 통화를 한 이후로 어머니는 이상하리만치 내 문제에 방관했다. 아주 드물게 전화해서는 '밥은 먹었냐' 정도의 안부만 묻고 바로 끊었다. 더욱이 황 기사 아저씨도 아침마다 전화로 나를 깨우지 않았고, 가끔 동정을 살피러 들르던 정화도 발길을 뚝 끊었다. 영아에게 이런 변화를 전화로 알렸더니 그녀는 호호 웃으며 이렇게 말했다. '아마도 선생님 어머님이 저를 며느리로 딱 찍으셨나봐요. 저희 일이 잘 된다 싶으니까 가능하면 다른 변수를 안 만들려고 그러시는 거잖아요. 이 선생님이 제게 마음이 있다고 생각하시는 게 분명해요.'

　그녀의 말이 맞는 듯했다. 평상시 어머니라면 벌써 수아의 아파트를 계약하고도 남았다. 그러나 말 나온 지 거의 보름이 다 되어도 어머니로부터 그에 대한 소식이 없었다. 어머니로서는 웅이나 수아가 내 결혼의 가장 민감한 부분이라 느끼고 있기 때문에 그런 얘기로 내 심사를 흔들지 말아야 한다고 생각하는 듯했다.

군대에 있던 기간을 빼고 어머니로부터 그리도 자유롭던 때는 없었다. 완전군장 행군을 끝내고 무장 해제했을 때 느꼈던 홀가분함, 바로 그런 기분이었다. 그러나 그 자유로움이 그리 오래가지 못함을 나는 잘 알고 있었다.

"선생님 어머님을 만나 뵈었어요."

오후 세 시를 넘겨 작업실에 들른 영아가 그녀의 커피를 타면서 말했다.

"선생님께 미리 말씀을 드렸어야 하는데, 어머님이 굳이 작업에 방해주지 말라 이르셔서 점심 먹고 오는 길이에요."

영아의 입에서 나온 '어머님' 이라는 단어는 수아의 입에서 나오는 '어머님' 이라는 단어와 어감이 달랐다. 결혼 얘기가 진행되기도 전에, 처음 만난 남자의 어머니를 어머님이라 거리낌 없이 부르는 영아의 당당함 때문은 아니었다. '처음 어머님을 만나 뵈었을 때 뭐라 불러야 좋을지 몰랐어. 난 죄인이니까.' 우리 어머님에게서 느끼는 수아의 거리감은 그런 것이었다. 수아가 느끼는 복잡 미묘한 느낌이 어떤 성질의 것이든, 그 모든 정서의 원인은 우리 형제와 그녀의 관계 속에서 똬리 틀고 있었다. 당당하고 친근하게 '어머님' 이라 부를 수 없었던 그녀는 결국 웅이가 초등학생이 되어서까지 변할 수가 없었다.

"여기 들른다니까 어머님이 당신 만났다는 말을 하지 말라 하셨는데……"

영아가 말하는 '어머님'이라는 단어가 거듭 귀에 거슬렸다. 그녀가 마음을 정했다면, 얼마간 내 처지를 이해하고 도와줄지언정, 그녀는 결국 결혼 이야기를 꺼낼 것이 뻔했다.

"특별한 말씀은 없었어요. 제가 이 선생님을 어떻게 생각하는지 몹시 궁금해 하시더군요."

영아가 내 표정을 살폈다.

"제가 뭐라 말씀드렸는지 궁금하지 않으세요?"

"글쎄요……"

"선생님이 어떻다 하기 이전에 결혼에 대해서 아직 깊이 생각해보지 않았다고 했어요."

"우리 작은 애랑 어쩨 그리 말하는 게 똑같을까, 하셨겠군요."

영아가 커피 잔을 두 손으로 모으며 깜짝 놀라는 시늉을 했다.

"어떻게 아셨어요?"

나는 대답 대신 웃었다. 그녀는 앞으로 내밀었던 윗몸을 소파 뒤로 기대며 여유 있게 커피를 마셨다.

"'우리 아들이 두 번 이상 만난 규수가 댁뿐이라오', 이런 말씀도 하시더군요."

영아가 배시시 웃었다. 치맛단 아래로 드러나는 뽀얀 다리 살결보다도 한결 윤기 나는 하얀 이빨이 자줏빛 입술 사이를 비집고 모습을 드러냈다.

"영아 씨, 솔직히 말씀드리면……"

영아가 커피 잔을 탁자에 내려놓으며 고개를 저었다.

"선생님께 부담 드리고 싶은 마음 없어요. 저도 부담 느끼며 선생님 만나고 싶지 않았으니까요."

"이 말은 꼭 들으셔야 합니다. 제 말은……"

영아가 손가방을 둘러맸다.

"제가 꼭 들어야 할 말이라면 분위기가 괜찮은 곳에서 들어야겠는데요? 아니면 제 기분이 더 우중충해지잖아요."

영아는 생긋 웃었다. 그녀의 자신만만함이 어디서 오는 것인지 알 수 없었지만, 나는 그녀가 어머님을 만났다는 대목에서부터 어느 정도는 감지하고 있었다.

수아는 내가 도착하자마자 턱으로 웅이의 방을 가리키며 귀엣말을 했다.

"싸웠나 봐. 학원도 안 가고 방에 틀어박혀 꼼짝도 안 하네."

웅이의 방에 노크하고 문을 열었다. 책상 앞에 똑바로 앉아 있던 웅이는 문 열리는 소리가 나자마자 얼굴을 책상 위로 떨어뜨렸다. 엎드린 자세로 웅이는 미동도 하지 않았다.

"어디 보자, 웅이가 왜 뿔이 났을까?"

두 손으로 고개를 옆으로 돌려놓으려 했으나 오히려 웅이는 반대

쪽으로 고개를 돌렸다.

"삼춘한테 얘기해 봐. 여자 친구가 웅이를 슬프게 했을까?"

웅이는 반응하지 않았다.

"그럼 선생님이 웅이를 꾸지람 하셨나?"

또 반응이 없었다.

"다른 친구가 웅이를 괴롭힌 건 아냐? 어떤 놈이야 도대체. 이 삼춘이 혼내줄게."

상심이 큰 모양이었다. 나는 수아를 돌아보고 고개를 절레절레 흔들어 보인 다음 웅이의 곁에서 물러서려 했다. 웅이의 어깨가 가늘게 떨렸다. 소리를 삼키고 울먹이는 듯했다.

"웅아……"

손으로 웅이의 고개를 돌려놓았다. 웅이는 저항하지 않고 내 쪽으로 얼굴을 돌렸다. 손등으로 웅이의 눈물이 묻어나고 있었다. 나는 엎드린 웅이의 어깨부터 머리를 왼팔로 감싸고 오른팔로는 머리를 쓰다듬었다. 웅이의 어깨 흔들림이 더 심해졌다 느꼈을 때, 벌겋게 부어오른 웅이의 오른쪽 눈으로부터 얕은 코등을 타고 왼쪽 눈가로 굵은 눈물이 흘러내렸다.

"무슨 일인지 삼춘한테 얘기해주련?"

내가 초등학교 오 학년 때, 친구에게 매맞은 얼굴을 보던 형이 내 머리를 가슴에 품어주며 그렇게 달래주었다. 내 울기가 그치기를 기다리던 형은 급기야 나를 때린 친구를 찾아가 흠씬 두들겨주었고, 그 친구의 부모가 우리 집에 찾아와 한바탕 소란을 떤 후에 형은 아버지로부터 삼십 분이 넘게 원산폭격 기합을 받았다. 기합 받은 이유가 동생 친구를 때려서가 아니었다. '어떻게 했길래 개 부모가 여기까지 찾아오게 만들어!' 아버지는 싸움을 말린 적도 없었고 싸움했다고 나무란 적도 없었다. 싸우고 울고 들어가거나 싸운 친구보다 부상 정도가 심했을 때 아버지는 몹시 흥분했다. '일단 싸우면 상대가 누구건, 완전히 기를 꺾어놔야 해. 다시는 기어오르지 못하게 만들어놔야 한단 말이다. 그것이 승리야. 제 부모에게 이를 생각을 할 수 있다면 그건 완벽한 승리가 아니란 말이다. 알아들어? 무서워서 오줌을 쌀 정도로 만들어놓으면 절대 그런 짓 못해. 그게 승리야.' 기합을 끝내고 형과 나를 앞에 불러 세운 아버지는 또 언제나처럼 낯익은 설교를 길게 했다. '싸움을 잘하고 못하고의 차이가 무언지 아나? 힘? 기술? 스피드? 물론 무시할 수는 없지. 하지만 말이다, 가장 중요한 건 기세야. 강아지가 호랑이 앞에 서면 힘 한번 못 쓰고 무너져버리지. 사파리의 하이에나는 무리가 있을 때 제법 사자에게도 덤비거든. 그 차이가 무얼까? 기세야. 개는 호랑이 앞에서 저절로 꼬리가 감춰지고 사지를 떨어버리거든. 이미 힘을 쓸 수조차 없는 상태가 된다 이 말이야. 그러니 싸움이 되겠어? 상처날까봐 겁내 하는 사람과, 코 삐뚤어지고 갈비뼈 나가는 일은 아무 것도 아니라는 사람이 서로 싸운다고 생각해봐. 죽기가 무서운 사람과 죽는 건 아무 것도 아니라는 사람이 칼을 들고 서로 대치했다면 결과가 어떻겠어? 중요한 건 그거야.' 확실히 아버지의 말은 맞았다. 나나 형은 '당당하라' 며 '깡' 을 강조했던 아버지 앞에서 언제나 꼬리를 내려야 했고, 성인이 되어서까지 말싸움 한번 변변히 못해봤다. 아무리 마음을 다잡아먹어도 아버지 앞에만 서면 금방이라도 삼켜버릴 것만 같은 거대한 힘을 느껴야 했다. '불의에 맞서 당당하게 싸워라' 는 아버지의 말은 늘 마음 구석에 감추어져 있을 뿐이었다. 불행히도 불의는 거대한 힘에 뿌리를 두고 있었으며, 더욱 불행히도 그것은 마음을 다잡아먹는다고 맞설 수 있는 상대가 아니었다. 힘없는 불의가 존재 의의를 잃고 사라질 수밖에 없었던 것처럼, 강한 불의의 힘 앞에 내 자신의 대항 의지는 존재 의의를 잃는 것처럼 보였다. '도망갈 구석을 찾고 있었던 건지도 몰라. 행동으로 표출할 수 없는 비겁한 글쟁이가 자신의 능력을 빌어 도망갈 구멍을 팠던 거지' 하며 겁쟁이의 도피 수단으로, 합리화 수단으로 글을 선택했을지도 모른다는 양 선배의 말을, 그래서 나는 부정하지 못했는지도 몰랐다.

"웅이야, 어디 삼춘 좀 볼래?"

웅이는 몸을 일으켰다. 내 팔에 의지해 내 어깨로 얼굴을 가져오던 웅이가 급기야 울음을 터뜨렸다. 내 가슴에 얼굴을 묻고 웅이는 한동안 울음소리를 냈다.

"무슨 일인지 삼춘한테 얘기해 줘야지."

웅이의 울음이 좀 수그러든 틈을 타서 웅이를 가슴에서 떼어놓았다. 내 손 밑에 놓인 웅이의 어깨는 울음소리가 멎은 뒤에도 여전히 떨었다. 공연히 고개를 돌려 수아를 찾았다. 주방에 있는지 수아의 모습은 보이지 않았다.

나는 두 팔에 힘을 주어 웅이를 가슴으로 당겨 안았다. 내 가슴으로 맥없이 파고 들어와야 할 웅이의 머리가 완강히 버텼다. 잠시, 팔에 힘을 더 주어 끌어안아야 하는지 알 수가 없었다. 앞 벽면을 향한 웅이의 머리가 너무도 무겁게 느껴졌다.

이윽고 웅이가 고개를 돌렸다. 내려보는 내 눈길과 시선을 맞추는 웅이의 눈이 무언가를 말하려는 듯했다. 꼭 다문 입술만큼이나, 벌겋게 부어오른 눈꺼풀에 힘이 실려 있었다. 그 눈꺼풀이 부담스러워, 나는 웅이의 어깨를 다독일 뿐이었다.

웅이가 눈을 끔뻑였다. 들어 올렸던 눈꺼풀의 힘을 주체할 수 없다는 듯, 아주 오랫동안, 눈을 감았다 떴다. 눈물이 만들어놓은 뺨의 길을 타고 한줄기 눈물이 흘러내렸다. 그 눈물도 웅이의 눈 끔뻑임만큼이나 느리기만 했다. 짜내듯 흘려낸 눈물을 끝으로 웅이는 내 가슴에 머리를 떨어뜨렸다.

웅이가 세차게 도리질을 쳤다. 울음을 삼키려는 것인지, 볼을 타고 흐르는 눈물의 흔적을 지우려는 것인지는 알 수가 없었다.

‘큰 거겠지.’ 웅이가 왜 우는지 수아에게 물어봐야 대답은 뻔했다. 웅이의 돌출 행동에 대한 수아의 대답은 늘 그랬다. 언젠가, ‘머리가 컸나 보지’ 했다가 멋쩍게 내 시선을 비낀 이후로 수아는 간단히 ‘컸나 보지’ 하는 대답만 반복했다. 굳이 물어봐야 할 이유도 없는 내 질문에 그나마 성의 있는 대답이었다.

마침내 웅이는 내 허리를 부여잡고 봇물 터지듯 눌러둔 울음을 한꺼번에 토해냈다.

17

"아침에 정화가 다녀갔어."

도시락을 풀며 수아가 말했다.

"정화가? 며칠 전에도 다녀갔다며."

수아가 고개를 끄덕였다.

"웅이 보고 싶어하신다고 하더라."

웅이를 집에 데려가지 않은 지가 벌써 몇 주가 지났다. 핑계야 작업이지만, 실재 이유는 웅이가 한사코 엄마 없이는 가지 않겠다고 버티기 때문이었다.

"웅이를 데려갈 때마다 늘 미안했어."

수아는 수저를 놓다 말고 나를 바라보며 싱긋 웃었다.

“웅이를 데려가는 뒷모습을 보면서 늘 미안했어.”

나도 덩달아 웃었다.

“별 말은 없었어?”

수아가 고개를 끄덕였다. 그러나 그건 분명 거짓이었다. 어머니가 정화를 수아의 집에 보낼 때에는 항상 계산이 깔려 있었다. 명절 때나 며느리 생일 때에 ‘굳이 올 것 없다’는 전화가 고작인 어머니가 며느리에게 얘기할 것이 있을 때마다 활용하는 이가 정화였다. 어머니는 일부러 들으라 하진 않지만, 정화가 있는 자리에서 며느리에 대한 얘기를 한 후에 바로 수아의 집으로 정화를 심부름 보냈다. 입이 싼 정화는 시키지 않아도 들은 내용에 살을 붙여 사설을 풀었고, 그럼으로써 어머니는 효율적으로 어머니의 의사를 전달했다. 정화가 다녀 간 다음에 무슨 말이 오갔는지 물어도 수아는 매번 쉽게 얘기하지 못했다.

“이번에는 무슨 찬거리야?”

“간고등어.”

다행히 수아의 마음이 많이 상하지는 않았을 것이었다. 어머니가 보내는 물건이 비싸면 비쌀수록 정화는 모진 말을 했다. 아마도 어머니 당신 스스로가 정화의 의무에 경중을 두고 있는 모양이었다. 수아의 가슴에 박는 못이 크다고 판단될 때와 그렇지 않을 때를 어머니는 확실하게 구별하고 있었다. ‘이번에는 무엇이었어?’ 물었을 때 ‘갈비 선물세트’라거나 지난번처럼 ‘소꼬리’라고 하면 나는 한동안 수아에게 ‘정화가 얘기한 것’을 물어보지 못했다.

"웅이 데려오라는 얘기는 나한테 하지 않으셨는데……"

수아가 나를 흘끔거리고는 젓가락을 입에 물었다.

"그 아가씨, 영아라 했던가? 만나셨데."

"그러셨다는군."

수아는 젓가락으로 이 반찬 저 반찬 뒤적였다. 수아와의 대화 가운데 잠깐씩 찾아드는 침묵에는 어느새 익숙해진 나였지만, 어머니 말이 나온 뒤의 침묵은 언제나 어색했다.

"웅이 담임선생님 면담했어."

"뭐라셔?"

밥알을 깨작거리며 수아는 혼잣말처럼 중얼거렸다.

"별 말이야 하시겠어? 그냥 요즘 웅이가 힘들어 한다 하시지."

"힘들어 한다?"

수아는 대답 없이 밥을 먹었다.

"나를 봐."

수아가 고개를 들었다.

"무엇 때문에 웅이가 힘들어 해?"

"알잖아."

"몰라."

수아가 피식 웃었다. 젓가락을 물고 있어 웃음이 찌그러졌다. 그 모양처럼 내 심사도 덩달아 뒤틀려버렸다.

"도대체 어른들이란 위인들이 아이들 앞에서 무슨 소리를 하고 있는 거야!"

"아이들 부모를 탓할 수 있나."

수아의 웃음이 더욱 찌그러졌다.

"그럼?"

수아는 고개를 숙여 반찬으로 향하는 젓가락에 시선을 두었다.

"아무래도 전학을 시켜야겠어."

"전학?"

"여기서 멀리 떨어진 곳으로 이사나 갈까봐."

"어이가 없군."

"웅이가 편안하게 지낼 수 있는 곳이면 어디라도 괜찮아. 산간벽지 외딴 섬이면 어때? 한 반에 다섯 명인 학교면 또 어때. 멀리, 멀리 아주 멀리, 떠나버릴까 봐."

"말이나 되는 소리를 해라."

"어제 꿈을 꾸었어. 한적한 비포장도로를 웅이 손을 잡고 걷고 있더라고. 옆으로는 맑은 도랑물이 흐르고 맞은편으론 넓은 들이 펼쳐진 곳이었어. 햇살이 쏟아져 내리는데 눈도 부시지 않아. 사슴 한 마리가 우리 쪽으로 다가왔어. 뿔도 없는 암사슴이."

수아는 꿈 얘기를 자주 했다. 악몽은 얘기하지 않았을 터이므로, 아마도 내가 아는 것보다 훨씬 많은 꿈을 꾸고 있었다. 꿈속의 등장인물은 그녀와 웅이 뿐이었다. 악몽에 등장하는 인물이 누구인지는 알 수 없었지만, 섭섭하게도 예쁜 꿈속에 나는 없었다.

"사슴이 나로 변했어?"

수아가 피식 웃으며 꿀밤 놓는 시늉을 했다.

“웅이가 사슴 목을 안고 나를 부르고 있잖아. 그리고 깼어.”

“사슴 있는 곳으로 이사를 가겠다? 퍽이나 좋겠다.”

수아의 표정을 살폈다. 무심해보였다. 그녀의 침묵이 제법 길어질 것 같아 내가 말을 건넸다.

“어머니가 웅이 피아노 놔 주시고 싶으시데.”

수아가 나를 바라보고는 바로 고개를 숙였다.

“피아노 놓을 자리 없다니까 집을 알아봐주신다더군.”

수아가 고개를 끄덕였다.

“이번 기회에 강남 학부모 되어 보는 건 어때?”

수아가 잠자코 생각에 잠기는 것 같았다.

“뭐라 했어?”

“대답 안 했어.”

수아는 젓가락으로 밥알을 세었다.

“나가서 사 먹는 밥은 싫은데……. 내 삶의 의미는 이 도시락에 있거든.”

수아가 싱겁게 웃었다.

“어쩔 수 없잖아. 어머님이 그렇게 말씀하셨다면.”

수아가 수저를 놓았다. 물을 마시려다 말고 나를 바라봤다.

“커피?”

“아직 다 못 먹었어.”

수아가 고개를 끄덕이고 물 잔을 내려놓았다.

“다른 말씀도 하셨겠지. 자기 처지만 딱하다. 미안.”

“그런 거 아냐.”

수아가 두 손을 옆으로 펼치며 길게 기지개를 켰다.

“자기 빨리 결혼해라. 그럼 아무 문제도 없잖아. 웅이도 나도……
, 어머님, 아버님도.”

나는 수저를 내려놓았다.

“그럼 영아 씨에게 너무 미안해. 난 누구한테 못할 짓할 만큼 나쁜
놈이 아니야.”

수아는 나를 비껴 주방으로 향했다.

18

총선이 몇 달이나 남았는데 강씨 아저씨는 벌써부터 선거 운동이다. 양씨 아저씨는 '정치병은 죽어야 고친다더니……' 하며 아주 못마땅해 한다. 들어보니 양씨 아저씨 말도 일리가 있다. 젊어서부터 지구당직 하나 맡으려고 쫓아다니더니 그 나이가 되어 구 의회 의원자리 하나 얻어 보려 충성이란다. 돈 한 푼 벌어본 적 없다고 했다. 마누라가 번 돈을 여기저기 뿌리고 다니는데, 지구당 위원장하고 같이 찍은 사진 한 장 없단다.

'사람이 자리를 만드남, 자리가 사람을 만드는 게지.' 자질 얘기가 나오자 강씨 아저씨는 말했다. 그렇게 시작된 만화가 주 씨와 양씨 아저씨의 논쟁이 강씨 아저씨 없는 자리에서 또 길게 이어졌다.

"예로부터 권위를 강제하기 위하여 수많은 상징들이 만들어졌어. 이데올로기는 차치하고, 왕관 하나만 보자구. 일반인들은 구경하기도 쉽지 않은 보석으로 왕관을 만든단 말이야. 왕관 쓰고 있기가 편한가 어디. 그래도 왕관을 쓰는 건 그럼으로써 위엄이 갖추어지기 때문이야. 처음에는 간단히 금으로 두른 왕관이었다가 다이아몬드도 달고, 금띠 하나론 안 되니까 더 크게 위로 위로 주렁주렁 금을 발라 올린단 말이거든. 엄청 무거웠을 거야. 그게 어디 왕관이야, 면류관이지. 그렇게 상징을 조작해가는 거야.”

“그걸 나쁘다고만 할 수는 없지요. 우리 사회에서 도덕이나 윤리로 강제하는 측면을 보세요. 어른을 공경하는 사회적 윤리와 도덕이 강제되지 않는다면 인간 윤리의 근간이 무너져버리죠. 요즘 나타나는 노인 경시 풍토가 좋다고 할 수 없잖아요. 왜 아버지들이 권위를 잃어가겠습니까? 예전과 같은 효의 미덕이 강제되지 못하기 때문이지요.”

“좋은 말이야. 그렇다면 우리는 이런 측면을 따져봐야 하네. 먼저 과연 강제되고 있는 권위나 제도적 측면이 옳은가 하는 가치의 문제일세. 가부장제가 무너지는 이유는 윤리 도덕의 차원에서만 바라볼 것이 아니야. 사회 자체가 그걸 부정하고 있단 말이지. 예전에는 대가족 중심으로 노동력이 편재되어야만 하는 농업 중심의 사회였어. 그러나 요즘은 어떤가? 노동력의 재생산이 소가족 중심으로 재편되었단 말이야. 자본주의 발전의 결과야. 그리고 이젠 어른을 공경하자는 논리가 무조건 통용되는 전통적인 사회가 아니라 능력이 우선되는 자본주의 사회란 말일세. 이런 사회에서 과연 효나 노인 공경, 가부장제 따위가 옳은가 하는 문제를 얘기해야 하네. 다음으로 내가 말하는 건 조작된 상징이나 권위의 강제는 갈수록 치장을 많이 해야 한다는 점이야. 왕관에서 보았던 것처럼, 권위의 강제는 역사를 더해갈수록 더 많은 치장을 요구하게 되거든. 이것이 형식주의로 흐를 위험이 너무나 다분해. 효를 강조하기 위하여 조상을 공경하는 제사라는 제도를 만들었다고 보세. 지금은 어떤가? 효라는 근본적인 취지는 사회 경제적으로 희석되어가고 있는 판에 제사 형식만 거창하게 발전하여 여자를 고생시키고 쓸 데 없는 가계의 지출만 늘리고 있지 않은가. 물론 좋은 사회적 가치를 지키기 위한 제도를 부정하는 건 아니야. 하지만 말일세, 앞에서 가치의 문제도 얘기를 했지만, 그 좋다는 것이 과연 누구를 위해 좋은 것인지에 대해서 분명히 해야 하네. 일단 제도가 형성된다면 명분은 '모든 백성' 을 위해서지만 결국 힘있는 자들에 의해 만들어진다는 치명적인 약점을 가지고 있지. 따라서 특정한 권위의 강제는 특정한 계층을 위한 것일 수밖에 없는 거야."

  "일정 정도는 맞습니다. 그러나 단언컨대 단견입니다. 첫 번째 말씀하신 가치의 문제를 얘기해볼까요? 능력 중심의 사회에서 능력만이 만사다 하는 생각이 옳을까요? 이윤 추구가 목표가 되고 있는 사회에서 나타나는 수많은 사회 문제들은 전통적인 '옳은 가치' 들을 부정하기 때문에 빚어지는 것들입니다. 사회가 어떻게 변하든 인간이 가져야 하는 인간으로서의 덕목은 변할 수가 없지요. 또 그 덕목들이 과연 사회의 변화에 따라 전면적으로 사회의 요구와 배치되는 것일까요? 단적으로 복지 정책만을 두고 보십시오. 개인에게 손해가 되더라도 사회적으로 이익이 되기 때문에 확대되고 있지 않습니까? 물론 이익의 차원에서만 얘기할 수 있는 건 아닙니다. 그것이 이웃을 사랑하는 인간의 순수한 동기에서 비롯되기 때문에 큰 저항 없이 시행될 수 있는 것이지요. 그러므로 사회가 아무리 변해도 인간이 인간으로서 가져야 하는 올바른 덕목은 반드시 지켜야 한다는 겁니다. 둘째로, 형식주의로 흐를 수 있다는 건 어느 제도에서나 있을 수 있는 가능성입니다. 고추장 항아리에 구더기 낄 수 있는 것과 마찬가지로요. 그것을 어떻게 운용할 것인가 하는 문제이지 근본적인 문제는 아닙니다. 첫 번째 말씀드린 내용과 연결시켜 말씀드릴 수도 있습니다. 좋은 덕목을 사회적으로 올바로 강제했을 때 오히려 형식화되는 측면을 막을 수 있지요. 예를 들어 온 사회가 임금을 하늘같이 떠받들면 굳이 큰 왕관이 필요하겠습니까? 온 사회가 부모를 공경하고 웃어른을 존경하면 제사상이 어떻든 절을 몇 번 하든 그것이 어찌 중요한 문제가 되겠습니까? 그러므로 어쩌면 형식이 형식주의라 불릴 만큼 중요해졌다면 형식을 더욱 강조하는 한이 있더라도 그 형식이 담고자 하는 내용을 다시 살려내야지요. 셋째는 힘있는 층이 제도를 만들기 때문에 그 제도가 그들을 위한 제도가 된다 이런 말씀이신데, 인간의 역사는 반대로 그런 제도에 맞선 민주주의를 향한 역사였잖습니까. 오늘날은 민주주의 사회입니다. 인간의 의지는 보편적 가치를 제도화하는 쪽으로 실현되고 있다는 말씀이지요.”

“그러니까 자네 말의 요지는 인간의 올바른 덕목은 절대 불변이고 그것을 실현시키기 위해서는 어떠한 사회적 강제도 올바르다 이런 말이지?”

“좀 수식을 해야 하지만 대충은 맞습니다. 인간의 올바른 덕목이란 보편적인 것이어야지요. 효라든가 다른 사람을 사랑하는 거라든가, 생명 존중, 자유와 평화와 평등 등이지요.”

“포괄적 개념으로서는 그렇다고 치고, 시대의 변화에 따라 그 개념의 성격들이 변화한다고는 생각하지 않는가?”

“본질이야 변하겠습니까?”

“그렇다면 효의 본질은 무엇인가?”

“간단히 말하면 부모님을 올바로 받드는 것입니다.”

“또 ‘올바로’ 라 한다. 가치 개념을 쓰면 얘기가 안 되지. 좋아, 어떻게 하는 게 ‘올바로’ 받드는 거지?”

“그것을 어찌 한마디로 하겠습니까? 나의 이기(利己)를 버리고 부모님의 요구에 충실한 것을 말하겠지요. 이렇게 말하면 또 트집을 잡히겠지만 광의의 개념을 간단히 말할 수가 없군요."

"우리 세대는 말이야, 뼈 빠지게 일했어. 일이 전부인 세대지. 그러면서 부모님을 봉양했단 말일세. 그것이 효라고 믿었던 세대야. 그러면서 당연히 우리 아래 세대에게 부모인 우리를 모시고 살라는 요구를 가지고 있지. 그러나 세태가 어떤가? 부모 안 모시겠데. 부모 안 모신다고 앞에서 불효니 어쩌니 얘기해도 사회적으로는 이미 정리가 끝났어. 국민연금이 무엇인가? 사회적으로는 부모 모시지 않는 일이 당연시되고 있는 추세란 말이야. 부모님의 요구에 충실한다? 그렇담 자네는 완전히 불효자야. 부모님이 만화 그리는 것 그리도 싫어해서 이리 쫓겨 왔다 하지 않았어?"

"꼭 인신공격으로 가십니다. 그러나 효라는 근본 내용이 어디로 가겠습니까? 부모님을 공경하는 일이 어찌 가치 없는 일이겠습니까?"

"그러면서 자네는 효라는 근본 내용에 대하여 구체적으로 정의하지도 못하잖는가."

"정의했지요. 정의를 했는데도 못한다 하십니까?"

늘 그렇지만 논쟁의 끝은 처음을 잊어버린다. 확실한 건 취기가 오를수록 양씨 아저씨는 말에 힘이 있는데 만화가 주 씨는 횡설수설한다는 점이다. 주 씨가 삐졌을 때 양씨 아저씨는 누가 듣거나 말거나 논쟁을 정리한다. 그 정리가 잘되면 논쟁은 끝난다. 하지만 주 씨가 발끈하는 날에는 또 길게 횡설수설이다.

"자네가 인간의 덕목을 강조하네만, 자본주의 사회란 그 인간의 덕목에 정반대로 배치되는 체제이네. 평등? 능력 있는 자만이 잘살고 능력 없으면 못살며, 능력 있는 자만이 권력을 가지고 능력 없는 자는 권력 아래 지배되지. 인?

경쟁이 사회의 동력이다 보니, 다른 자를 짓밟고 올라서야 하는 사회이네. 다른 이의 기쁨과 슬픔을 같이 한다고? 턱도 없지. 생명존중? 이익을 위해서는 전쟁을 불사하고, 돈이 되면 유전자 공학으로 복제 인간을 만든다네. 많은 사람이 혜택을 받을 수 있는 모든 문화적 성과들이 돈으로 환산되어 돈을 지불할 수 있는 자들만이 감상하지. 인류의 발전에 지대한 공헌을 할 수 있는 새로운 정보들이 이익을 위하여 몇 사람의 골방에서 썩고 있어. 공개되어 같이 연구되면 더욱 빠른 성과를 얻을 수 있는데 말이야. 이런 자본주의 사회에 자네가 살고 있어. 자본주의 체제에서의 가장 인간다운 인간은 남을 짓밟고 경쟁에서 이기는 능력이 출중한 인간이야. 복지? 그것이 문제없이 추진되는 배경이 인간이 갖는 보편적 가치 때문이라고? 아니야. 아직 문제가 터지지 않았을 뿐일지 몰라. 아니면, 거시적 이익의 계산 아래 나온 것이야. 즉 인간적인 측면에서 추진되는 것이 아니라 사회 전체적이고 장기적인 측면에서, 복지가 되지 않으면 사회가 붕괴되니까 실행되고 있는 것이지. 나는 확신하네. 자본주의 체제는 가장 비인간적인 체제일세. 나는 자본주의가 싫어. 인간다움을 지켜야 한다는 자네 말에 절대적으로 동의하고, 또 제도적으로 그것을 강제해야 한다는 것도 동의하네. 다만 사회 경제적 조건들을 무시하고 일방적으로 강제되는 제도는, 그것이 아무리 인간적인 구호로 치장되더라도, 특정 계층의 이해를 관철시키는 것일 뿐이라는 데 생각이 다르지. 보편타당하고 불변하는 '올바른' 가치란 존재하지 않아."

"사회주의자시네요."

"그런가? 자본주의의 반대개념이 사회주의인가? 그렇다면 난 사회주의자지. 근데 문제는 난 아직 체제와 제도적인 측면에서 반자본주의적인 혹은 비자본주의적인 개념을 찾지 못했네. 그래서 난 저항은 할 수 있을지 몰라도 새로운 건설을 위해 애쓸 수는 없다네."

이런 말장난을 기억하고 있는 내가 우습다. 희한하게도 흘려듣는 얘기들이 기억에 남는다. 내 기억력이 비상해진 탓일까? 아니면 죽음을 앞두고 뇌파의 작용이 순간적으로 활발한 탓일까

낮에 미스 주가 순대를 사들고 들어왔다. 그녀는 거의 울먹이듯이 말했다.
"주인아주머니가 이번 달까지 방 빼래요."
"빼야겠구나."
미스 주가 펄쩍 뛰었다.
"어쩜 그리 말씀하실 수가 있어요? 제가 얼른 사라졌으면 좋겠죠?"
그러거나 말거나 나는 순대를 먹었다.
"아무래도 주인아주머니가 한 언니하고 아저씨 일을 알았나 봐요."
온 동네 사람들이 다 아는 일이니 언젠가는 주인아주머니도 알아챌 일이었다.
"이 동네 주위에 얼씬거리면 다리몽둥이를 부러뜨릴 거래요. 아주 멀리, 멀리 사라져버리래요."
알 수 없는 일이었다. 입으로 '웬수, 웬수' 하는 남편이고 남 앞에서 대놓고 욕을 해대는 남편인데 바람을 피운다고 흥분이 되는지 모를 일이었다. 하긴 그런 남편을 지금껏 남편이라고 같이 산 것만도 신기했다. 강씨 아저씨가 밤일 하나는 끝내주게 하는갑다고 소문이 났는데, 막상 미스 주를 통해 미스 한으로부터 들은 얘기는 정반대였다. 양씨 아저씨의 추측이 그럴 듯했다. 남편

이 예뻐서가 아니라, 주인아주머니 자신이 비참해져서 그럴 거란다. 그런 위인을 몇 십 년 돈 줘 가면서 살았던 일이 애통해져서 그럴 거란다. 거기엔 애들 아빠기 때문이고 뭐고도 없이, 그저 내 자신의 인생이 불쌍하다는 생각밖에는 없을 거라 했다.

"왜 우리만 당해야 해요? 주인아주머니도 그래요. 남편 단속하면 되지 우리를 갖고 왜 그러냐구요. 남편한테 뭐라 해야지 왜 우리한테 나가래요? 우리가 같이 자달라고 했어요? 치근거리는 거 견딜 수 없어 그런 건데, 왜 우리가 뒤집어써야 해요?"

"순대나 먹어."

미스 주의 고리눈 때문에 순대가 잘 넘어가지 않았다.

"난 절대로 방 안 빼요. 못 빼요. 선생님이 나가라면 모를까 주인아주머니가 뭐라 해도 난 선생님 옆 안 떠나요."

미스 주의 고리눈이 사라져도 순대가 잘 넘어가지 않았다.

19

수아가 다 먹은 도시락을 챙기고 있을 때, 미리 연락도 없이 영아가 불쑥 찾아왔다. 지난 번에는 '지나는 길에 들렀다' 하더니 근처에 일이 있었다 했다. 예고하지 않은 방문에 따르는 결례를 만회하고자 하는 번연한 거짓말이 전혀 도움이 되지 못할 만큼 나는 당황했다. 나도 모르게 수아의 표정부터 살폈다. 요란스럽지 않게 웃으며 영아를 맞는 수아는 걱정하지 않아도 좋을 만큼 평상의 모습을 보였다.

"어서 오세요. 커피 타려던 참인데, 드시겠어요?"

수아가 주방으로 가는 동안 영아는 수아가 앉았던 바로 그 자리에 앉았다. 커피 잔을 들고 올 수아가 앉을 자리가 마땅치 않았다. 탁자를 가운데 두고 앞뒤로 배치된 소파에서 나와 영아가 마주 앉았으니 그녀는 나나 영아의 옆에 앉아야 했다. 수아의 처지에서는 영아와 함께 하는 자리에서 내 옆에 앉기도 자연스럽지 못할 것이었다. 그렇다고 나를 앞에 두고 영아와 나란히 앉는 것도 모양이 좋을 리 없었다.

"이미 아시겠지만, 손님이 오셔도 격식 갖추어서 커피 내오지 못해요. 커피 어떻게 드세요?"

물을 올려놓으며 수아가 우리를 돌아보고 물었다.

"이 선생님 드시는 대로 주세요."

"삼춘은 다방 커핀데……, 아시겠지만."

영아가 호호 하고 웃었다.

"저는 자판기 커피에요."

물이 끓기를 기다리는 동안 수아는 주전자만 내려보고 섰다. 이리저리 둘러보던 영아가 자리에서 일어나 주방 쪽으로 성큼 발을 옮겼다.

"가서 있어요. 곧 물이 끓을 거에요."

수아의 만류를 영아는 모른 척했다. 영아는 수아와 나란히 서서 커피와 설탕 통을 들어냈다.

"어쩜, 피부가 참 고와요. 처음 볼 때도 놀랐지만 가까이서 보니까 눈이 부시군요."

영아가 수아의 눈앞으로 손을 들어 보여주는 모습이 보였다.

"어머니 피부를 물려받았나 봐요. 그래도 가끔 팩 마사지를 해주지 않으면 거칠어지더군요."

　양 선배는 수아의 둔탁한 손을 좋아했다. 매번 성차별주의자에 성추행자로 몰리면서도 왼손 위에 수아의 손을 얹고 오른손으로 다독거리기를 즐겼다. '이게 우리 어머님들 손이여. 물을 묻혀 거칠해지면 그거이 더할 수 없는 우리 어머님들 손인기여.' 그럴 때마다 수아는 질색이었다. 사람의 약점을 가지고 놀리는 것만큼 못난 짓도 없다고 대들어보지만 양 선배 앞에서는 소용없었다. '이게 놀리는 거라구? 천만에!' 고운 손을 볼 때마다 노동의 신성함을 모욕하는 손이라 매도하던 양 선배였으므로, 수아도 그녀 손에 대한 그의 예찬이 거짓이 아님을 알았다. 그러나 양 선배의 찬사가 계속될수록 손과 피부에 대한 수아의 열등감은 오히려 증폭되어 갈 뿐이었다. 입영 전 그녀와 같이 하룻밤을 보내자고 약속하던 날에, 극장에서 처음으로 그녀의 손을 잡고 그 자리에서 사정했다 고백했을 때, 그녀는 눈을 동그랗게 뜨고 기절할 듯이 놀랐다. '말도 안 된다.' 자기 손은 여자 손이 아니라는 말이었다. 내 사정이 의미하는 이성 간의 성 접촉이라는 측면에서 내가 낯부끄러움을 느끼는 순간에 그녀는 오로지 그녀의 손에 집중하고 있었다. 내내 손을 만지작거리며 내려보던 그녀가 한참 시간이 지난 뒤에야 내게 물었다. '내 손을 잡고 어쨌다고?' 얼굴이 달아올라 그녀를 외면한 나로서는 그녀의 질문이 내포한 의미가 무엇인지 물어볼 수도 없었다.

　"어떤 친구가 그러는데, 물을 붓기 전에 커피와 프림을 같이 넣어야 좋데요. 화학자가 그랬다니 전혀 근거가 없는 말은 아닐 거에요."

　영아가 말했다.

“그래서 자판기 커피라 했군요.”

둘이 나직이 웃는 소리가 들렸다.

“식은 커피 데워 마셔도 안 좋데요.”

“화학 작용이 일어나나요?”

“아마 그런 모양이에요. 처음 그 얘기 들을 때는 그저 농담이려니 했는데, 그 친구가 워낙 정색을 하고 말하니 거짓이다 단정할 수도 없더군요.”

두 여자는 나를 등지고 나란히 서서 난데없는 커피 얘기를 쏟아냈다. 정작 작업실의 주인인 내가 끼어들 공간은 없었다. 다른 집을 방문할 때 느끼는 머쓱함이 찾아왔다. 그럴수록 물은 더디게만 끓었다. 수아는 한 손에 커피 통을, 영아는 프림 통을 든 채로 단절적인 커피 얘기만 계속했다.

드디어 물이 끓었다. 잔에 물을 붇는 수아의 옆에서 영아는 수저를 들고 커피를 저었다. 수아가 마지막 잔에 물을 따를 때 영아는 찻숟가락을 내려놓고 잔 둘을 들어 내게로 왔다.

“아직 정수기를 안 놓으셨네요.”

커피 타기 좋으라고 냉온수 기능을 하는 정수기를 말하는지 아니면 건강을 위해 좋은 물을 먹으라는 의미에서 정수기를 말하는지 몰라 대답을 못했다. 잠시 머뭇거리는 틈에 영아는 내 옆으로 다가서 탁자 위에 커피 잔을 내려놓았다.

“물을 사 먹어야 하는 세상이잖아요.”

‘그렇지요’ 하려는데 영아가 내 옆에 앉았다. 몸을 내 쪽으로 비스

듬히 기울인 덕에 영아의 무릎 위 하얀 살결이 눈 아래 바로 들어왔다. 몸을 앞으로 기울여 커피를 잡으려 할 때 그만 내 무릎이 앞으로 밀리며 영아의 무릎에 닿았다. 잔을 들자마자 서둘러 몸을 뒤로 빼내며 영아의 표정을 살폈다. 나 혼자 뭔 호들갑인가 싶게 영아는 아무런 동요가 없었다. 남자들의 성적 공격성을 운운했던 양 선배의 말이 떠올라 공연히 얼굴이 붉어졌다.

"다리가 정말 예뻐요. 어쩜, 같은 여자가 봐도 정말 눈이 부시군요."

수아가 맞은편에 앉으며 영아에게 말을 건넸다. 그녀가 형수가 된 이후부터 수아의 자리는 늘 거기였다. 연인이었을 때 수아는 내 옆자리를 남에게 양보한 적이 없었다. 누구 앞에서건 '주영이의 애인' 임을 숨기고 싶어하지 않았던 그녀는 양 선배의 짓궂은 놀림에도 내 옆자리를 사수했다. 엠티를 간 민박집의 온돌 바닥에서도, 기차를 기다리는 행렬 속에서도, 술집의 의자에 앉으면서도 그녀는 항상 내 옆자리에 있었다. 양 선배가 일부러 여자 후배를 내 양쪽에 붙여 놓고 시시덕거릴 때면 수아는 도끼눈을 뜨고 내 왼쪽 편 후배를 몰아내며 기필코 팔짱을 끼었다. 형수가 되고 나서부터 수아의 행동에 혼란이 일어났다. 밥을 먹자고 들어간 식당에서 내 옆자리에 앉으려다말고 부리나케 앞자리로 몸을 옮기는 일이 잦았다. 나란히 길을 걷다 그녀의 오른팔을 들어 내 왼팔을 감아쥐려다 화들짝 놀라 나를 외면한 적도 많았다. 그녀는 내 앞자리가 그녀의 자리라고 다짐하고 또 다짐했을 것이었다. 그러나 내가 느끼는 허전함이 시간이 지나도 희석되지 않는 것만큼이나 그녀의 다짐은 굳어질 수 없을 것이었다.

"삼춘은 예쁜 여자 다리라면 사족을 못 써요. 예쁜 다리만 보이면 삼춘도 모르게 뒤를 졸졸 따르게 된다나요?"

수아의 시선은 자리에 앉을 때부터 영아의 다리에만 있었다. 나와 영아의 얼굴로 눈 한번 들어 올리지 않았다. 수아의 시선이 비껴간 자리에서 내 시선도 자리를 찾지 못했다. 수아처럼 영아의 다리를 쳐다볼 수도 없었고, 수아의 얼굴을 바라볼 수도 없었다. 나는 맥없이 커피 잔만 내려보았다.

"어머! 그렇군요. 그럼 더 짧은 치마를 입어야겠어요."

영아는 오른 다리를 앞으로 들어 올려 내렸다 올렸다 해보였다. 수아의 앞에서 감히 그녀의 다리를 바라볼 수 없을 만큼 영아의 다리는 매혹적이었다.

"영아 씨 같은 옅은 색 스타킹을 신은 다리가 제일 섹시하데요. 맨다리는 운치가 없다나요?"

"어머나! 전 진한 색 스타킹은 안 신어요. 살색보다는 흰색 계통의 투명한 쪽이 좋아요."

"딱 삼춘의 기호네요."

영아가 내 쪽으로 두 다리를 쭉 펴 보였다. 그녀의 행동은 고혹적이었다. 그러나 나는 수아의 시선 밖에 있으면서도 감히 그녀의 다리를 바라볼 수 없었다.

"정말 제 다리가 괜찮아요?"

영아가 나를 보며 물었다.

"예쁘군요."

수아의 시선은 영아의 다리에서 떠나 있었다. 수아는 손안에 들고 만지작거리는 커피 잔을 내려보았다.

"이 선생님 작품에서는 그런 내용이 전혀 없던데요. 여자 묘사는 잘 안 하시잖아요. 이 선생님 작품 속의 여자는 늘 윤곽이 없어요. 머리며 얼굴 생김이며 피부며 몸매며, 어느 것 하나 분명하게 그려내신 것이 없어요."

"엉큼해서 그런 거 아닐까요?"

웃으라 말을 던지면서도 수아는 커피 잔에만 몰두했다.

"정말이요? 그럴 리가……. 전 그런 느낌 전혀 못 받았어요. 이 선생님은 이상형의 여성을 찾아가고 있구나 했는걸요. 지금까지 만났던 여성들에게 내 이상형이다 하는 확실한 느낌을 못 받았기 때문이라고 생각했어요. 잘 기억은 안 나는데, 과거의 애인에 대한 인상을 그린 작가분의 작품이 있었어요. 시간이 갈수록 윤곽만이 남는다고 하더군요. 그러면서 내린 결론은 그녀가 추억 속에 잠길 수 있는 것은 그녀에 대한 사랑이 절대적이지 않았다는 거에요. 만약 그녀에 대한 사랑이 절대적이었다면 자잘한 일들과 작은 모습 하나하나가 머릿속에서 희미하게 잊혀질 수 없다는 거지요. 그 작가는 '다시 만나면 친구가 될 수 있다 느끼는 순간, 이미 나는 예전의 사랑이 오늘의 사랑이 아님을 깨닫는다' 고 했어요."

"그 친구는 저보다 더 거짓말쟁이입니다."

내 말에 영아가 놀라는 몸짓을 했다.

"어머! 아시는 분이세요? 이 선생님과 너무 다르던데……"

"그 친구는 사랑 한번 못해봤어요."

"늘 사랑 얘기만 하잖아요. 그런데 사랑을 못 해봐요? 이해가 안돼요."

대답할 필요를 느끼지 못했다. 수아처럼 커피 잔을 만지작거릴 때 영아는 대뜸 내 옆으로 다가앉았다.

"전 이 선생님 작품을 읽으면서 결혼이 늦으신 이유가 결혼하고 싶지 않아서가 아님을 알았어요. 사랑할 대상을 탐구하는 일에 게으르신 거죠. 그 게으름의 원인이 어디 있는지 중요치 않다고 생각해요. 감히 이런 말씀 드려도 될지 모르겠지만, 그 탐구의 게으름을 제가 메워드리고 싶다고 생각했어요."

수아가 일어났다.

"그럼 천천히 얘기 나눠요. 나는 일이 있어서……"

"오늘 일 얘기해야 하잖아. 독촉하는 양 선배님 성질 몰라서 그래?"

나도 모르게 불쑥 말이 튀어나왔다. 수아는 머뭇거림 없이 도시락을 챙겨들었다.

"영아 씨하고 더 얘기해. 조금 있다가 다시 오지 뭐."

나는 고개를 흔들었다.

"잠시 앉아 봐."

수아는 상을 찡그리면서도 찬합을 내려놓았다. 그녀가 자리에 앉아 식은 커피 잔을 다시 들기까지 기다려 나는 영아를 보고 말했다.

"영아 씨, 진지하게 제 말을 들어주십시오."

영아와 수아의 눈이 마주치는가 싶었다. 영아가 손가방을 만지작거리는 그 짧은 순간에 수아가 먼저 일어났다.

"난 가봐야 해. 웅이가 기다려."

"안 된다니까 그러네!"

내 말소리에 짜증이 묻어났다. 수아가 다시 자리에 앉았다.

"영아 씨, 사실 처음부터 말씀드리려 했습니다. 한 치의 보탬도 없이 사실 그대로를 말씀드리고……"

"참! 제가 깜빡했어요. 아이쿠, 이를 어쩌나!"

영아는 내 말을 자르고 자그마한 손가방을 집어 들었다. 그녀의 놀란 듯한 행동은 너무도 자연스러워, 나는 말도 잊고 그녀를 잡아야 한다는 생각도 잊어버렸다. 영아는 손목시계를 확인하자마자 한걸음에 현관으로 달아났다.

"벌써 약속 시간이 이십 분이나 지났어요. 이를 어쩌나……"

그녀는 현관문을 열면서 돌아보고 외쳤다.

"다시 들를게요. 죄송해요. 제가 언니라 불러도 되나요? 언니, 죄송해요."

영아는 누가 뭐라 할 겨를도 주지 않고 문을 닫고 사라졌다. 수아는 여전히 커피 잔만 만지작거렸다.

"커피 한 잔 더 할래?"

무슨 말을 먼저 건네야 좋을지 몰라 수아에게 물었다.

"이젠 거짓말도 술술 잘 하더라. 거짓말은 할 줄 모른다더니……"

수아가 비로소 나를 보고 웃었다. 내가 머쓱해졌다.

"일 얘기해야 하고 양 선배님도 기다리시는데, 내가 무슨 거짓말을 했나? 공연히 거짓말쟁이 만드는구먼."

그녀답게 대뜸 한마디 해야 좋은데 그녀는 딴청이었다. 잠시의 침묵이 흐른 후 수아는 짧게 숨을 몰아쉬고 말했다.

"참 좋아 보이더라. 밝고 명랑하고 예쁘고 말이야."

"다리 얘기는 안 하네."

수아는 웃지 않았다.

"나도 영아 씨처럼 자신감 넘치던 시절이 있었는데……"

자조 섞인 그녀의 말을 들으면 기분이 우울해졌다.

"영아 씨가 우리 예전 관계를 알고 있는 것 같지 않아?"

수아가 눈을 동그랗게 떴다.

"아무래도 알고 있는 눈치야."

수아가 고개를 끄덕였다.

"듣고 보니 그런 것 같기도 해. 하긴 이 동네 몇 바퀴 돌기만 하면 누구라도 알 수 있는 일이지. 더한 말인들 못 들을라고."

수아의 기분을 풀어줄 묘안을 궁리할 때 수아가 나직이 말했다.

"제발, 영아 씨에게 이상한 얘기하지 마. 난 이대로도 힘들어. 만약 어머님 귀에 들어가면……, 어떤 사태가 벌어질지 생각만 해도 끔찍해."

내가 막 말하려는데 그녀가 손을 들어 막았다.

"제발!"

나는 아무 말도 못했다.

20

양씨 아저씨가 만화가 주 씨를 앞에 놓고 석가며 노자에 공자, 예수까지 장황설을 늘어놓았다. 그가 아는 체하며 말하는 사설을 듣다 보면 제법 그럴 듯하다. 그러나 곰곰이 궁리를 해 보면 도대체 주제가 뭔지 알 수가 없다.

한동안 그의 말에 고민했던 내 노고가 허탈해진다. 나는 왜 하릴없이 그의 말로 머리를 복잡하게 만들었을까. 인간의 언변이란 '뱀의 혓바닥' 과 같다.

유호선의 뒤를 따르느라 어름어름 기다시피 난간을 붙잡았다. 여전히 매스껍고 어지럽다. 한쪽 눈을 감아도 시간이 흐르면 말짱 도루묵이다. 그런 나를 옆에 두고 유호선은 목을 난간 밖으로 죽 빼놓고 두 팔을 활짝 벌린다. 그 모양을 보기만 해도 내 겨드랑이엔 소름이 돋는다.

"날아가면 재미있을 거에요."

그녀는 날고 있는 상상에 빠져 있을지도 모른다.

"떨어지면 아플 거야."

"안 떨어져요. 날고 있거든요."

"머리부터 땅에 닿을 수도 있어. 그럼 아퍼."

유호선이 고개를 갸웃한다.

"머리도 날고 있어요. 아, 날고 있잖아요. 머리 안 아파요."

날고 있다는 생각만으로 아랫배가 시큰하고 다리에 맥이 없다.

"선생님은 머리 아파요?"

"아니. 내 머리는 아직 안 떨어졌어."

"떨어지면 아플까요, 선생님 머리?"

"나도 몰라."

내가 아프다는 감각을 느낄 시간적 여유가 있는지 알 수 없었다. 높은 데서 떨어져 머리가 박살나 죽은 사람 중에 '머리가 아팠다' 또는 '안 아팠다' 말해주는 이가 없으니 영영 나는 알 수 없을 것이다.

유호선은 두 팔을 벌린 채로 빙글빙글 돌았다. 그녀의 치마가 허연 허벅지를 드러냈다. 꼭 참새 다리 같았다. 펄럭이며 벌어지는 그녀의 치마가 날개가 되어줄지도 모른다고 생각했다. 날개는 아닐지언정 낙하산은 되어줄지도 몰랐다.

그녀가 움직임을 멈췄다. 나는 그녀에게 양씨 아저씨가 들려준 얘기를 해주었다. 그녀는 두 팔을 벌리기도 하고 빙글 돌기도 하면서 내 얘기를 끝까지 들었다. 얘기를 마치고 그녀에게 어떻게 생각하냐 물었다.

"선생님은 바보에요. 말하는 동안 날지도 못했잖아요. 난 벌써 몇 바퀴나 돌았는지 몰라요. 아, 기분 좋다."

21

오전 열한 시경에 수아가 전화해서 도시락을 가져갈 수 없으니 혼자서 점심을 해결하라는 말을 했다. 무슨 일인지 물어도 좀체 대답을 하지 않았다. 몸이 불편하냐, 웅이 일이냐 물어도 아니라고만 하고 다음 말을 아꼈다. '길게 전화 못 해. 나가봐야 하거든.' 점심시간 맞춰 내가 그녀의 집에 찾아갈까봐 미리 다짐을 준다고만 생각했다. 그런데 오후 시간 내내 수아는 전화를 받지 않았다. 이리저리 궁리를 해도 그녀가 가야 할 곳은 양 선배 가게밖에는 없었다. '수아? 안 왔는데. 여기 온다 했어?' 오히려 되묻는 양 선배에게 그렇지 않다고 말하자 대번에 풀죽은 목소리가 전화선을 타고 왔다.

다섯 시가 지나서야 수아에게서 전화가 왔다. 학원에서 웅이를 데리고 인형극을 보러 백화점 문화센터에 갔다고 했다. 오후에 어딜 갔었느냐 물어도 '그냥'이라며 말꼬리를 흐렸다. '인형극 끝나고 웅이랑 같이 저녁 먹고 들어갈 거거든?' 나보고 알아서 저녁을 해결하라는 통고였다.

아홉 시가 넘어서 전화가 왔다.

"밥 먹었어?"

그렇다고 하자 수아는 잠시 뜸을 들인 후에 이렇게 말했다.

"직장 알아보고 다녔어. 이 나이에 그럴듯한 직장을 구할 수 있겠어? 학원을 돌아봤는데 경험이 없다고 꺼리더라. 오늘 칠판 앞에서 시험도 봤다? 학원 원장이 지켜보는 앞에서 분필 들고 강의했지. 그거 쉬운 거 아니데."

"갑자기 무슨 일이야? 왜 그러는 거야?"

가끔 돌출적인 행동을 해서 나를 놀라게 만드는 그녀였지만, 무슨 일을 결정함에 내 의견을 이토록 철저히 배제한 적은 없었다. 보통 학원을 알아보자 마음먹었다면 한두 곳 다녀보고 전화를 걸어 이러쿵저러쿵 떠벌이는 것이 그녀다웠다. 비록 삐져서 내게 말할 기분이 아니더라도 '흥, 내가 학원 알아보는데 도와줄 일 있어?' 하고 쏘아붙이며, 우회적으로 내게 해야 할 말의 핵심 내용을 전달했다. 나는 직감적으로 그녀 혼자만의 생각이 아닐 거라고 추측했다. 내게 말을 하지 못하고 누군가의 말에 고무되어 행동하고 있다면 그건 분명히 우리 집하고 관계가 있었다.

"내가 왜 일찍이 이런 생각을 안 했는지 몰라. 떳떳한 직장이 있다면 모두에게 좋은 거잖아."

내가 금방 간다고 하자 그녀는 길게 기지개 켜는 소리를 냈다.

"피곤해. 오늘 하루 종일 걸어 다녔거든. 일찍 자야겠어. 잘 자."

영아와의 일이 제법 순조롭다고 판단한 어머니가 잠잠히 있는 덕에 며칠 편안하게 보냈는데, 더 이상 아닌 듯했다. 수아가 말을 해야 어머니의 속내가 무엇인지 알 수 있는 판에 정작 수아가 입을 다무니 속만 탔다. 어머니의 의도와 수아가 일을 찾는 일 사이의 연관성을 찾아 부지런히 머리를 굴려보지만 답은 없었다. 아니, 오히려 어머니가 태도의 변화를 일으킬 리가 없다는 쪽으로 생각이 흘렀다. 여전히 조용한 어머니로 봐서 어머니는 나와 영아의 일이 잘 진행되고 있다고 믿고 있음이 분명했고, 따라서 내 심사를 건드리는 일은 일으키지 않을 것이었다. 밤새 뒤치락거리며 고민한 결과, 수아의 독자적인 결정일 가능성이 크다는 결론을 냈다.

수아는 일을 찾을 정도로 돈이 필요하지는 않았다. 사실 그녀와 내가 공식적으로 맺은 계약대로라면 그녀는 따로 일을 알아보는 것이 당연했다. 내 원고를 검토하고 수정과 교열을 봐 주는 대가로 받는 원고료의 이 할이란 돈이 배고픈 소설가의 처지를 감안하면 생활비로는 턱도 없었다. 내 작업이 아무리 순조롭다 해도 한 달에 한 편 이상의 단편소설을 써내기란 불가능하므로 그녀의 일은 극히 제한적이었다. 그렇다고 출판사에서 검토해달라는 원고가 넘쳐날 리도 없었다. 고쳐서 낼 수 있는 원고인지 아닌지, 편집진들이 결정을 내리지 못하는 원고를 검토해서 출판 가능성이 있다고 판단되면 처음 일부분을 손봐서 출판사에 다시 넘기는 일은 일 년에 많아야 두어 건이었다. '웅이 학원비하고 생활비만 있으면 되는데 뭐.' 그녀 작업의 대가로 푼돈을 줄 때마다 미안한 마음에 물어 보면 수아는 그렇게 대답했다. 그 지출의 규모가 아무리 작아도 그녀 작업만으로는 분명 무리였다. 어쩔 수 없이, 내 통장의 잔고가 허락하는 한에서 나는, 출판사의 일이라는 명목으로 지불되는 돈을 목돈으로 지급했다. 간혹 단편소설을 묶은 소설집이나 장편소설을 낼 때는 소설의 배치와 작가 후기 따위를 모두 그녀에게 맡기고 일정한 인세를 나누어주기도 했으므로, 출판사 경기가 괜찮으면 그녀의 수입도 제법 되었다. 내가 돈 쓸 일이 거의 없다는 점이 그래서 늘 다행스러웠다. 수아가 챙겨주니 밥걱정은 안 해도 되었고, 나머지 생활하는 데 따르는 비용은 어머니가 해결했다. 어울릴 친구 하나 없이 오로지 웅이에게 들이는 돈이 고작인 한, 수아가 돈 걱정할 필요는 없었다.

직접 얼굴을 맞대면 그녀의 표정으로라도 그녀의 생각을 읽어볼 수 있겠지만, 전화 한 통화로 점심을 혼자 해결하라 하니 그럴 수도 없었다. 무엇 때문에 그녀가 그래야 하는지, 그 변화의 원인에 대한 호기심 때문에 내내 속을 끓이고 있을 수밖에 없었다.

"잠깐 나올 수 있어?"

네 시가 넘어 수아가 전화해서 '오랜만에 밖에서 차나 한잔하자'고 했다. 비싼 돈 내며 밖에서 차 마실 일이 뭐 있냐고 하던 그녀로서는 의외의 제안이었다.

수아는 그녀 아파트 앞 상가의 일층 커피 전문점에서 나를 기다렸다.

"아이들 학원이라고 쉽게 생각했는데 아니더라. 어찌나 까다롭게 구는지. 웅이 맡기고 있는 학부모로서는 다행이지 뭐. 일자리 급한 나한테야 매정하게 보이기도 하지만 말이야."

첫말을 건네는 수아의 표정이 밝았다.

"무슨 일로 일자리를 찾는 거야?"

수아는 눈을 동그랗게 뜨고 놀라는 표정을 지어 보였다.

"무슨 일이냐니? 웅이가 커 가는데 가만 앉아 있을 수는 없잖아."

내가 고개를 설레설레 흔들자 수아도 덩달아 고개를 저었다.

"내가 왜 진작 이 생각을 안 했는지 몰라. 양 선배님 말씀마따나 일을 해야 당당한 여성이 되는 건데."

"일을 하잖아."

수아가 피식 웃었다.

"남들도 그렇게 생각할까? 어머님이 아시면 '그래, 열심히 일하는구나' 하실까? 내가 자기 일을 하고 돈을 받는다 하면 아마 모두 그럴걸? 시동생 착취하고 있다고. 시동생 발목을 단단히 잡고 있다고."

하긴 그랬다. 수아가 하는 일이 돈을 받을 수 있을 만한 유용한 일이라 하더라도 누구에게나 투명하게 말할 수 없다면 수아는 당당할 수 없었다. 어머니에게 수아가 '출판사 일을 해서 생활비를 번다' 고 말했을 때 어머니는 한동안 내게 의아한 눈총을 보냈다. '네가 관계하고 있는 출판사겠구나.' 어머니는 그렇게 물었다. 처음 시작은 그랬는데 이젠 다른 출판사 일들이 더 많다고 했더니 어머니는 말 대신에 한숨을 쉬었다. 그 일이 얼마나 돈이 되는 일인지 묻지도 않는 어머니 앞에서 나는 공연히 위축되어야 했다.

"그렇게까지 해야 하는 거야? 내 일은 어쩌구?"

"웅이 학교 간 오전 시간은 널널하잖아. 학원 일은 점심 때 지나서 나가는 거니까. 오전엔 자기 일하고 오후엔 내 일하고, 얼마나 좋아?"

웃는 그녀의 모습에서 과장된 표정은 찾을 수가 없었다.

"사나흘이나 기다리래. 한 군데에서는 원장이 아주 호의적이었어. 거긴 될 것 같은데."

우리 어머니와의 관계를 떠나 그녀가 독자적으로 그런 결정을 내렸다는 점에서 적이 안심했다. 다만 학원 끝난 웅이가 혼자 집을 지켜야 하는 시간이 제법 될 거라는 것이 마음에 걸렸다. 판단컨대, 수아는 집 가까운 학원을 알아보고 다니지는 않았을 것이었다. 그녀의 일자리가 집에서 멀면 멀수록 웅이가 홀로 있어야 하는 시간도 길 수밖에 없었다.

22

수아가 일을 알아보러 다니는 통에 어쩔 수 없이 밥을 사먹었다.
나가기 귀찮아 시켜 먹는 밥이 매양 거기서 거기였다. 배달된다는 음
식점의 스티커를 모아놓고 여기 저기 전화를 걸어보지만 한 그릇 배
달해주겠다는 데가 선뜻 없었다. 선택의 여지가 없이 한 그릇이라도
정성껏 배달한다는 가까운 상가의 중국집과 분식집에서 번갈아 점
심과 저녁을 시켰다. 점심이 짬뽕이면 저녁은 비빔밥, 점심이 잡채밥
이면 저녁은 칼국수, 점심이 냉면이면 저녁은 볶음밥……, 이런 배열
이었다. 나름대로 신경 쓴 차림인데 시켜 먹는 음식이 한순배 돌고나
면 그 다음엔 먹고픈 마음이 들지 않았다. 면 종류는 물론이고, 배달
되는 밥이 군대에서 먹던 '찐 밥'이 아닌, 물을 부어 끓이고 뜸을 들

인 밥인데도 물렸다. '조미료 때문에 그래.' 사서 먹는 밥을 유난히 싫어하는 나를 수아는 '조미료 알레르기'라 진단했다. 음식이 입에 들어갔을 때 느끼는 들쩍지근하고 텁텁한 맛은 그런대로 참을 수 있었다. 잠들기 전까지 시달려야 하는 조갈 때문에 하루에도 몇 차례 보리차를 끓이는 신세가 되었다. 녹차를 우려 냉장고에 시원하게 보관한 다음 마시면 해갈에 도움이 되긴 하지만 그 또한 손이 많이 가는 일이었다. 가스레인지 불 앞을 지키고 서 있는 일이 귀찮게 여겨질 때마다 주방에서 자유로웠던 시절이 저절로 그리워지곤 했다.

"우, 선생님. 환기 좀 하세요."

정화가 들어서며 코를 막았다. 그녀는 막 식사를 마친 울면 그릇을 신문지로 싸서 문밖에 내 놓으며 손으로 공기를 퍼냈다.

"썩는 냄새가 나요. 이게 홀아비 냄샌가?"

정화는 바쁜 걸음으로 창문들을 열어젖히고 손으로 부지런히 공기를 퍼냈다.

"작은 사모님이 안 들르시나 봐요? 척 보면 알아요."

정화는 열린 창문 앞에서 두 손으로 허리를 짚고 거실을 두루 훑어보았다.

"언제 다 치우나……. 그냥 놀러온다 생각하고 왔더니 일이 산더미네."

나는 신문을 들었다.

"어디 잠시 나갔다 오시지 그래요. 이거 치우려면 한나절 꼬박 걸릴 것 같은데."

나는 모른 척하고 신문으로 얼굴을 가렸다. '이게 다 뭐야' 라거나 '에궁' 하는 소리들이 진공청소기 소리에 섞여 간간이 들렸다. 청소기 소리가 가깝게 들리고 '다리 좀 치우세요' 하는 정화의 목소리가 뒤따랐다. 신문을 든 채로 옆으로 비껴 앉을 때 청소기 소리가 딱 멎었다.

"선생님, 어째 요즘 작은 사모님이 전혀 안 들르세요?"

"낸들 아나."

신문의 다음 면을 펼치며 말했다.

"저기요, 오늘 작은 사모님 쓰시던 방 치웠어요."

나는 신문을 내려놓았다.

"방을 치워? 왜?"

"그게 이상해서 여쭤보지 않았겠어요? 사모님 말씀이 '웅이가 들어올지도 모른다' 이러시잖아요."

갑자기 멍해진 느낌이었다. 머릿속이 복잡하게 얽혀 잠시 생각이 마비되었다.

"무슨 소린가 싶어 여쭤 봐도 처음엔 말씀을 안 하시더군요. 일을 마치고 사모님 뒤를 졸졸 따라다녔죠. 왜 아시잖아요, 사모님이 처음엔 말씀을 안 하시더라도 조금 있으면 묻지 않아도 술술 말씀해주시잖아요. 그래서 들은 건데……"

정화가 고개를 갸웃했다.

"저도 잘 모르겠어요. 사모님이 왜 그런 생각을 하셨는지. 작은 사모님한테 들어오라 전화 하셨대요."

정화의 말이 사실이라면 머릿속에 정리된 내용들을 다시 짜 맞추어야 했다. 수아가 급히 일을 찾아다닌 이유가 그것이었다. 그 추리는 아주 쉬웠다. 그 다음이 문제였다. 관망하던 어머니가 무언가 조치를 취하기 시작했다는 대목에서 잠시 생각이 정체되었다. 그것도 아주 잠시, 결국 결론은 하나였다. 어머니는 내 결혼을 시급히 추진하려 작심하고 있는 것이었다.

자신을 바라보는 내 눈길에 부담을 느꼈는지 정화가 마른걸레로 소파를 닦았다.

"사모님 말씀으론 작은 사모님이 개가할 뜻이 없으신데 저렇게 놔둘 수 없다는 거에요. 친정으로 돌려보낼 때야 하루라도 빨리 시집에서 벗어나야 새로운 삶을 찾겠다 해서 그랬다는 말씀이죠. 웅이가 다른 마당에 저대로 두었다가는 주위 사람들에게 욕밖에 더 듣겠냐고 그러셨어요. 웅이를 위해서도 그쪽이 더 낫다 하셨죠."

정화는 내 눈치를 흘끔 보고 일어섰다.

"집을 알아보러 며칠 다니시다가 가만 계실 때는 별 뜻 없다 했는데, 그런 생각을 하고 계셨던 거에요."

손에 신문이 들려 있는지도 모른 채 나는 소파에서 꼼짝도 하지 못했다.

23

정리되지 않은 관계 속에서는 하루하루가 불편하다. 이 집에서 나란 존재의 위치는 무엇이란 말인가.

영자와 영웅이에게는 선생이다. 내가 선생이라고 해 본 적도 없는데 애들은 책과 공책을 들고 내 방을 찾아온다. 내게 묻는 것도 없고 그러니 가르치는 것도 없다. 영자는 볼펜꼭지만 물고 노래를 흥얼거리다 흥이 나면 일어나 엉덩이를 흔든다. 내가 춤 선생이 아닌 이상, 가르치는 것도 없으니 나는 선생이 아니다. 영자도 나를 선생으로 생각하지 않을 것이다. 백댄서의 춤을 보아주는 관객으로 여길까? 그것도 아닐 것이다. 영웅이도 그렇다. 천정을 보고 이불더미에 기대 누워 있는 나를 녀석이 선생이라 생각할 리 없다. 녀석은 만화책을 들고 들어와 내 옆에 누워 읽는다. 영웅이가 내 방에 있는 동안은 나는 만화방 주인이다. 그러나 만화책을 내가 준비해둔 것도 아니고 만화 본다고 돈을 받는 것도 아니므로 나는 만화방 주인이 아니다. 주인아주머니와 강씨 아저씨는 나를 선생으로 본다. 과외선생이다. 하지만 그들로부터 과외 공부를 맡아 달라 부탁받은 적도 없고 돈을 받아본 적도 없으므로 나는 또 과외선생이 아니다. 내가 규정하고 있는 나는 그들의 집에 세 들어 사는 사람이다. 그러나 월세를 한 번도 낸 적 없으니 그 또한 모호하다. 주인아주머니가 내 식사를 해결해 주므로 영락없는 하숙생이지만, 엄밀한 의미에서 나는 하숙생이 아니다. 주인아주머니가 슬그머니 물었다. '아이들 공부가 좀 어떤지 모르겠어요.' 일부러 내 방에 보내지 않는데 아이들이 나를 따른단다. 아이들은 '엄마가 여기 오지 않으면 용돈이고 뭐고 없대요' 한다. 주인아주머니의 스파이는 만화가 주 씨다. '주씨 아저씨만 없으면 농땡이 쳐도 모르는데.' 영자의 말이 의미하는 것처럼, 걔네들은 내 방에 공부하러 오는 것이 아니다. 그렇다고 내놓고 놀자고도 못한다. 만화책을 보며 힐끔힐끔 내 눈치를 살피는 영웅이의 꼴이 아무래도 내가 제 어머니에게 일러바칠까봐 조금은 신경이 쓰이나 보다. 나는 나대로 밥 얻어먹고 월세 안 내는 대신에 뭔가를 해야 할 것만 같다. 그러나 할 건 없다. 애초 아이들 공부를 가르치겠다 얘기가 된 거라면 모르지만, 아무도 그런 얘기가 없는데 내가 강제로 아이들을 붙잡아 앉히고 공부를 가르칠 수도 없다. 준비된 아이들이라면 조금 사정이 다를까.

양씨 아저씨나 만화가 주 씨는 나를 '입주 과외선생' 쯤으로 여기는 듯하다. 영자가 내 순대국만 실어 날라도 누구 하나 뭐라 하지 않는다. 가끔 국물을 들고 양씨 아저씨 구멍가게로 나가면 두 사람은 술잔 돌리는 손길에 신바람을 낸다. 그런 그들의 모습 때문에 밥을 얻어먹으면서도 늘 미안하다. 내 처지가 그들과 무어 다를까. 오히려 그들은 월세라도 내니 내가 밥을 얻어먹는 건 무언가 이상타.

미스 한은 내 앞에서 행동을 조심하는 티가 난다. 주인아주머니와 가깝게 보이니 강씨 아저씨하고의 일이 그리 새어 들어갈지도 모른다는 생각 때문일까. 아무래도 그건 아닌 것 같다. 내가 고등학교 선생이었다는 것 때문인지도 모른다. 언젠가 미스 한으로부터 꿈이 학교 선생님이었다는 얘기를 듣고 그렇게 짐작했다. 하지만 더욱 궁극적으로 생각해보면 미스 주와의 관계 때문인 듯하다.

사실 미스 주와의 관계가 가장 곤혹스럽다. 그녀와 나는 냉정하게 정의하면 술집 여자와 기둥서방의 관계다. 담배며 호떡에 떡볶이까지, 그녀는 내가 원하는 것을 사온다. 돈이 필요하다 하면 주저 없이 내어놓을 것이다. 하지만 내가 그녀의 뒤를 봐주는 것 하나 없다. 밤에 성관계마저도 갖지 않는다. 기둥서방을 어떻게 정의해야 좋을지 모르겠지만, 통상적인 기둥서방하고는 거리가 있다. 나는 방을 굳건히 지키고 있을 뿐, 모든 관계는 미스 주가 주도하고 있다. 그렇다고 일방적인 관계인가 하는 점에서는 고개가 갸웃거려진다. 나는 그녀가 호떡 따위를 사들고 들어올 때를 기다려 그녀가 내 방에 머무르는 시간을 즐긴다. 그녀의 외보조개가 예쁘다고 생각했던 그 이후부터 그러했던 것 같다. 그렇다고 통념적인 연인관계인가 하면 또 아니다. 시간을 내서 데이트를 하지 않았고 서로 사랑한다 속삭이지 않았기 때문이 아니다. 솔직히 내가 그녀를 사랑하는지 잘 모르는 상황에서 연인이라 할 수는 없다. 미스 주가 나를 사랑하는 것은 그녀의 입으로 확인했지만, 일방적인 애정으로 연인이라 할 수는 없다. 미스 한이 나를 어렵게 대하는 데는 이 불확실한 관계에 뿌리가 있는 듯하다. 언젠가 미스 주가 이렇게 말했다.

"한 언니가 그러는데, 선생님한테 정 주지 말래요. 언젠가 제 곁을 훌쩍 떠날 거라면서."

미스 한이 '예정된' 미스 주의 상처를 몹시 걱정하고 있다. 두말 필요 없이 그녀나 미스 주가 술집 여자라는 이유 때문일 것이다. 배운 것도 없고 가진 것도 없는데 몸까지 팔고 있는 처지다 보니 그런 걱정도 당연했다. 미스 한으로서는 자신의 행위로 몸 파는 여자로서의 치부가 드러나 내가 미스 주를 떠나는 사태를 두려워하는 것이리라.

미스 주가 새벽 늦게까지 들어오지 않을 때 나는 하나의 화두를 들고 있었다. '내가 그녀를 사랑한다 느끼지 못하는 이유가 그녀가 몸 파는 여인이기 때문인가?' 그녀의 발자국 소리를 기다리는 이유가 다른 남자와 이 밤을 보내지 말았으면 하는 바람 때문인가 하는 생각도 해 봤다. 아니었다. 아무 느낌도 없었다. 그녀가 다른 남자와 살을 섞고 있음이 분명한 시각에 나는 아무런 동요가 없었다. 대개의 기둥서방처럼 애정관계를 기초로 하지 않아서 그럴 수 있는 것일까. 모르겠다. 분명한 사실은 내가 그녀를 기다리고 있다는 점이었다. 그녀가 나와 가까운 공간에 있었으면 좋다는 단 한 가지 바람뿐이었다. 그러므로 '그녀가 몸 파는 여인이기 때문에 그녀를 사랑하지 않는다' 는 논리는 성립하지 않으며, 반대로 '그녀를 사랑하지 않기 때문에 그녀가 몸을 팔아도 감정의 동요가 없다' 는 논리가 성립한다.

생각하다 보니 정말 웃겼다. '내가 그녀를 사랑한다 느끼지 못하는 이유가 그녀가 몸 파는 여인이기 때문인가' 하는 화두를 붙잡고 있으면서도 나는 '사랑' 이 무엇인지 정확하게 정의하지 못하고 있었다. '사랑' 이 무엇인지 모르는 판에 어떤 관념적인 요인들이 그 사랑과 연관 있는지 어찌 알 수 있단 말인가. 그녀가 몸을 파는 것은 현실이고 사실이다. 그러나 내가 그 현실적인 사실을 받아들임에 있어 나는 그녀가 몸을 파는 현장을 본 일도 없고, 또 사고하는 그 순간에도 한 번도 그녀가 옷 벗고 다른 남자와 뒹구는 '이미지' 를 떠올리지도 못했다. 단지 나는 그녀의 직업이 부르는 관념인 '창녀'를 머릿속으로 떠올리고 있을 뿐이었다. 구체적인 그녀로부터 개념화한 관념이 아니라 이미 사회적으로 형성된 개념을 그대로 빌려오고 있었던 것이었다. 그랬다. 모든 것들이 그런 것처럼, 나는 대상을 바라보고 개념화함에 있어 있는 그대로의 사실에서 출발점을 삼지 못했다. 그런 개념이 내 현실에서 어떤 왜곡된 작용을 하는지 따져볼 필요가 없었다. '사랑'이라는 개념조차 내 개념이 아니고 구체적인 현실에서 추출한 개념이 아니므로, '창녀'처럼 다른 왜곡된 사회적 관념이 어떻게 개입되고 어떤 결과를 낳고 있는지 따져볼 필요도 없었다.

"이 선생님, 아직 젊으신데 무분별한 행동은 자제하셔야지요."

일 나가는 미스 주의 뒷모습을 보면서 만화가 주 씨가 말했다. 그의 충고가 의미하는 바가 무엇인지 나는 잠시 알지 못했다.

"설마……, 사랑하시는 건 아니겠기에 말씀드립니다만, 잘못하면 평생 후회하십니다. 저런 아가씨들은 호의에 집착하는 경향이 있습니다. 쉽게 정을 주는 반면에 그에 대한 집착이 강하다는 말씀이지요. 그건 애정 결핍 때문입니다."

나는 그제야 그의 말을 이해하고 웃었다. 웃을밖에……. 그는 나와 미스 주 사이의 경계선이 명확하다고 믿고 있었다. 미루어 유추컨대, 그 자신과 미스 주의 경계선도 명확하게 인식하고 있을 터였다. 나와 한 편이라고 판단하는 그의 기준점이 무엇인지 궁금하지도 않았다. 그의 내면에서 생성된 그 무엇에 관심을 가질 이유가 없었다.

"어째 웃으십니다."

주 씨는 내가 비웃는다고 본 모양이었다.

"만화 캐릭터의 인물들이 너무 정형화되지 않을까 걱정이오."

여전히 웃으며 말하는 내 앞에서 주 씨가 당황해했다. 내 말뜻을 제대로 이해하지 못하는 듯했다. 부연해서 설명하고 싶지 않았다. 내 말 또한 내 기준에서 형성된 관념들로 채워질 것이었다. 아니면 사회적인 통념의 잣대로 그의 만화를 논하게 될 것이다.

"핵심을 아주 잘 찔렀어. 이 선생, 오늘 정말 술맛 난다."

양씨 아저씨가 손뼉까지 쳤다. 눈을 멀뚱하게 뜬 주 씨 앞에서 양씨 아저씨는 내 말에 해석을 보탰다. 나는 그의 늘어지는 언변에 기분이 상해서 자리에서 일어났다. 양씨 아저씨와 맞붙어 주 씨가 목에 핏대를 세울 것이 뻔했고, 둘은 밤이 짧을 만큼 수없는 관념어들을 남발해댈 것이었다.

주 씨가 그의 경계선 속에 나를 포함시킨 것이 기분 나빴다. 요즘 내가 변한 듯하다. 미스 주를 기다리는 마음이 생긴 이후로 기분 나쁘다고 느끼는 일이 가끔씩 생겼다.

만화가 주 씨가 같이 비디오테이프를 보자 해서 도 씨와 함께 주 씨의 방에 모였다. 제목이 잘 기억되지 않는 미국 영화였다.

"아주 잘 찍은 홈 드라마예요."

주 씨는 테이프를 틀기 전부터 영화평을 장황하게 늘어놓았다. 이미 본 영화가 했는데, 알고 보니 잡지에서 읽은 거란다. 별 다섯 개 만점에 네 개 반이나 받은 훌륭한 영화라고 했다. 아카데미 감독상에 주연, 조연배우상까지 무려 일곱 부문에 노미네이트되었다 했다.

문제는 해석된 우리말 자막이었다. 처음 영상이 시작되자마자 부부간의 대화에서 남자는 반말, 여자는 존댓말이었다. 아침에 남자가 이동형 받침에 빵과 햄, 우유를 담아 침대에 누워 있는 여자에게로 다가서며 '짜잔' 하는 거고, 여자는 '오늘은 또 어떤 메뉴에요?' 하면 남자는 이동형 받침에 씌운 천을 걷어내며 '이런이런, 당신은 늘 특별한 걸 원하는군' 한다. '같이 먹어요' 하는데 '늦었어. 나가봐야 해' 하고, '잘 다녀오세요' 하는데 가방을 챙겨든 남자가 '당신 오늘 일찍 들어오는 것 잊지마' 하고 나간다. 가정 일에서는 평등한 부부가 자막만 뜨면 상하의 층이 생겨버린다. 대학생인 딸이 남자 친구와 잠자리를 같이 하고 깨어나서 남자가 '좋았어?' 하니까 딸은 '황홀했어요' 한다. 거기까지는 그래도 괜찮았다. 남편의 직장 회장의 어린 손녀를 맞는 대목에서 머리 희끗희끗한 남편은 유치원생 같은 회장의 손녀에게 '아가씨, 같이 가시죠' 한다. '바싹 붙어 있어요. 떨어지면 안 돼요' 이런 식이다. 영화의 자막은 내 감성을 중세 봉건제 아래 귀족 사회로 돌려놓아 버렸다. 바쁘게 돌아가는 자동차며 높은 빌딩들이 자막과 뒤엉켜 온통 혼란을 조장했다.

자리를 뜨려는 나를 주 씨가 잡았다.

"재미있는데 왜 일어나요?"

도 씨도 일어섰다.

"저기 손목시계하고 벽시계의 눈금이 너무 다르네요."

남편이 집에서 손목시계를 내려보는 때에 멀찍한 벽에 걸려 있는 벽시계가 흐릿하게 보였다. 유심히 보는 도씨도 유별나지만, 유별난 사람은 리얼리티의 문제 때문에 내가 느꼈던 '영화 맛'의 혼란을 느낄 것이었다.

"카메라 초점 따라 눈이 가게 마련 아닌가? 도씨는 어째 그렇지 않은 모양이야. 그런 걸 일일이 보다 보면 어떻게 영화가 주는 메시지를 느낄 수 있겠어?"

주 씨는 샐쭉해지기도 잘했다.

"침대 옆 탁자에 놓여 있던 전화기 커버가 바뀌었어요. 빨래하나? 그런 것 같지는 않은데……. 회사하고 집 세트가 가까이 있나 봐요. 집 서재에 있던 재떨이하고 탁자 위 담뱃갑이랑 라이터가 똑같아요. 그리고……"

주 씨의 기분을 헤아려 나름대로 이유를 설명하는 도 씨를 잡아끌었요. 주 씨의 기분을 풀어주려다가 되레 더 샐쭉하게 만들 판이었다.

도 씨와 처음으로 마주했다. 그는 청하지도 않았는데 내 방으로 따라 들어왔다. 평소대로 이불더미에 등을 기대로 눈을 감고 있는 내 옆에서 기척이 났다. 도 씨가 나처럼 이불더미 한쪽 구석에 등을 기대고 누웠다. 그는 한동안 나와 같은 자세로 있었다. 너무도 익숙한 그의 행동에 아마도 그 또한 그의 방에서 그렇게 행동하고 있다고 생각했다.

"찾아갈 일이 있어 담당 교수님을 뵐 때, 교수님이 '내가 암 말기다' 하시더군요."

그는 눈을 감고 누운 채로 느직이 말했다.

" '한국인이 폐암에 걸릴 확률이 얼마인지 아나' 하시더니 '확률은 확률일 뿐이야' 하시던 말씀이 기억나요. 인간의 행동을 통계라는 수치로 짜 맞추면서 인문 사회과학이라 떠벌이지만 오만이라는 거지요. 어떤 횡단보도를 여학생만 백 명이, 남학생 하나 없이 건너갈 확률은 얼마일까요?"

"거의 없겠지. 교수님이 낸 문젠가?"

"이화여대 학생들이 피켓 시위를 하며 이백 명이 횡단보도를 건넜데요. 그보다 더 되는데, 중간에 남자 경찰들이 에스코트 하는 바람에 이백 명 정도에서 끝났다는군요."

도 씨가 다음 말을 하기까지 한참이 걸렸다. 도 씨는 나만큼이나 침묵에 익숙해 있었다.

"방학 때 우리 팀이 화학 실험을 하는 중에 부교재에 나온 성분 구성이 잘못 계산된 것을 발견했어요. 저는 첫눈에 알아봤지요, 아이들은 그걸 계산하면 컴퓨터를 돌려대도 하루 꼬박 걸린다며 강행하자 하고는 제 계산에 따르기로 했어요. 그런데……, 펑! 가까이 있던 친구 하나는 얼굴에 중화상을 입었어요. 제 계산이 틀린 게 아니라 식을 전개하기 전에 전제되었던 식에 오타가 있었던 거에요."

그러고는 또 입을 닫았다.

"연구실도 하나 날려먹었어요. 교수님이 제게 맡긴 최종 검토를, 하루 밤에 계산을 끝낸다고 하다가, 하나 잡아내지 못해서……"

도 씨의 말을 기다렸다.

"그 전까진 카드 치고 바둑 두는 게 좋았지만, 이젠 이기는 것도 지겨워요."

"자신이 질 확률을 영이라 했다가 그게 깨지면서 그런 게로군."

도 씨는 대답을 안 했다. 아주 긴 시간이 흘렀다.

"그런가 봐요."

"난 확률을 모른다네. 확률이 필요한지도 모르겠고."

도 씨는 내 말을 들었는지도 확신을 가질 수 없게 입을 다물었다.

"부러워요. 전 그게 안돼요."

"나도 알지. 관념적인 부분을 배제시키려 할 때조차 그 노력들이 개념적인 말들로 이루어지거든."

또 한참의 시간이 흘렀다.

"그럴 땐 어떻게 하세요?"

"맡겨 버리지. 확률이나 숫자를 머릿속에서 지워버리려 애쓰면 애쓸 때마다 내가 그럴 수 있는 확률은 어떻게 되나 숫자가 머릿속에 떠다니지 않던가. 자네라면 그럴 거야. 부질없지."

이번에는 대꾸가 빨랐다.

"입구가 작은 병 속의 새를 어떻게 꺼내는지 아세요?"

대답할 말이 금방 떠올랐다.

"갇힌 건 입구가 큰 병 속의 세상이 아닐까. 그러므로 유일하게 갇히지 않은 새를 왜 꺼내겠나. 이미 꺼내져 있는 것을."

역시 다음 그의 말은 오랜 시간이 필요했다.

"선생님도 어쩔 수 없이 논리 속에 계시는군요."

주말이라고 '놀러 가자' 미스 주가 졸랐다. 귀찮아서 싫다 했더니 영화를 보잔다. 그것도 싫다 하니 토라져버렸다. 쪼르르 나간 미스 주가 만화책을 한 아름 들고 들어왔다.

"선생님, 제 꿈이 뭔지 아세요?"

본 만화책을 접어두고 다른 책을 집는 짧은 순간에 미스 주가 물었다.

"전 카페 사장이 될 거에요. 자그마한 카페요. 의자가 서너 개 있는 바가 있고……, 테이블은 두 개 정도면 돼요. 바에는 장미 한 송이를 꼽아놓을 거에요. 누군가 제 카페를 좋아하는 사람이 장미꽃 한 송이를 들고 와 꼽아놓겠죠. 사랑하는 사람들을 위해서 테이블에 양초를 놓을 거에요. 밤이면 전등불빛을 낮추고 촛불을 켜놓아 분위기를 돋구구요, 외로운 사람을 위해 잔잔한 음악을 틀어요. 유리는 약간 선팅이 된 게 좋아요. 낮에는 밖이 훤히 보이고, 밤에는 거울처럼 카페 안이 보이잖아요. 밤길을 지나는 사람들이 우리 카페를 보고 은은한 기분에 젖어 절로 칵테일 한잔하자는 생각이 들겠죠."

만화책을 손에 들고 미스 주는 눈을 감았다.

"선생님 자리는 장미꽃 바로 앞자리에요. 거긴 아무도 앉지 못하게 할 거거든요."

미스 주는 오래도록 꿈에서 깨어나지 못했다.

도 씨가 가끔 방밖에서 모습을 보인다. 내 방에도 찾아오고 양씨 아저씨 가게 파라솔에도 앉아 있다. 햇볕과 인연이 없어 창백한 얼굴은 화색이 하나도 없다. 흰 분을 잔뜩 바른 배우가 앉아 있는 것 같다. 도 씨는 강씨 아저씨와 양씨 아저씨에게 장기도 두어준다. 이기거나 져도 표정의 변화가 없다. 장기판을 물끄러미 바라보다 먼 하늘을 바라보기도 하는 꼴이 영 재미가 없어 보인다. 호들갑을 떨어대는 양씨 아저씨나 강씨 아저씨 때문에 도 씨의 무심한 자세가 더 도드라져 보인다.

내 방에서 도 씨는 여전히 이불더미에 등을 기대로 나와 나란히 누워 있다. '벌집이 꽤 커요.' 창문 밖에 매달린 벌집이 갓난아이 주먹만하다.

영자가 들어왔다. 시험지 하나를 내밀며 틀린 문제 풀어오라는 숙제라고 했다. 수학이다. 알아서 하라고 했더니 영자는 연필 꼭지를 입에 물고 천정만 바라보고 있다. 휴대용 시디플레이어를 사 달라 했다가 야단만 맞았던 영자는 속으로 노래를 부르는 모양이다. 손가락과 입에 물린 연필이 조금씩 춤을 춘다. 옆에 도 씨가 있건 없건 영자는 개의치 않는다. 짧은 반바지에 엉덩이 살이 비어져 나와 보여도, 도 씨는 나처럼 전혀 관심이 없다.

"줘 봐라."

도 씨가 눈을 뜨고 몸을 일으켰다. 영자가 시험지를 건넨다. 도 씨는 잠시 시험지를 보고 있다가 다시 건네준다. 영자는 손가락으로 상을 두드린다.

"숫자는 논리다. 단순 연산을 하려 하면 안 되지. 미분, 적분이 어떤 개념에서 어떤 개념의 조합으로……, 논리적인 연관성을 갖고 있는지 알아야 하는 거야. 계산만 하려 하니 그래프하고 기호가 따로 놀지."

도 씨의 말에 영자는 관심이 없다. 도씨도 더 말하지 않는다. 나는 큰 짐을 덜었다. 내가 선생이 아니듯 도 씨도 선생이 아닐 것이다. 그러나 그러면서도 내가 아이의 선생처럼 대접받고 있는 것처럼 그도 그럴 것이다. 이젠 어지간하면 영자와 영웅이를 도 씨의 방으로 보내버릴 수 있다. 그가 의도하지 않았다 하더라도 강 씨와 양씨 아저씨의 장기 상대가 된 것처럼, 영자와 영웅이의 수학 선생이 될 것이다.

"선생님, 컴퓨터 잘 하세요?"

"왜 그러냐?"

"부팅도 안 돼요. 어제까진 부팅은 됐는데……"

"못한다."

귀찮아서 그렇게 말했다. 소프트웨어적인 거라면 몰라도 하드웨어적인 문제라면 가서 본들 헛수고만 할 터였다. 영자는 또 손가락으로 방바닥을 두드린다.

"다운을 밥 먹듯 하는 컴퓨터가 컴퓨턴가. 바꿔 달래도 소리만 지르잖아. 저런 고물 쓰는 애들이 어디 있다구."

영자가 투덜거렸다.

"컴퓨터 없는 애들도 있다."

도 씨가 말했다.

"모뎀 달아 쓰는 집이 어디 있어요? 피시방 다닌다고 야단만 치지……"

"전용선 깔아야 게임밖에 더 하냐."

도 씨의 말에 영자가 손가락 장단을 멈췄다.

"전용선 깔아도 할 수 있는 게임 하나 없네요. 돌아가야 게임을 하지."

"가자."

도 씨가 일어났다. 컴퓨터를 보아줄 심산 같았다. 영자가 냉큼 일어났다.

둘이 나가는 모습을 보면서 나는 잠시 엉뚱한 생각을 했다. 컴퓨터가 없어도 전혀 불편하지 않다……. 텔레비전도 전화도 팩스도 없는데 아무 불편이 없다. 주인아주머니가 한 말이 생각났다. '이 동네엔 정상적인 인간이라고는 하나도 없다니까.'

24

오전 내내 무섭게 내리치던 비가 오후 들어 기세가 조금 꺾였다. 기상대의 보도로는 대기가 불안정하여 국지성 호우가 예상된다고 했다. 강한 바람을 동반한 비가 잠시 소강상태를 보이더라도 지대가 낮은 지역은 경계를 늦추지 말라고 주의를 주었다.

창으로 들이쳐 흘러내리는 빗물을 바라보다 양 선배 생각이 났다. 가게에 우두커니 앉아 내리는 비를 하염없이 바라보고 있는 그의 모습이 그려졌다. 그가 무지막지한 축대 밑에서 사는 한, 비만 오면 축대에 깔려 숨진 그의 부인을 떠올려야 할 것이었다. 시간이 흐르고 마음의 정리가 되었다고 해도, 죽는 날까지 그는 과거의 일에서 자유로울 수 없을 것이었다. '사람이 죽어서 슬픈가? 그 슬픔은 죽음을 실감하게 되었을 때나 가능한 것이야. 죽었다 아무리 생각해도 그 죽음은 쉽게 옆으로 다가오지 않아. 몸서리쳐질 만큼 그 사람이 그리울 때 비로소 텅 빈 가슴속으로 그의 죽음이 실재적으로 다가오지. 처음 사람의 죽음을 대할 때 찾아오는 슬픔은 그래서 죽음과는 조금 떨어져 있어. 그 슬픔은 바로 죽은 이의 생전에 내가 해야 할 도리를 제대로 못했다는 회한에서 시작된다네. 부모님 돌아가시면 불효자가 많이 운다는 이치야.' 형이 죽었을 때 그렇게 말했던 양 선배이므로, 그의 아내가 숨진 이후에 비만 오면 '청개구리' 를 떠올리는 건 당연했다.

전화를 걸었다.

"비가 옵니다."

양 선배는 허허 웃었다.

"축대는 아직 무사하구먼."

"술, 드십니까?"

"하모. 부침개가 없어서 아쉽다만 그래도 술맛은 여전하지."

"내려오시죠."

잠시 후에 양 선배가 말했다.

"글쎄……, 네 녀석도 비가 오니 심란한 모양이구먼. 대낮부터 술 생각이 난다? 인간들이 하나같이 술 생각 날 때만 나를 찾누. 네놈 얼굴 보러 내려가긴 해야 하겠는데 이 나이에 이런 비 맞으면 청승맞다 하지 않을까? 오늘은 그렇고, 조만간 한번 내려가지."

'사람이 좋아 마시기 시작한 술인데, 이젠 술이 좋아 사람을 만나는지도 모르겠어.' 양 선배는 건강을 생각하라는 충고에 꼬박 그렇게 너스레를 떨었다. 구멍가게에 홀로 앉아 소주잔을 기울이던 시간이 길었던 만큼 그는 사람보다는 술에 가까웠다. 한창 때만 해도 '홀로 마시는 술은 독약이다' 라고 외쳤던 그의 변화가 유래된 지점은 분명했다.

옷을 입었다. 우산을 들고 긴 오르막길 오를 일이 아득하다 싶을 때, 나이든 양 선배더러 내려오라 했던 말이 생각났다. 내가 왜 간다 하지 않고 양 선배를 내려오라 했을까 몰랐다. 나는 되돌아 소파에 앉았다. 적막한 작업실을 돌아보며 나는, 양 선배의 구멍가게도 내 작업실 같을 거란 생각을 했던 듯싶었다. 그도 나처럼 구멍가게에 홀로 앉아 있을 거란 생각 때문이었다. 지난 십 년 동안 홀로 남겨진 그는 그만의 구멍가게에서 마주한 사람 없이 술잔을 기울였다고 단정 짓고 있었다. 그가 혼자라는 생각을 하게 된 이유를 짚어봤다. '우리' 라는 테두리 속에 속해 있던 그가 어느 순간 그 테두리를 벗어나면서 '우리' 는 그를 혼자라고 생각했던 것이었다. 진정 그가 혼자인지 아닌지, 지난 시간 동안 홀로 술을 마셨는지 아닌지, 사실 확인은 애초부터 염두에 없었다. 그가 '우리' 의 틀에서 벗어난 순간, 이미 우리는 그가 혼자라고 단정 지어버렸다. 썰렁한 작업실에 홀로 앉아 있으면서도 '우리' 의 틀 속에 있다고 믿는 나는 그를 '내려오라' 불렀다.

막 일어날 때 현관문이 열리고 수아가 들어왔다. 우비를 둘러쓴 모습이 영락없는 소녀처럼 보였다. 그녀는 우산의 물기를 털어내며 우비 모자를 뒤로 젖혔다.

"어마무시하게 쏟아진다."

그녀는 흠뻑 젖은 바지 아랫단을 손으로 털었다.

"어디 가게?"

"양 선배님께 갈까 했어."

수아는 멈칫 하다가 내게 물었다.

"갈 거야?"

그녀라면 '그래? 잘됐다. 나도 가자' 하던가, 가고 싶지 않다면 '뭘 지금 가려고 그래. 비도 많이 오는데' 하면서 거침없이 신발을 벗어야 옳았다. 내 뜻을 물어보고 내 의지를 시험하는 그녀는 낯설었다.

"글쎄……"

"잠시 들렀어."

그녀는 그때까지 신발을 벗지 않다가 옷을 벗는 나를 보고 비로소 신발을 벗었다.

"나 취직됐다!"

그녀는 소파로 폴짝이며 걸어왔다.

"내일부터 당장 나오래. 중학생들 국어하고 작문 가르치기로 했어. 큰 학원은 아냐. 원장이 까다롭게 굴더니 월급도 짜더라."

"축하해야 하나?"

그녀는 눈을 흘기고 작업실을 둘러봤다.

"정화가 왔었네."

고개를 끄덕이자 그녀는 딴청 하는 척하며 물었다.

"별말 안 해?"

"정화가 내게 해야 할 말이 있나 보지?"

수아가 손을 내저었다.

"또 시비다."

나는 그녀에게 정화가 전해준 얘기를 하지 않았다. 그녀가 말하지 않는 이상, 다른 삼자의 입을 통해 내가 '우리' 문제를 알게 되었다면 그녀는 기분이 좋지 않을 것이었다. 무엇보다도 그녀가 내게 이야기를 하지 않는 이유가 있을 것이고, 나는 그런 수아를 존중해주어야 한다고 생각했다. 그녀를 상대로 비밀을 갖기가 쉽지는 않았지만, 아마도 그녀도 그럴 것이다 생각하며 위안 삼을 수밖에 없었다.

전화가 왔다. 양 선배일까 싶어 잘되었다 생각하고 전화를 받았다.

"내다."

어머니였다. '점심은 먹었냐?' 로 시작되지 않는 첫마디가 마음에 걸렸다.

"너하고 의논할 일이 있구나. 저녁 집에 와서 먹지 않겠니?"

어머니가 의논하자는 일은 둘 중 하나였다. 내 결혼 아니면 수아를 집에 들이자는 문제였다. 어머니가 내게 전화했을 때에는 이미 의논이 아닌, 통보일 것이었다.

"장편 마무리 작업이 급해요. 당분간 집에 못 가요."

어머니는 그러려니 했는지 바로 다음 말을 이었다.

"웅이 생일 말이다. 이젠 급우들하고 그럴 듯하게 파티를 해야 할 나이가 되었잖니? 걔네 집이 좁다니 아이들 불러서 저녁이라도 제대로 먹을 수 있겠어? 그러니 우리 집에서 생일 차려주고 싶구나."

앞에서 두 손을 모으고 있는 수아의 얼굴에서 긴장감이 배어나왔다. 그녀는 숨소리까지 죽이고 전화의 소리에 귀기울였다.

"전화해 보세요."

"내가 전화한다고 반가와 하겠냐? 네가 그리 얘기하면 좋겠구나."

"형수는요? 형수 없이는 웅이가 싫다 할 텐데."

수아의 눈이 동그라졌다. 그녀의 한숨 소리가 제법 크게 들렸다.

"아이 생일에 엄마 없이 되겠어? 별걸 다 묻는구나."

전화를 끊자 수아는 고개를 숙였다.

"자기가 중간에서 참 곤란하겠다. 미안."

빗물에 젖어 가라앉은 그녀의 머리카락만큼이나 그녀의 목소리는 풀이 죽었다.

"웅이 생일에 집에서 잔치해주신다는대?"

수아가 고개를 번쩍 들었다.

"그래?"

"엄마 없이 잔치가 되냐고 같이 오래."

수아가 엉덩이를 들썩이며 다시 '그래?' 하고 물었다.

"그렇게 할 거야?"

얼굴에 미소가 가득한 채로 그녀는 고개를 끄덕였다.

"그럼 어떡해? 어머님이 그러시는데 싫다 할 수도 없잖아."

그러던 그녀가 갑자기 얼굴의 미소를 지웠다.

“다른 말씀은 안 하셔?”

“그게 다야.”

수아는 다시 고개를 숙였다. 아마도 어머니가 두 모자를 집에 들이려 한다는 일과 연관시키고 있는 듯했다. 유래 없이 웅이와 함께 수아를 집에 부르는 어머니의 의도로 봐서 무관할 수는 없었다. 내 판단이 그럴진대, 수아 또한 그렇게 생각할 것이었다. 그녀는 쉽게 판단할 수 없는 듯했다. 고개를 들고 내게 말을 하려다 말고 입술을 물었다. 다음 말을 기대했지만 그녀는 여전히 침묵했다. 아마도 내게 의논해야 별 뾰족한 수가 없다고 판단한 모양이었다.

25

이틀 동안 무섭게 퍼붓던 비가 그쳤다. 매스컴에서는 어느 지역이 침수되었느니 침수 복구반의 활동이 어쪘느니, 비의 후유증을 보도하기에 여념이 없었다.

도로 양 옆을 타고 도랑처럼 흐르는 빗물이 여전히 거세 보였다. 자동차의 바퀴가 지나며 뿌리는 빗물이 인도까지 덮쳐 행인들을 기겁하게 만들었다. 햇볕은 금방이라도 물기를 말려버릴 것처럼 맹렬했다. 허나 오후의 인도는 마르지 않은 물기가 흥건했고, 조심해서 걷는 걸음에도 빗물이 신발 안으로 스며들었다.

마을버스에서 내리자 언제 비가 내렸냐는 듯이 시멘트 포장길이 바짝 말랐다. 지대가 높은 덕이었다. 가파른 오르막길 양 옆의 시멘트 담 아랫부분은 내 양말같이 아직도 거무튀튀한 물기를 털어내지 못했다. 지붕과 담이 그려내는 그림자와 어울려 물기 젖은 담은 오르막 등정의 노고를 기분으로나마 식혀주고 있었다.

오르막길을 다 올라 전봇대와 마주서서 바라본 양 선배 가게 뒤의 축대는 여전히 위용이 대단했다. 버티고 선 꼴이 여간 불안하지 않았다. 들이치는 빗물이 바늘만한 틈을 만들어도 금방 덮쳐 무너져 내릴 것만 같았다. 그 아래 삼층 붉은 벽돌이 상대적으로 가냘파 보이는 것은 당연했다. 무수한 돌들이 그물처럼 촘촘히 질서 정연하게 맞물려 있는 모습이 그나마 안심을 주었다. 그래도 장대처럼 쏟아져 내리는 비속에서, 의연하게, 그 아래 버티고 있을 용기는 내겐 없었다.

"왔어?"

가게 안에서 물건을 정리하던 양 선배가 밖으로 고개를 빠끔 내밀고 인사했다.

"매번 계산이 안 맞아. 외상값하고 먹어 치운 것 맞춰 봐도 늘 빈단 말야. 이러니 장사가 되겠어? 조만간 여기도 문 닫아야 할지도 모르겠어."

진열장마다 군데군데 빈자리가 보였다. 모르긴 몰라도 물건 대는 쪽에서 제때에 공급을 안 해주는 듯했다.

"버스가 다니지 않아 가까운 사람들이 여길 이용해 먹고살았는데, 외상이 밀려 수지가 안 맞는군. 앞으로 남고 뒤로 밑지는 게 이런 거야?"

양 선배는 검은 비닐 봉투에 소주 두 병을 담고 마른 멸치 안주를 손에 들었다.

"자, 우리 저 위로 한번 올라가 볼까."

그는 옆 가게 미용실에 가게를 부탁하고 축대를 올려다보았다.

"저기 가려면 제법 돌아야 해."

양 선배는 내가 올랐던 길 반대로 앞장서 걸었다. 내리막길이 나타날 즈음, 왼편으로 축대를 끼고 올라가는 작은 길이 보였다. ㄱ자 모양으로 꺾어진 축대가 그곳에서도 거의 수직으로 하늘을 향했다.

"이쪽저쪽 길이 있는데 승용차 한 대 올라오지 못하는 곳이야. 도회지에서 이런 곳 보았나? 이곳 사람들은 소방도로가 무엇인지 몰라. 가끔 차 있는 사람들도 저 아래에다 차를 세우고 걸어 올라온다니까. 할인점에서 물건을 산다고? 여기 사람들은 그러고 싶어도 못한다구. 물건 지고 걸어 올라오기가 어디 쉬운가. 쇼핑 카트 같은 운반 수단이 있다고? 어림없지. 계단까지 있는걸. 고립이 뭔지 이해하고 싶으면 여기 와서 며칠 지내 봐."

걸음이 뒤처지는 나를 돌아보며 양 선배가 말했다.

"덕분에 나도 먹고살았지. 저기 마을버스 종점 있는 데 쌀가게 봤어? 거기 권리금이 얼만 줄 알아? 한때는 연탄가게도 잘 나갔지. 이젠 석유집이 호황이야. 이런 동네에서도 돈 버는 축들이 있다는 게 신기하지 않은가?"

허리를 젖히며 다리쉼을 해야겠다 할 때 눈앞에 평지가 나타났다. 버스 네댓 대가 서로 비낄 수 있을 만큼의 공간이었다. 제법 넓다 싶은 공터의 끝에 동산으로 오르는 완만한 오솔길이 보였다. 그 맞은편이 축대였다. 축대를 끼고 굵은 쇠파이프가 둘러쳐 있었고, 공터로 오르는 길 맞은편 쇠파이프 쪽에 평행봉과 철봉, 역기들이 배치되어 있었다.

양 선배는 축대 가운데 마련된 의자에 앉으며 나를 손짓해 불렀다.

"밑에서 보면 꽤나 높은데 위에서 보면 그리 높아 보이지 않아."

양 선배가 굳이 상대성을 얘기할 필요가 없었다. 내 눈에는 위에서 보는 쪽이 훨씬 높아보였다. 공책 속의 이 선생이 고소 공포증 환자가 아니더라도, 여느 누구라도 공포심을 느끼고야 말 높이였다. 삼층 붉은 벽돌 건물과 축대 사이로 벌어진 시커먼 틈이 블랙홀의 아가리처럼 느껴졌다. 그 틈바구니를 보다 축대 끝과 연결된 허연 시멘트 바닥을 보니 길이 확 눈앞으로 당겨져 오는 착각을 일으켰다. 순간적으로 멈칫할 때, 나는 내 몸이 허공을 날아 길바닥으로 떨어져 내리는 환각을 느꼈다.

"날고 싶은가?"

뒤로 한걸음 물러나 양 선배 옆자리에도 앉지 못하는 나를 두고 그가 웃었다.

"내가 여기 막 왔을 때였어. 가끔 우리 가게에서 나랑 한잔 나누던 내 또래의 친구가 여기서 뛰어내렸다네. 그 전에도 몇 번 사고가 있었다고 하더군. 여기 용접한 부위 보이나?"

양 선배는 명치 부근 높이의 쇠파이프에 용접 자국을 가리키며 말했다.

"그 친구 죽기 전에 바로 이만큼 높이를 올린 거거든."

고작 한 뼘밖에 늘어나지 않은 쇠파이프 높이를 보며 알량하다 느낄 때 양 선배가 피식 웃었다.

"한 뼘이라고 우습다는 생각이 들겠지. 그러나 막상 여기 서 보면 그 한 뼘이 엄청난 심리적인 차이를 준다네."

잠시 아래를 내려보던 양 선배가 말을 이었다.

"높인 직후에 뛰어내린 그 친구는 시쳇말로 미친놈이었지. 입만 열면 일본 경찰한테 고문 받던 얘기를 했어. 그 친구가 언제 일본 경찰을 보기나 했겠나. 하는 얘기를 들어 보면 어찌나 생생한지 정말 그 친구가 독립운동 하던 국가 유공자처럼 생각되었다니까."

양 선배는 소주병의 마개를 땄다. 종이컵을 내게 건네주며 아래를 흘낏 내려보았다.

"그 친구는 술 한잔 걸치면 입버릇처럼 말했거든. '자유여, 내 품으로!' 그 친구의 자유란 일본 경찰로부터의 자유일 것이야. 그러던 어느 날, 죽기 바로 전날이었네, 한낮에 우리 가게에 와서 술은 안 마시고 하늘만 올려보겠다. 그러더니 이렇게 말하더군. '진정한 자유란 없을지도 몰라. 선택권이 있을 때 자유를 말할 수 있잖아. 일본 놈들한테 고문 받으면서도 나는 살아야 한다는 생각밖에 없었어. 선택권? 턱도 없지. 놈들한테 풀려나서 내게 선택권이 있었던 것 같은가? 없었어. 무얼 선택해? 자장면을 먹을까 뷔페에 갈까, 그게 선택을 위한 고민이야? 주머니엔 어차피 자장면 먹을 돈밖에 없는데. 인생이 그래.' 그 친구 얘기를 심상찮게 보았어야 하는데, 매일 그러니까 그러려니 했지. '진정한 선택은 사느냐 죽느냐밖에 없어. 자유로운 순간은 스스로 죽는 그 순간밖에 없어.' 그리고 그는 자유를 선택했지. 여기 올라오면 그놈 생각이 나. 글쎄, 이상이 갖고 있었던 '날개' 의 절망이 그런 거였는지는 아직도 모르겠어. 그놈이 어떤 내면을 갖고 있었는지 도무지 알 수가 없으니까."

아가리를 벌리고 있는 삼층 건물과 축대 사이의 공간이 더욱 섬뜩하게 느껴졌다.

"저기 보이나?"

양 선배는 멀리 시선을 옮겼다. 그곳에도 달동네가 이곳을 마주보고 있었다. 거리는 제법 되는 듯했다. 그곳과 축대 사이에는 넓은 도로도 있었고 빌딩도 있었으며 집도 많았다.

"재개발한다고 다 헐고 있지."

맞은편 달동네는 집의 지붕이 모두 날아가 버리고 없었다. 집의 벽들도 드문드문 허물어져 황폐한 폐촌을 연상시켰다.

"여기 사람들은 저길 바라보며 얼마나 배 아파하는지 몰라. 땅이나 집 가진 이들은 보상받지 못한 박탈감에, 세 들어 살고 있는 이들은 이주비 받지 못하는 박탈감에 그런 것이야. 여기도 곧 재개발될 거라는 희망으로 위안을 삼고 있지만, 글쎄, 재개발된다고 뭐가 달라질까 싶어. 그들이 돈을 조금 만진다고 생활이 달라질까. 지금보다야 낫겠지 하는 기대감만큼은 그리 나쁘지는 않지만 말이야."

"처음 뵐 때보다 냉소적이지 않으시네요."

내 말에 양 선배가 껄껄 웃었다.

"수아가 없으니까 네놈이 시비구나."

양 선배는 종이컵의 소주를 단숨에 비웠다. 마른 멸치 하나를 입에 넣는 그를 보며 공책 속의 '이 선생' 얘기를 물어볼 기회라고 생각했다.

"묻지 말아. 정리가 다 되면 내가 내려가서 보고 얘기해준다 하지 않았어? 내가 미리 얘기해버리면 네놈이나 수아가 행여 마지막까지 작업을 하겠다."

양 선배는 더 이상 말을 못하게 딱 잘라버렸다.

"술 한잔하고 올라와서 저 길을 내려보며 '외할아버지' 하고 달려오는 손녀를 안는 상상에 빠졌었지. 그 손녀는 늘 어린아이야. 세월이 아무리 흘러도 언제나 그 모습 그대로였어. 견디다 못해 미국으로 편지를 보냈네. 손녀의 답장은 없고 그 애비가 편지를 보냈더군. 아이가 한국말을 잊어버려 편지를 못 쓴다잖아. 그래, 시간이 그렇게 흐른 거야. 하나밖에 없는 내 손녀는 말은 물론이고 어릴 때의 기억을 대부분 잃었겠지. 설사 편지를 읽고 쓸 수 있으면서도 답장을 보내지 않은 건지도 몰라."

"편지를 아예 못 읽어봤을 수도 있지요. 사위의 인간성으로 봐서 충분한 가능성이 있잖습니까."

양 선배는 손을 내저었다.

"그게 이제 와서 무슨 차이가 있겠나."

'적어도 위안은 되지 않습니까' 하려다가 말았다. 결코 위안이 아니었다. 통제 속에 놓인 손녀를 생각할 때마다 더욱 괴로워지기 쉬웠다.

"두 해 전에 딸애 산소에 가면서 꽃을 두 다발 들고 갔네. 손녀의 몫까지 놓고 왔지. 사위 놈 건 가져가기도 싫었어. 꽃을 놓고 돌아서면서 잊기로 했다네. 그래, 내가 잊어야 했던 거야. 내가 기억을 붙들고 있는 건 내 욕심이야. 그리워한다고 달라질 것이 아무 것도 없고 할 수 있는 일도 아무 것도 없는데, 속만 끓이는 거지. 그렇게 다짐하고 다짐했건만 아직도 자유롭지 못하다네. 죽은 마누라나 딸애한테는 꽃 한 다발 놓고 오면 제법 마음이 홀가분하건만, 손녀는 잘 안 돼."

그는 또 술 한 잔을 벌컥 들이켰다.

"작년에 이어 며칠 전에도 또 꽃 한 다발 놓고 왔지. 술을 들이켜도 마음은 한껏 공허하더니만 이젠 좀 나아진 듯해. 몇 해 지나면 죽은 딸애만큼이나 무덤덤하게 손녀를 생각하게 될지도 몰라."

양 선배는 눈짓으로 내게 술을 권했다.

"살아 있는 상대에게도 꽃다발을 준비해둘 줄 알아야 해. 그게 손녀에게서 내가 배운 거라네."

26

요즘도 가끔 꿈을 꾼다. 사막 한가운데서 시작되던 꿈이 이젠 동굴 속이다. 어둡고 축축하다. 꽤나 긴 동굴을 터벅터벅 걸으면 멀리서 밝은 빛이 보인다. 꿈속에서는 사고 작용이 마비되는 것일까, 뇌파는 개념적 사고를 제외한 이미지만을 떠올리는 것일까……. 모르겠다. 사고 작용이 부분적으로라도 이루어지기만 한다면 난 촉촉한 동굴 속에 포근히 머물러야 옳다. 그러나 나는 항상 굴 밖의 빛을 향해 걷는다.

눈이 부시다는 느낌이 없다. 뒤를 돌아보면 있어야 할 동굴이 없다. 다시 사막이다. 메마른 모래 천지다. 터덜터덜 걷는다. 주질러 앉고 싶다는 느낌이 온다. 꿈속에서는 절대 그런 느낌이 없다. 꿈을 깬 후에 그 장면에서 그런 느낌을 받았다고 생각하는 것이다.

풀이 보인다. 살아 있는 풀이다. 동굴도 보인다. 역시 입구가 풀에 둘러싸여 있다. 동굴로 몸을 집어넣는다. 무척이나 환하다. 내가 지나친 동굴 입구가 동굴 입구인지 아니면 다른 세계로 들어가는 문이었던지 확실치 않다. 깨고 나서 생각해봐도 모르겠다. 밖에서는 동굴 입구였는데, 그 문을 통과하고 나면 동굴 속이 아니다.

풀밭이다. 탁 트인 풀밭에 무릎까지 오는 풀들이 여기저기 자란다.

걷는다. 여전히 풀밭이다. 뒤를 돌아본다. 그만……, 풀이 없다. 모래다(깨고 나면 누런색이라고 내 사고는 강요한다). 모래가 한없이 펼쳐져 있다. 동굴도, 풀도 보이지 않는다.

고개를 돌린다. 풀이다. 동굴도 보인다(정확히 말하면 시커먼 입구가 보인다). 들어간다. 동굴인가 했는데 널찍한 벌이다. 풀이 보인다. 걷는다……

꿈에서 깨고 나면 피곤하다. 내내 같은 길을 걷다 지쳐야 꿈에서 깬다. 왜 그런 피곤한 꿈을 꿀까……. 다리가 저리기 때문인지도 모른다. 내 꿈 얘기를 듣던 양씨 아저씨가 '운동부족이라, 꿈에서라도 운동을 하는 게지' 한다. 그런가? 모르겠다. 내가 꼭 알아야 할 이유가 있을까? 만약 내가 그 이유를 안다면 꿈속에서 헤매지 않아도 될는지……

집사람이 왔다. 강씨 아저씨로부터 연락 받은 지 두 달 만이다. 긴 시간인지 짧은 시간인지 모르겠다. 내가 그녀와 함께 산 긴 시간으로 본다면, 물리적으로는 짧았으나, 인정적으로는 긴 시간이다. 이혼한 후의 짧은 기간으로 본다면, 물리적으로도 인정적으로도 긴 시간이었다.

그녀는 방 앞에 서서 물었다.

"괜찮아?"

그 질문을 이해하기까지 참으로 한참이 걸렸다. 강씨 아저씨가 건넸던 말이 병원에 실려간 일이므로 그녀는 그것을 물었을 것이었다.

"다 회복되었어."

그녀는 내 방을 기웃댔다.

"잠깐 기다려. 방 치울게."

방을 치웠다. 이불 더미를 한곳으로 밀어놓고 옷가지를 그 뒤로 숨겼다.

그녀가 없다. 따라 내려갈까 하다가 그만두었다. 축대 위로 뛰어 올라갔다. 어지러웠다. 난간까지 기어가서 붙잡고 섰다. 무서웠다. 고개를 들지도 못하고 눈을 감아버렸다.

나는 끝내 축대 아래를 내려보지 못하고 돌아섰다. 높은 곳을 좋아하는 그녀에게 축대 위를 꼭 보여주고 싶었는데, 이젠 영 틀렸다.

미스 주가 내 성기를 만지다말고 투정이다.

"치, 재미없어."

내 성기를 놓아버린다. 그녀가 내 가슴팍에 머리를 묻는다. 분 냄새며 샴푸 냄새가 코를 찌른다. 좋다. 이젠 제법 '좋다, 싫다' 라는 분명한 감정을 느낀다.

도씨가 만화가 주씨 방에서 살다시피 한다. 양씨 아저씨가 '잘못하는 일 좀 해보지 그래. 재미있지 않을까?' 하는 바람에 도씨가 만화를 배우기 시작했다. 배운다고 하지만 그가 하는 일은 지우개질이다. 주 씨가 연필로 밑그림을 그리고 펜으로 잉크를 입히면 도씨는 지우개로 지운다. 도화지를 들고 호호 불어대는 그의 모습이 아주 조심스럽다. 시간이 날 때 못 쓰는 도화지를 앞에 두고 펜에 잉크를 찍어 네모난 만화 칸을 그린다. 만화를 시작한 지 사흘째에 그는 자기가 그린 만화 칸(그것도 주 씨가 연필로 미리 그어놓은 위에 덧그린 것이다)을 보여주며 활짝 웃었다.

요즘은 배경에 들어가는 스크린 톤인가 하는 얇은 무늬 비닐도 붙인다고 한다. 양씨 아저씨가 잘 해내는지 궁금해 하며 주 씨한테 물었다.

"저렇게 둔한 사람은 생전 처음 봅니다. 작은 스크린 톤 하나 붙이고 펜 칼로 도려내는 데 족히 십 분은 걸립니다. 손 모양 그리는 것 가르쳐줬더니 그게 손인지 단풍잎인지 구분이 돼야지요. 한 번 보시면 옆에서 가르치고 있는 제 기분 이해하실 겁니다."

강씨 아저씨는 그 말을 믿지 않았다. '오래 거저 일 부려먹을라고 그러는 겨' 한다. 장기도 잘 두고 바둑도 잘 두고, 못 하는 게 없는 도씨가 그럴 리가 없다는 논리였다. 주 씨가 죽겠다고 가슴을 치며 얘기를 해도 강씨 아저씨는 딴청이다. '제대로 가르치기나 한 거야?'

정작 도씨는 신이 났다. 내가 영자를 도씨에게 보내면 도씨는 만화 도화지를 앞에 두고 영자의 숙제를 봐준다. 영자까지 덩달아 야단이다. 주 씨의 방은 무슨 공방 같아 보인다.

만화가 주 씨가 쫓겨날 날도 머지않았다는 생각이 든다. 영웅이가 그 방에서 나올 생각을 않는다. 그 사실을 주인아주머니가 알았다. '매일 만화책 붙들고 살더니 이젠 만화 그리려 작정한 새끼네 그랴.' 아직까진 그래도 '주 화백'이라 부른다.

어쨌거나 조용하던 주위가 시끌해졌다. 주씨의 방은 때론 도씨가 선생인 공부방이요, 때론 주 씨가 주인이고 선생인 화방이다. 그나마 도씨가 선생이 되어 망정이지 아니면 주인아주머니의 성깔로 봐서 주 씨는 며칠 못 버틸 것이었다.

미스 주에게 넌지시 물었다.

"양씨 아저씨한테 가게 빼서 어디 카페 차리자고 해 볼까?"

지방 대학가라면 불가능하지도 않다.

"치, 양씨 아저씨가 그러시겠어요?"

말은 그렇게 하면서도 기대하는 눈치였다. 양씨 아저씨에게 물어봤다.

"카페라고? 거 좋긴 한데, 자넨 기둥서방 하면 될 거고, 난 뭐한다? 기둥서방의 기둥 영감?"

그렇게 얘기가 끝나나 했다. 갑자기 주 씨가 잡아끌었다.

"정말 큰일 내십니다. 미스 주하고 같이 행동하시겠다구요?"

멀찍이서 호들갑을 떠는 그가 이상했다. 미스 주가 양씨 아저씨한테 뭐라고 얘기하고 있었다. 아마도 미련이 남는 모양이었다. 양씨 아저씨가 고개를 젓고 또 뭐라 했다.

"미스 주는 아시다시피 몸을 파는 아가씨에요. 저 아가씨를 거쳐 간 남자만도 셀 수 없단 말입니다."

"사랑했던 남자도 있었을 거요."

주 씨가 정색을 한다.

"어디 그뿐이에요? 학력이라야 고등학교 중퇴, 중졸입니다. 겪었던 일이라고는 술과 남자밖에 없어요. 이 선생님이 읽었던 소설 책 한 권 읽지 않은 아이구요, 이 선생님이 재밌게 보셨던 '바람과 함께 사라지다' 영화를 보며 졸리다고 자는 아가씨란 말입니다. 대화가 안 된다 이 말씀이지요."

"맞아요. 만화책만 좋아하지요."

"동정과 사랑은 구별해야 한다 하지 않습니까. 지금 동정하는 일이 꼭 잘하는 일이라는 보장도 없습니다. 얼마 후에 이 선생님이 싫증을 느끼시면 그때 미스 주는 어떡합니까. 미스 주는 말할 것도 없고, 이 선생님도 죄책감에 평생 시달리실 거에요."

"그렇군요. 내 잘 알겠어요."

주 씨가 고개를 끄덕이고 몸을 돌렸다. 그의 등뒤에 대고 내가 말했다.

"근데 나도 '바람과 함께 사라지다' 보면 졸립디다."

주 씨가 화들짝 놀라다 말고 껄껄 웃었다.

"사실 저도 그렇더군요. 제 예가 잘못되었나요?"

주 씨와 미스 주가 들어간 후에 양씨 아저씨하고 마주 앉았다. 양씨 아저씨는 벌써 주 씨가 무슨 말을 했는지 아는 듯했다.

"내가 여길 뜨지 못하는 이유가 있어. 누군가 여길 오기로 했거든. 그게 언제인지 알 수가 없어 약속을 못하는 거야."

별반 기대로 안 한 일이라 그러려니 했다. 양씨 아저씨는 주 씨 방 쪽을 보며 말했다.

"자본주의는 모두 창녀로 만들어. 돈을 위해서 몸도 마음도 다 팔아버리잖아. 그래도 창녀는 정신은 팔지 않지."

그의 입에서 나오는 관념적인 말에 또 머리털이 곤두섰다. 양씨 아저씨, 그는 못 말릴 위인이다. 내가 그의 말을 싫어하는지, 그라는 사람 자체를 싫어하는지 모르겠다.

내가 다가가자 양씨 아저씨는 입을 다물었다. 주 씨는 내 기척을 눈치 채지 못하고 여전히 큰소리였다.

"한 사람을 사랑하는 것은 그 사람의 총제적인 면을 사랑하는 겁니다. 대상의 총명함만으로나 또는 미모만으로 사랑이 결정되는 건 아니잖습니까. 부잣집 여자를 사랑한다고 했을 때 그 여자의 재산만을 위해서 사랑하는 척 하는 건 죄악이지요. 그러나 그것이 그 대상의 지극히 작은 한 부분이고, 총체적인 대상을 사랑한다고 했을 때에는 어찌 죄악이 되겠습니까. 창녀를 그에 대비시키는 건 옳지 않습니다."

양씨 아저씨는 무슨 말을 하려다가 또 나를 보고 입을 닫았다.

"창녀는 창녀입니다. 몸을 팔고 있어요. 팔게 따로 있지. 대상을 있는 그대로 보아야 한다, 그 말씀 맞습니다. 부잣집 여자라는 이유만으로 사랑해선 안 됩니다만, 부잣집 여자라고 사랑하지 못할 이유는 없습니다. 그러나 창녀는 다릅니다."

주 씨가 나를 발견했다.

"이 선생님, 제 말이 틀렸습니까?"

나는 그가 하는 말을 이해하지 못하고 어물쩍 자리에 앉았다. 내 대답을 독촉하는 주 씨의 앞에서 아무 말이라도 해야 했다.

"근데, 창녀가 뭡니까? 돈 받고 다른 남자들과 성관계하는 여자인 듯하군요."

주 씨는 한숨을 쉬고 술을 마셨다. 누구도 입을 열지 않았다.

아무 말 없이 술을 마시니 그렇게 좋은 것을.

27

시간이 고무줄 늘어나듯 죽 늘어나버린 듯했다. 신문과 잡지, 텔레
비전을 내내 붙잡고 있어도 시계 바늘은 거기서 거기였다. 컴퓨터 게
임을 돌리다 싫증나면 웹 서핑을 하고, 그것도 지치면 공상을 해 봐
도 늘어난 시간의 고무줄은 좀체 줄어들지 않았다. 시간을 메워보려
점심, 저녁을 나가서 사먹기 시작한 지도 나흘째, 가고 오는 발걸음
을 늦춰보지만 하루해는 길고도 길었다.

소설 원고를 내팽개친 지도 벌써 여러 날이 지났다. 나태에 비례해
서 작업에의 강박이 증폭되어 가는 반면, 게임도 영화도 그 폭을 줄
여주지 못하는 시간의 정체 속에서 작업에 매달릴 수가 없었다. 새로
운 작업을 뒤로 미루고 초고를 고쳐보자 달려들어도 키보드 몇 자 두

들기고 나면 자연스레 눈이 시계로 갔고 덩달아 마음까지 늘어져 버렸다.

밤에는 잠이 오지 않아 술을 몇 잔씩 했다. 아마도 황씨 아저씨가 아침잠을 깨우지 않아 자는 시간이 길어진 때문인지도 몰랐다. 새벽 대여섯 시까지 뒤치락거리다 간신히 잠이 드는 날이 많았다. 아무 할 일 없이 그 긴 시간을 인내해야 하는 고통은 간단치 않았다. 새로운 하루를 맞이하기 위해 눈을 뜨기가 괴로웠고, 밤새 뒤척일까 눈을 감기 힘들었다. 일상의 뒤틀림 속에서 하루하루 마셔대는 소주의 양만 늘어갈 뿐이었다.

저녁에 웅이를 봐주겠다는 내 제의를 수아는 한마디로 거절했다. '그 사실을 어머님이 아셔봐.' 새삼 수아의 말이 아니어도 그 점을 모를 리 없었다. 그러나 달리 방법이 없었다. 처음 학원 일을 하는 그녀로서는 학생들 가르치는 내용을 미리 숙지하랴 자료도 만들랴 짬이 없었고, 자연히 귀가하는 시간이 늦어져 웅이가 홀로 남겨지는 처지였다. '할 수 없지 뭐. 그림 그리기 좋아하니까 그림 학원에서 늦게까지 있으라 해야지.' 수아는 가라앉은 목소리로 말했다. 그 '늦은' 시각이 처음 며칠은 아홉 시였다. 차라도 막히는 날이면 어김없이 아홉 시를 훌쩍 넘겼다. 어린 웅이가 감당하기에는 분명 벅찬 시간이었다. 특별히 학원에 부탁해서 저녁밥까지 해결한다고는 하지만 웅이가 잘 적응하리라고는 생각할 수 없었다. 초등학교 학생들 가르치는 학원을 알아보라 했더니 수아는 대뜸 '안 알아 봤겠어?' 했고, 가까운 학원으로 옮겨보라 했더니 한숨을 뱉고 고개를 숙인 채 말을 안 했다. 내가 채근을 하자 수아는 전화로 웅이의 그림방을 옮겼다 했다. 집에서 가르치는 곳에 웃돈을 주고 맡겼다는 얘기였다.

"일단 경력을 쌓기 위해서 이 고생하는 거야. 한 일 년 경력만 쌓으면 더 좋은 조건에서 일 할 수 있어."

일 년의 시간이 웅이에게 얼마나 긴 시간인지 모를 리 없건만, 수아는 부득불 우겼다. 다른 대안을 찾을 수 없는 그녀에게 다른 대안을 마련해줄 수 없는 내가 이래라 저래라 할 수는 없었다.

웅이 생각을 하며 막 저녁 먹으러 나가려는 참이었다.

"선생님, 저 해물탕 먹고 싶어 왔어요."

영아가 불쑥 찾아왔다. 내 작업실을 방문하는 그녀는 사전에 약속하는 법이 없었다.

영아는 바지 차림이었다. 달라붙은 얇은 바지에 다리며 둔부의 곡선이 잘 드러났다. 헐렁한 바지만 입는 수아의 차림에 익숙한 내게 신선한 자극이었다. 그녀는 팔짝이는 걸음으로 앞장서 걸었다. '뒤에서 뭐 볼 것 있다고!' 수아는 내가 뒤쳐져 걷는 것을 허용치 않았다. 팔짱을 낄 때나 그렇지 않을 때나, 그녀는 내 옆 아니면 뒤였다.

"오늘도 어머님이 부르시는데 가지 않았어요."

해물탕을 시켜놓고 기다리는 동안 수저를 놓아주며 영아가 말했다.

"선생님 안 계시는 댁에 자꾸 찾아가는 것도 이상하잖아요."

그녀가 나를 보고 웃었다.

"솔직하게 말씀드리면 제가 할 줄 아는 부엌일이 없거든요. 어머님과 나란히 부엌에 서 있다 보면 저도 모르게 가슴이 콩당콩당 해요. 시간이 갈수록 흉밖에 더 잡히겠어요? 우리 엄마가 못 가르친 건 아니다 하셔도 엄마 일 도와드리느라 옆에 지켜 서 있었던 것뿐이거든요. 어머님이 '요즘 애들 중에 부엌 일 잘 하는 애가 어디 있기나 해? 부엌에 있기 보단 사회에서 일을 하는 여자들이 대접받는 시대잖아' 하시는데, 어찌나 민망하던지. 제 서툰 칼솜씨 보시고 그러셨어요. 미리 칼질 못 배웠다 말씀드렸지만 그런 말씀 듣고 보니 얼굴이 붉어지더라구요."

그녀의 입에서 나오는 '어머님' 이라는 호칭이 너무 자연스러워 나는 잠시 그녀가 이미 며느리가 된 것 같은 착각을 일으켰다. 수아의 입에서 나오는 '어머님' 이 그토록 자연스러웠던 적은 한번도 없었다.

"지난번에 아버님 때문에 얼마나 혼났는지 몰라요. 저녁을 드시고 나서 위스키를 내오라 하시더니 '너도 한 잔 받아라' 하시잖아요? 어머님 눈치를 봤지요. 괜찮다 하시는 것 같아서 잔을 받긴 받았는데 건배하자는 아버님 앞에서 간신히 입술만 축였거든요? 아버님이 벌컥 큰소리를 내시는 거에요. '어른한테 받은 첫 잔이 그게 뭐야!' 얼른 더 마시려는데 아버님이 '요즘 애들은 원 샷 한다며?' 하셔서 어쩔 수 없이 잔을 비웠어요. 그렇게 넉 잔을 마셨어요. 저는 완전히 큰일 나는 줄 알았어요. 그대로 쫓겨나는 것 아닌가 했거든요. 어머님

눈초리가 심상치 않아서요."

그녀는 안도의 숨을 몰아쉬는 척했다.

"어머님께 죄송해요 했더니, 어머님이 그러셨어요. '저 양반이 별 꼴이다. 여자라면 사람이라고 생각도 않는 양반인데.' 집에 돌아가는 길에 생각해 봤어요. 아버님이 저를 아주 예쁘게 봐 주셨나 봐요."

그녀의 당당함이 우리 아버지를 바꾸어 놓았는지, 아니면 우리 아버지의 호의를 읽었기 때문에 그녀가 당당할 수 있었는지 알 수는 없었다. 그러나 그녀의 이야기가 길어질수록 수아를 떠올리는 시간이 길어졌다. 수아는 지지리도 시집 복이 없었다. 배불러 상견례를 하고 웃음 한번 보이지 않은 채 결혼식을 마친 그녀로서는 어쩔 수 없이 짊어져야 할 부담이었다. 끝내 그녀는 '아들 잡아먹은 년' 이 되어 시집에서 내침을 당하고 말았던 것이었다.

"영아 씨, 한 가지 분명히 하고 싶은 것이 있습니다."

그녀는 주방 쪽을 보며 딴청이었다. 작업실에서도 내 얘기를 외면하려 했던 그 태도가 그대로 읽혀졌다.

"우리 만난 지도 얼마 되지 않았습니다. 내가 청혼하면 받아주실 겁니까?"

영아가 두 눈을 동그랗게 떴다.

"지금……, 청혼하시는 거에요?"

나는 맥없이 고개를 흔들었다.

"한 가지 문제를 풀어야겠기에 그렇습니다."

영아는 고개를 숙이고 잠시 생각했다.

"물론이에요."

"나를 잘 모르잖습니까."

영아가 생긋 웃었다.

"어떻게 그렇게 단정지으세요? 제가 한번 읊어 볼까요? 보통 잠은 새벽 세 시 이후에 되는 대로 주무시구요, 아침에는 황 기사 아저씨가 깨우면 아침 여덟 시 사십 분에서 아홉 시 십 분 사이에 깨시구요, 잠이 덜 깬 채로 세수나 이도 안 닦고 신문 들고 화장실 가세요. 화장실에서 대략 이십 분 가량 앉아 있다가 다리가 저려 콩콩 뛰시기도 하구요, 오전 시간 내내 텔레비전 리모컨으로 건전지가 정말 백만 스물 둘 팔굽혀펴기 할 수 있는지 매일 실험하시죠. 컴퓨터 게임은 그리 좋아하시지 않는데 가끔 무료하면 총 쏘는 게임 하시구요, 그것도 싫증나고 일상이 짜증난다 싶으면 인터넷 쇼핑몰에서 충동구매 하시지요? 또, 오후에는 소파에서 낮잠을 주무시기도 하고, 열 시 가까이 되어서야 작업을 하시는데, 일하는 시간은 그리 길지 않아요. '집중력이 유지되는 시간은 고작 두 시간이다' 이런 생각 갖고 계시지요. 또……"

나는 손을 들어 그녀의 말을 막았다.

"그거야 겉으로 드러나는 모습이지요. 그 현상적인 모습만으로 저를 안다 하실 수는 없습니다."

영아가 또 웃었다.

"사람의 한계 상황에 대한 탐구가 주된 과제시잖아요. K2 봉우리를 정복하느냐 마느냐 하는 한계점의 극복이 아니라, 인간을 둘러싸고 있는 제반 사회적 환경과 그 속에 처한 인간의 선택 문제로 고민하고 계시죠. 때론 인간의 자유를 부정하기도 하시고 때론 인간의 자유를 긍정하기도 하시고, 인간의 적극적인 노력을 추구하는 것이 삶을 윤택하게 한다고 하시다가 어떤 때는 인간 자체는 좌절하는 존재라는 결론을 이끌기도 하시구요."

나는 어안이 벙벙해져 말을 잊었다.

"처음부터 발간 시간 순으로 선생님 작품을 정독했어요. 메모까지 했는걸요? 초기 작품과 후기 작품의 차이점까지 말해볼까요?"

"아닙니다. 됐습니다."

그녀 앞에서 상대적으로 왜소해진 느낌이었다.

"선생님을 사랑하는가 하는 문제는 아직 모르겠어요. 하지만 분명한 것은 선생님과 같이 있고 싶은 마음은 간절해요. 그 감정이 어디서부터 왔는지 모르겠지만, 학교 다닐 때 선생님 작품을 처음 읽고 나서 꼭 만나 뵙고 이야기를 나눠야겠다 생각했던 소녀 적 정서가 남아 있어서 그런지도 몰라요. 선생님 작품을 꼼꼼히 읽을 때마다 선생님과 같이 하고픈 생각이 더 들어요."

그녀가 입맛다시는 표정을 했다.

"선생님이 저랑 많이 달라보여서 그런가 봐요. 흔히 주위에서 볼 수 없는 소설가라서 그런 건 아니구요, 선생님이 세계를 바라보시는 것이 제 것과 너무 달라 보여요. 보통 아주 다르다 싶으면 도망가게 되거나 아니면 호기심으로라도 동화되려 하는 경향이 나타나잖아요."

　이젠 내 결정만이 남은 듯했다. 그녀는 내가 그녀를 어떻게 생각하는지 묻지 않았다. 처음 나를 찾아왔을 때부터 서두름이 없던 그녀는 결과를 자신하고 있는 듯했다. 정해진 결과를 서둘러 현실화시킬 필요가 없다는 판단일 것이었다. 치밀한 계산에서 나온 답인지 아니면 그녀의 '소녀 때의 감성' 때문인지 알 수는 없었지만, 그녀는 스스로 믿는 운명이 자신을 비껴가지 않으리라 확신하고 있었다. '운명'을 확실히 자신의 것으로 만들 수 있다는 자신감은 좋았으나, 그러나, 나는 그녀의 예정된 미래가 괘도를 이탈할지도 모른다는 생각을 하고 있었다. 그녀의 쾌활한 목소리를 들으면 들을수록……

28

　수아로부터 제목이 '오랜만이지?' 하는 메일이 왔다. '똑똑' 처럼 틀에 박힌 제목이 아니라서 정겨웠다 싶다가, 언제 우리의 인사가 '오랜만이지' 하게 되었는지 모르겠다는 생각을 했다. 전화에서도 메일에서도, 그 인사가 자주 반복되고 있었다. 그것은 변화였다. 우리가 변화하지 않고 서로의 자리에 버티고 있다면 예전에 그랬던 것처럼 굳이 인사말이 필요 없었다. 몇 시간 후에 만날 사람에게 거창한 인사말을 건네는 사람이 없을 것이며, 늘 만나는 사람에게 반갑다고 수선 피울 사람도 없을 것이었다. 익숙지 않은 일상의 일탈 속에서 나는 한동안 혼란에 빠져들었다.

어제 양 선배님 오셨다 가셨어. 밤에.

내가 정리한 원고 보시더니 그만 됐다고 하시더라.

출판사에 알아서 얘기한다고, 더 이상 작업은 무의미하다 하셨어.

하던 일인데 끝까지 하겠다 했더니 그냥 공책 들고 가버리셨어.

아직 못 다 보낸 원고 마지막으로 보낼게.

그럼……, 안녕!

나는 메일을 닫지도 못한 채 멍하니 모니터만 바라보고 있었다. 그녀와 나를 연결하던 일상의 마지막 끈이 끊어져 버리고 말았다. '오랜만이지' 하는 인사말에 익숙해져야만 했다. 그것이 의미하는 바를 깊이 생각해 볼 것도 없었다. 군대에서 겪었던, 늘어난 고무줄 같은 무수한 시간들을 또다시 겪어야 할지도 몰랐다.

나는 변화의 한가운데 있으면서도 그 변화를 체감할 수가 없었다. 오감은 변화를 감지하고 있음에도 내 이성은 그것을 해석해낼 능력이 없는 듯했다. '많은 이들이 정신의 선험적인 부분을 긍정하고 인정하는 듯하지만, 내가 보기엔 말짱 헛소리야. 인간의 모든 정신 활동은 대상의 지각으로부터 시작되고 학습되어 체계화하지. 사고할 줄 아는 인간은 정신 활동 또한 목적성 속에서 배치해낼 수 있단 말이야. 그러므로 결국 인간의 사고란 자신의 처지에서 합리화하는 수단으로 쓰이기 마련이야. 그 합리화가 잘 되지 않을 때, 잊고 싶은 정신 부분이 의도하지 않게 더욱 크게 존재할 때, 인간은 정신병 증세에 시달리게 되는 것이지. 어쨌거나 인간의 정신 활동은 그래서 사후적일 수밖에 없어. 특히 치명적인 정신적인 혼란을 야기하는 일이 터졌을 때라면 인간의 정신 활동은 아주 뒤늦게 해석해낼 수밖에 없는 거야.' 양 선배가 했던 말이 내 머리를 흔들었다. 그의 말이 의미하는 내용을 정확히 떠올리면 떠올릴수록 내 머리는 더욱 어지럽기만 했다.

시계를 보았다. 밤 열한 시가 다 되어가고 있었다. 나는 서둘러 옷을 걸쳤다.

'마지막 원고'

딸려온 파일의 제목이었다. 나는 꼼짝도 하지 못하고 그 자리에 못 박히고 말았다. '마지막……', 제목이 주는 흡입력은 벌써 수아의 아파트 현관에 도달한 내 마음을 붙잡아두고 있었다.

첨부 파일을 열었다.

미스 주가 내가 말수가 늘었다고 좋다 한다. 가끔 웃어주면 손뼉을 치기도 한다. 새벽 세 시에 내 방에 들어와 그렇게 놀다 잠든다. 주인아주머니가 뭐라 하든 무슨 상관이냐 한다. 그녀가 잠든 얼굴에는 보조개가 없다. 짙은 술 냄새를 풍겨도 보조개나 봤으면 좋겠다. 그녀는 나처럼 꿈을 꾸지도 않는 모양이다. 꿈에서라도 웃으면, 보조개를 볼 수 있을 텐데……

내가 살아 있는 것인지, 아니면 죽은 이후에 이승의 삶이 연결된 것인지 모르겠다. 도무지 살아 있다는 현실감이 없다. 꿈을 꾸고 있는 듯하다. 내가 인형을 가지고 놀 때처럼, 누군가 내 인형을 가지고 노는 것 같다. 그것이 신일까? 만약 신의 연출이라면, 나는 실재하는 것일까? '실재한다'를 어떻게 규정해야 좋을지 모르겠지만, 이 세상만사가 모두 인형극을 위해 꾸며놓은 무대 같다는 느낌을 지울 수 없다. 나는 정말 존재하는가?

인간들이 무척이나 북적댄다. 아주 잘 짜인 판이다. 그들이 실재하는지 역시 알 수가 없다. 실재한다고 착각하는 무대의 인형은 아닐까……

나 하나 빠져도 달라질 것은 아무 것도 없다. 내 주위의 인물들이 모두 그렇다. 만약 신의 연출이라면, 이 쓸데없는 조연 인형들을 왜 늘어놓고 있는 것일까. 그것이 신에게 어떤 기쁨을 선사하는지 하찮은 내가 알 수는 없을 테지만, 누가 귀띔이라도 해주면 좋겠다.

사라져도 티 하나 안 나는 쓸모 없는 인간들이 참으로 억척스럽다. 오늘 아침에 주인아주머니가 드디어 미스 한의 머리채를 잡아챘다. 항거 한번 제대로 못하는 미스 한을 벽에다 미어박아 정신을 잃게 만들었다. 미스 주가 울며 욕을 해대고 달려들다 배를 얻어맞고 길거리에 퍼졌다. 그것이……, 쓸모없더라도 무대 위에 존재해야 하는 생존의 몸부림인가?

가만히 지켜보고 있는 나를 보고 주 씨가 만족스럽다는 표정을 짓는다. 아마도 그는 불필요한 인형이란 생각을 절대 하지 않을 것이다. 내가 보기에, 그 또한 수준의 차이만이 있을 뿐이지, 무대 위의 인형이건만 구태여 그걸 거부한다. 내가 동정할 문제는 아니지만, 불쌍하다.

미스 주가 울고불고 난리를 친다. 어깨를 두드려주니 시뻘건 눈으로 나를 노려본다. 미스 주가 노려볼 때 나는 정말 사람으로 살아 있다는 착각이 들었다.

그것이 착각인지 사실인지 내 알 바가 아니다. 분명한 것은, 조용히 있으면 조용한데, 무언가 돌출되면 온통 난리다. 큰일인가 보면 절대 아니다. 울고불고 때리고 머리채 휘어잡고……, 무엇 때문인지 곰곰이 따져보면 진짜 별일 아니다. 애정 하나 없는 인간이 다른 여자하고 성관계를 갖는다고 그것이 어찌 몰매 때릴 일인지. 미스 주와 내 문제로 왜 충고한답시고 떠드는지 모르겠다. 백댄서 하겠다고 고집하는 애나 그걸 못하게 막겠다고 머리채 잡는 엄마나, 옆에서 아내 거들어보겠다고 딸을 몰아붙이는 아버지나, 내가 보기엔 정말 심심해서 못 견디는 사람들이다. 그것을, '조연으로라도 존재해야 하는 생존의 몸부림' 이라고 해석하고픈 마음조차 없다.

미스 주가 울다 내 이불더미를 베고 잠들었다. 벌 한 마리가 천정을 주유한다. 저러다가 그냥 나갈 것이다. 그 벌이 인형극 무대에 왜 필요한지도 정말 모르겠다. 내가 아는 것은 무엇이란 말인가? 내 자신이 실재하는지도 모르는데……

고등학교 때, 처음으로 접한 허수 앞에서 얼마나 당혹해 했던가. 무리수 때하고는 비교할 수 없는 혼란이었다. 부정의 부정은 긍정이 되어야 함에도 여전히 부정이라니. 플러스(+)와 마이너스(-)가 수직선상에서 방향을 가리킨다는데, 어찌 마이너스(-)의 제곱이 다시 마이너스(-)임을 받아들일 수 있었을까. 정의된 개념조차 ‘허수(虛數)’ 임에야. 지금까지도 그 허(虛)와 공(空), 무(無)조차 구별해내지 못한다. 다만 실(實)의 반대라고 막연히 알 뿐이다.

그것이다. ‘허수’ 가 내가 경험할 수 있는 ‘실(實)’ 의 범위 밖에 있기 때문에 나는 이 나이까지도 그 개념을 받아들이지 못한다. 수학 선생님 말씀처럼, 죽을 때까지 그 개념을 받아들이지 못할지도 모른다. 그건 단순한 ‘허 ‘와 ‘실’ 의 개념적 혼란 때문은 아닐 것이다. 내게는 분명히, ‘실수(實數)’ 에서 ‘허수’ 로의 개념 확장 논리적 과정에 단층이 있다. 그 논리적 단층은 ‘실수’ 에 있다. 내가 온전히 실수를 이해하고 있다면 그토록 반대 개념을 받아들이지 못할 이유가 없다. 실재하는 수임을 알고 있으면서도 일상생활에서 경험할 수 없기에 낯설었던 ‘실수’, 그 수를 나는 온전히 알지 못했음이 분명하다. 무리수일까? 아니면 유리수조차?

그 개념의 실재(實在)를 부정할 수 없으면서도 그 대상적(對象的) 실체(實體)의 윤곽조차 그려내지 못하는 나의 혼란……, 그렇다면 나에게 허수는 실재(實在)하는 것일까?

양씨 아저씨의 입에서 쏟아져 나오는 숱한 관념어들을 혐오하는 이유도 그 관념어와 실재적 대상(對象)을 연결시킬 수 없기 때문이리라. 자연수가 아주 친숙하게, 개념이 아닌 실체인 것처럼 인식될 수 있는 것도, 수의 개념과 실재의 대상이 하나처럼 인식되어서가 아닐까. 내가 실수의 논리성을 제대로 이해하지 못하는 한 허수를 이해할 수 없는 것처럼, 나는 양씨 아저씨가 내뱉는 관

넘어의 개념적 논리성을 이해하지 못하는 한 그의 말을 받아들일 수 없을 것이다. 개념은 실재적 대상을 전제로 하기에, 양씨 아저씨의 관념 속에 녹아 있는 '실재적 대상'과 친숙해지지 못하는 한, 나는 양씨 아저씨의 말에 친숙해질 수 없을 것이다. 그의 관념어가 개념과 관념의 모습으로 실재함을 알면서도 그 대상적 실체를 그려볼 수 없는 나, 그렇다면, 그의 언어는 내게 실재하는 것일까? 실재한다면 그의 언어는 그 대상적 실체의 몰이해 속에서 나와는 어떤 관계가 있고 내게 어떤 유의미성을 가질까?

머리가 아프다. 내가 뭘 쓰고 있는지도 모르겠다. 이런 나를 유호선은 비웃을 것이다. 도 씨도 '아직도 논리성에 매몰되어 계시군요' 웃어버릴지도 모른다. 그러나 분명한 건, 관념성의 극복이 즉자적인 관념의 부정에 있지 않다는 사실이다. 그건 정말 사실이다. 허수건 실수건, 무조건 부정한다고 수의 개념으로부터 자유로울 수 없는 이치다. 나를 괴롭히는 허수로부터 해방되는 길은 실수를 온전히 이해하는 길뿐이다. 그리고 그 논리성 속에 허수를 녹여내면 된다. 아주 간단하다. 그러나……

'대상적 실체'에 접근하기가 무척이나 어렵다. 인식의 주체인 '나(我)'가 '대상적' 실체가 될 수 있는지부터 의문이다. 어쩌면 개념적으로 정의될 수 없는 '나'-사전적 의미가 아니라-이기에 그 실재성을 확신하지 못할지도 모른다. '나'로부터 야기되는 개념적 혼란이 시작인데, '대상적 실체'의 인식이 어떤 의미가 있을까……

대상적 실체가 이미 관념의 외피를 쓰고 있으니……, 색안경을 끼고 물감의 색을 알아보자는 꼴이다. 양씨 아저씨의 말들이 그렇게 관념의 외피 속에 왜곡과 왜곡의 연속은 아닌지 모르겠다. 내가 달동네에 처음 발을 들여놓는 순간, 내 주위의 모든 실체는 '달동네'의 개념적 규정 아래 놓인 대상적 실체였다. 가난에 찌든 무지한 사람들이라는 인식이 내면에 깔려 있었다. ‘그렇게 살 수밖에 없는 사람들’ 이라는 믿음이 전제된 한, 그들의 삶과 인간관계를 새롭게 바라볼 여지는 없었다. 가수가 되고 싶다는 영자에게마저 ‘달동네 여학생의 당연한 꿈’ 정도로 생각했는지도 모른다. 나는 한 번도, 그들의 삶의 구체적인 부분을 살펴본 적이 없다. 그것이 비단 내 게으름 탓뿐일까?

대상이 개념화하면 개별 대상의 구체성은 상실한다. ‘달동네’ 라 규정하는 순간, 달동네 사람들의 개개인의 특수성은 무시된다. 개별 특수성이 무시되지 않는다면 양씨 아저씨가 시인이라고 그리 놀라워하지도 않을 것이다. ‘그녀는 창녀야’ 하는 순간, 미스 주는 창녀의 한 사람이 될 뿐이다. 그녀의 꿈과 희망, 취미와 기질까지 모두, 창녀의 일반적 개념 범주 안에서 무시된다. 당연하다. 개념은 대상으로부터 본질적 공통성을 추출해 일반화한 것이므로.

처음으로 돌아가 볼 수는 있을까……. 추상 이전의 구체적인 대상에 접근할 수만 있다면 ‘색안경’ 은 벗어던진 상태가 아닐까. 그럴 수 있다면 일상생활에서 개념 확장의 논리적 단층을 극복할 수 있지 않을까……. 그렇게 대상에 접근하고 정의해 간다면, 실수의 이해를 빌어 허수를 수용할 수 있는 것처럼, ‘나’ 또한 실재적 존재로 인식할 수 있지 않을까.

모르겠다. 정말 모르겠다. 갑자기 미스 주의 보조개가 왼쪽인지 오른쪽인지 궁금해진다. 정말 궁금하다. 오늘밤에는 기필코 보조개의 위치를 확인하고야 말리라.

29

수아는 아파트 놀이터 그네에 앉아 천천히 몸을 흔들고 있었다. 내가 막무가내로 찾아간다고 하자 그녀는 '밤늦게 우리 집에 와서 좋을 게 뭐 있어' 하며 피하려 했다. 그렇다고 물러설 내가 아니기에 그녀는 놀이터를 택해 나를 막아선 듯했다.

수아가 나를 올려보고 웃었다. 놀이터를 비추는 노란 전등불 아래서 그녀는 기세 좋게 그네를 밀어 올리며 말을 붙여왔다.

"정말 오랜만이다, 그치."

그녀의 옆, 빈 그네에 앉았다. 옆을 스치는 그네의 바람이 느껴졌다.

"밤공기가 시원하다. 내일은 웅이 데리고 나와서 놀아야지."

문학의 밤 행사가 한창이었을 때 그녀와 둘이 행사 장소를 빠져나와 놀이터에서 시간을 보낸 적이 있었다. 그녀는 그네에 앉아 힘껏 발을 굴러 그네를 띄워 올리며 내 옆을 스칠 때마다 나를 돌아보았다. '지나칠 때마다……, 긴장감이 느껴지는 거 있지. 만날 듯하다 미끄러져 나가고, 만날 듯하다 뒤로 밀려 나가고…….'

그녀는 그때처럼 그네가 내 옆을 스칠 때마다 나를 돌아봤다.

"양 선배님 오셨었어?"

수아는 허공을 차며 고개를 끄덕였다.

"나한테 들르지도 않고 가셨단 말야?"

"밤이 늦었다고 그러시던데?"

"말도 안 된다. 내가 자는 시각 뻔히 아시는데."

수아가 발차기를 그쳤다.

"내려오신데. 곧. 자기 만나러."

그네가 일으키는 바람이 잔잔해졌다.

"원고 얘기만 하셨어?"

"아니. 이런저런 얘기하시더라."

"무슨 얘기?"

수아가 어설프게 웃었다.

"자기한테도 얘기했다 하시던데?"

그네가 움직임을 멈췄다.

"난……, 요즘, 도무지 모르겠어. 어떻게 돌아가고 있는지 말이야. 내 주위의 친숙했던 모든 것들이 한순간에 낯설어졌어."

내 말이 끝나자 수아가 다시 그네를 밀었다.

"참 오랜 시간이 흘렀다. 그 동안 저 하늘의 별들이 몇 개나 사라졌을까? 난 저 보이는 별들 중 상당수가 이미 사라져 없다는 말을 처음 들었을 때 믿을 수가 없었어. 내 눈에 보이는데 없어졌다? 이상하잖아. 빛의 속도를 알 수 없었을 때도 빠르다는 건 알고 있었기 때문에, 그 빛이 여기까지 오는 데 그리 많은 시간이 필요하다는 생각을 전혀 못했던 거야."

그녀는 흔들리는 그네에서 폴짝 뛰어내렸다.

"내게 어떤 의미가 있는지는 생각해보지 않았어. 다만 지금 저 상태로 내게 보여지는 아름다운 밤하늘이면 족한 것 아냐?"

그녀는 하늘을 우러르던 시선을 발밑으로 옮기고 발로 모래를 긁었다.

"난 이대로가 좋아. 지금까지, 이대로, 변함없이……, 더 욕심내고픈 마음 절대 없어."

내가 말했다. 그녀는 나를 바라보다 다시 고개를 숙이고 발로 모래를 긁었다.

"그게 욕심이면 어떡해?"

"욕심이라구? 그냥 있는 그대로 서로를 인정할 뿐인데 무슨 욕심?"

수아가 그네에 앉은 나를 빤히 내려보았다. 가로등불이 유난히 밝다고 느껴지는 순간, 그녀가 한 발짝 내게 다가왔다. 내 눈을 한동안 물끄러미 바라보던 그녀가 손을 내밀어 내 손을 잡았다. 빤히 올려보던 나는 그녀가 이끄는 대로 그네에서 일어났다. 그녀는 내 손을 그녀의 등 뒤로 돌리고 내 어깨를 잡았다.

"그냥, 한번 안아 줘."

그녀는 내 가슴에 얼굴을 묻었다.

"형수로 말고……, 옛날처럼."

나는 선뜻 팔에 힘을 줄 수가 없었다.

"남들이 봐."

언제 동네 사람들 눈치를 그리도 의식했나 싶게 그녀는 행동했다.

"보면 어때? 남들 보는 게 두려워?"

그녀는 내가 한 말을 그대로 흉내 냈다. 내 가슴에 얼굴을 묻은 그녀가 웃고 있는지 모를 일이었다. 눈물이 나왔다.

그녀를 힘껏 부둥켜안았다. 내 허리를 감싸 안은 그녀의 팔이 묵직하다 느낄 때 또 눈물이 나왔다.

그녀가 팔을 풀었다. 그녀의 허리 뒤로 깍지 낀 내 손을 풀어내며 그녀는 등을 돌렸다.

"바보같이……"

그녀는 혼잣말을 남기고 멀어져갔다.

30

점심때쯤, 수아의 말대로 양 선배가 작업실로 왔다. 전날 수아를 만나고 갈 때 나를 만났으면 굳이 두 번 걸음 하지 않아도 좋으련만, 양 선배는 무슨 꿍꿍이셈인지 번거로운 길을 택했다. 그것도 수아를 만나서는 술 한잔 할 것도 아니면서 늦은 밤을 택했고, 내게 올 때마다 소주병을 들고 왔던 그가 한낮을 선택한 것도 이상했다. 소주에 얼큰해지지 않은 그를 대하기는 어쩐지 부담스러웠다.

"여기서 자고 가게 될까봐 그냥 갔지. 가게도 봐야 하잖아."

내가 그냥 간 일을 채근하자 양 선배는 그렇게 둘러댔다.

"커피 줘."

"커피라니요? 커피라면 질색하셨잖습니까? 소주 아니면 물도 안 먹는다 하시던 분이 웬일이십니까?"

"늙는 게지."

하긴 주름살 골의 깊이가 깊기는 했다.

"그 이 선생이라는 사람 말이야, 그 사람만큼 눈이 맑고 깊은 사람은 본 적이 없었거든. 그렇기 때문에 그의 내면이 궁금했어."

커피 물 올리는 등 뒤에서 그가 말했다.

"과묵하면서도 여유롭고, 시니컬하면서도 정감 있었거든. 그의 속내는 여간해선 들여다보이지 않더라구. 어느 날 그가 홀쩍 떠났지. 축대에서 뛰어내릴까 걱정도 했었는데 자유를 찾겠다고 뛰어내렸던 친구하고는 뭔가 달랐어. 미스 주하고 미스 한이 떠나는 날 그들과 같이 갔어."

커피 취향이 어떤지 묻지도 않고 내 입맛에 맞췄다.

"주위에서는 말들도 많았지. 여학생 성추행하다 학교에서 쫓겨났다거니, 학부모하고 정분이 나서 이혼 당했다느니, 주식에 손댔다가 집안 식구 모두 말아먹고 쫓겨난 거라느니 말이야. 내 관심은 그게 아니었는데 주위에서는 온통 난리였어. 그가 떠한 뒤에도 그의 애기는 한참을 갔지. 창부하고 눈이 맞았다는 사실로 사람들은 불순한 그의 과거를 더욱 확신하고 있었어."

그가 내가 내민 머그잔을 받았다.

"주위에서 뭐라건 전혀 흔들림이 없던 사람이야. 무심이라고나 할까. 처음 그곳에 발을 붙이고 굶어 죽는 직전까지 갔던 사람이니까 도가 통했던 건지도 몰라. 그래서 궁금했는데, 그의 글을 읽어보니

별 거 없더만. 그래 작업 그만하라 했지."

"글이 좀 되어간다 싶었는데 그만이네요."

양 선배가 고개를 끄덕였다.

"그가 왜 글을 썼는지 모르겠어. 내가 추측하기론 심심함 때문이 아니었을까 하네. 그는 스스로 부정하지만 심심했을 거야. 배운 자의 속성 때문에 쉽게 볼펜을 잡을 수 있었던 거고."

양 선배가 커피 잔을 내려놓았다.

"그 이후의 그가 궁금하지 않나?"

나는 그의 말을 이해하지 못했다.

"과연 미스 주와 잘 살고 있는지 말이야. 무얼 하고 사는지."

"글쎄요……"

"만약 그가 미스 주를 버리고 떠났다면 미스 주에게 죄를 짓는 건가? 미스 주에게 느꼈던 감정이 왜곡되게 포장되었던 거라 느끼면서도 계속 그녀와 사는 것은 잘하는 일인가?"

"자유롭지 못한 제가 어찌 알겠습니까."

양 선배가 크게 고개를 끄덕였다.

"그는 주위에 아무도 없었어. 그가 죽었다고 해도 울어줄 사람이 있었나 모르지. 가진 거라곤 방 보증금 몇 푼이 고작이었지. 그의 자유로움은 거기 있었어."

"그 논리라면 미스 주를 만나고는 자유를 잃었겠군요."

"낸들 알겠나. 그 관계의 속박 정도가 어느 정도인지 전혀 모르는데."

양 선배는 다음 말하기까지 제법 뜸을 들였다.

"나, 가게 내 놓았어."

깜짝 놀라는 나를 앞에 두고 그가 눈을 찡긋했다.

"여기 와서 눌러 살겠다 할까봐 벌써 지레 엄살이다."

내가 웃었다.

"엄살은요. 안 그래도 그렇게 말씀드리려던 참이었어요."

양 선배가 너털웃음을 웃었다.

"그래서 내가 자유롭지 못한 거야. 이런 인간들 때문에."

말을 돌리려는 그를 다시 붙잡아야 했다.

"어떻게 그런 결정을 하셨는지 모르겠습니다."

양 선배는 미적거리며 커피 잔을 집었다.

"값이 그나마 나갈 때 팔아야지."

그건 거짓이었다. 재개발 얘기가 나오는 판에 기다릴수록 값이 나갈 것이었다.

"나이가 들어 못할 짓이지만 식구를 맞았어."

나는 탄성을 질렀다.

"잘 되었습니다. 나이가 무슨 상관입니까."

"무슨 상관? 이 사람아, 이 나이에 새로운 관계를 맺는 건 그 사람을 둘러싼 인간들에게 못할 짓을 하는 거야. 이젠 갈 준비를 해야 할 판에 슬퍼해야 할 부담을 안겨주게 되잖은가."

그의 엄살이 유쾌하게 느껴졌다. 딸의 무덤에 손녀의 꽃까지 함께 가져갔던 일과 연관이 있는 듯했다.

"그래, 사모님은 어떤 분입니까?"

양 선배가 내 시선을 외면하고 느릿하게 말했다.

"마누라가 아니라 딸이야."

그는 내 얼굴로 시선을 옮기며 빙그레 웃었다.

"수양딸을 맞았어. 잘하는 짓인지는 모르겠지만 왜 이리 좋은지 모르겠다."

나는 정신이 몽롱해졌다. 아무 생각도 나지 않았다.

"덤으로 손자까지 생겼으니 말이야."

바로 앞의 양 선배의 얼굴이 흐릿해졌다. 그의 등 뒤로 들어오는 햇볕이 산산이 부서져 내리고 있었다.

"시골로 갈 거네. 가서 먹고사는 일이 걱정이지만 우리 딸년이 제법이거든. 나도 출판사에서 아직 잊고 있지 않으니 그럭저럭 안 되겠나."

양 선배 뒤의 창문도 뿌옇게 보였다. 어지러웠다.

"나를 만나기 위해서는 아마 시간 좀 내야 할 거야. 자연과 어우러진 멋진 곳을 알아보고 있으니까. 후배 녀석이 나서서 주선하겠다 하더군. 잘되었지?"

아무 것도 보이지 않았다. 텅 빈 가슴에서 심장의 고동 소리가 공명으로 울렸다.

"자, 그럼 이만 가봐야겠어. 할 일이 어찌나 많은지 말이야."

그가 떠났는지도 몰랐다. 지난 십 년의 시간이 한꺼번에 눈앞으로 달려오는 듯했다. 늘어져버렸던 고무줄이 과거로 튕겨져 나가고 있었다.

"저도, 가겠습니다!"

대답이 없었다.

"저도 작업실 내놓겠습니다. 당장 내놓겠어요. 가겠습니다. 십 년 인들 어떻고 이십 년이면 또 어떻습니까. 가겠습니다."

대답이 없었다. 꿈속에서처럼 장면이 한 순간에 바뀌었다. 양 선배가 앉았던 자리는 텅 빈 소파뿐이었다. 내 가슴을 울리고 나온 심장 고동 소리가 양 선배가 앉았던 소파에 튕겨 다시 내 가슴으로 되돌아왔다. 우퍼 스피커의 울림만큼이나 가슴을 쳤다. 가슴에서 공명으로 울리는 심장의 고동소리가 슬픈 피아노의 선율처럼 들렸다. 눈물이 났다. 피아노의 연주는 끝날 줄을 몰랐다.

작가 후기

소설 마지막에 마침표를 찍는 순간부터

글쓴이의 몫은 없다.

그렇기에 이 뒷글마저

독자 여러분들의 사고와 감성을 제한할까

몹시 두렵다.

주저리주저리 앞과 뒤를 달지 않으려 했건만,

남은 한마디가 있어

감히 독자의 영역을 침범한다.

처음

"내가 서 있는 자리"로 이름 지었다가

그 반대편 끝 "허수(虛數)"로 이름갈이하기까지

제법 많은 고민을 했다.

이제,

그 모든 고민을 털어내고……,

독자 여러분들의 애정 어린 질책을

두려운 마음으로 기대해본다.

장편소설  (허수)

초판 1쇄 발행 | 2004년 11월 5일

저자 | 김지용

발행인 | 이완재
발행처 | 도서출판 동인

주　소 | 서울시 서대문구 북아현3동 192-2
전　화 | (02) 365-6368, 393-9814
팩　스 | (02) 365-6369
등록번호 | 제10-749호(1992. 11. 11)
홈페이지 | www.donginpub.co.kr
E-mail | dongin@donginpub.co.kr
ISBN | 89-8482-099-7, 03810

정가 9,000원